우정
꽃

우정 꽃

1판 1쇄 발행 | 2018년 5월 21일

지은이 | 이형순
발행인 | 이선우
펴낸곳 | 도서출판 선우미디어

    등록 | 1997. 8. 7 제305-2014-000020
    02643 서울시 동대문구 장한로12길 40, 101동 203호
    ☎ 2272-3351, 3352 팩스: 2272-5540
    sunwoome@hanmail.net
    Printed in Korea ⓒ 2018. 이형순

값 12,000원

이 도서의 국립중앙도서관 출판예정도서목록(CIP)은 서지정보유통지원시스템
홈페이지(http://seoji.nl.go.kr)와 국가자료공동목록시스템(http://www.nl.go.kr/kolisnet)에서
이용하실 수 있습니다.(CIP제어번호: CIP2018015098)

ISBN 978-89-5658-576-5 03810
ISBN 978-89-5658-577-2 05810(E-PUB)

우정 꽃

이형순 제3 수필집

선우미디어

작가의 말

해마다 재발되는 허리 통증이 올해라고 그냥 지나갈 리 없어 전전긍긍하다가 X-레이 사진을 찍어봤다. 수없이 빗금처럼 나열된 금침, 언제 맞은 지도 가물거리는데 콕콕 박혀 있는 그것은 결연한 목소리로 내 인생을 말해주는 것만 같아 보는 순간 아연해졌다. 무엇을 말하려고 지워지지도 못하고 저리 뚜렷한 것일까.

누군들 속내를 파헤쳐보면 상처 한두 개 없으랴만 자의든 타의든 날카로운 가시에 찔려서 가슴앓이를 한 내 걸음 걸음 같아 민망한 생각마저 들었다.

어떤 사람들은 내가 고생을 안 하고 살았을 것 같다고 한다. 흙먼지를 하얀 눈으로 덮듯이 고달픈 세월도 겉모습으로 살짝 가려 숨을 수 있다면 이 또한 고마운 일이 아니던가.

나는 다르다고, 마음 안에 꼿꼿한 자존을 세우고 살아온 것이 여기까지 주저앉지 않고 걷게 한 버팀목이었다면 그 남다르다는 게 무엇이어야 하는가, 채워지지 않는 허기를 달래듯 한 줄의 글을 쓰는 일이 그 아니었을까 돌아보게 된다. 대단한 문학적 재능을 타

고 난 것도 아니니 명예를 드날릴 노릇은 못 된다 해도 삶을 견디게
하는 버팀목이었다는 판단이 옳다면 그 끈을 놓지 않기 위해 남은
길도 최선을 다할 일이다.

올 봄에는 비가 자주 내렸다. 연두를 초록으로 물들이고 있는 계
절, 눈길 닿는 곳마다 봄꽃들이 지고 영산홍이 만발이다. 만발한
꽃은 언제 봐도 이쁘고 환하다. 내 글 솜씨도 이렇듯 만발한 영산홍
이고 싶은데 마음만 앞선다.

다시 또 다음을 기약하며 주위에서 응원하는 모든 분들에게 고
마움을 전한다.

2018년 5월
이형순

차례

chapter 4 기쁨이 두 배로

chapter 5 무언의 힘

나를
위하여

함께 살아가기

우리 집 근처에는 참새가 많다. 주위에 먹을 것이 많다보니 참새 뿐 아니라 쥐도 살고 고양이도 자주 눈에 띈다. 어디서 그리 날아왔 는지 사무실 앞에는 참새들이 셈으로 세지도 못할 만큼 모여든다. 짹짹거리는 참새들을 사무실에서 내다보았다.

벼 한 알 쪼아 먹고 푸드득 폴짝, 푸드득 폴짝 마치 스프링 장치 라도 해놓은 듯 톡톡 튕기며 참새들은 잠시도 가만히 있지 않는다. 그냥 편히 앉아서 배불리 먹어도 쫓아낼 사람이 없으련만 여전히 고개를 두리번거리며 예리한 눈동자로 주위를 살피느라 분주하다. 더구나 수확철이 되면 먹을거리가 많다는 것을 어떻게 아는지 신 기할 정도로 모여든다.

가을에는 콤바인 수리를 많이 한다. 벼 수확을 하다가 고장 나면 현장에서 처리가 안 되는 것은 우리 정비공장으로 싣고 와서 고친 다. 벼를 베다가 온 것이라서 콤바인에는 아직 다 털리지 않은 벼이 삭이 붙어 있는가 하면 알곡이 기계 틈새 여기저기 묻어 있다. 벼를 털어 흔들체에서 검불과 쭉정이는 걸러내고 나선 쪽에서 퍼올려

벼 탱크로 이송된다. 그쪽 부분에 문제가 생기면 그 안에 들어있는 벼를 꺼내야 되므로 바닥에 흘리게 마련이다. 어느 때는 손으로 주워 담아도 될 정도로 누렇다.

알곡을 쓸어 모아 밖에 내놓으면 참새들은 어떻게 냄새를 맡고 오는지 모른다. 처음에는 몇 마리가 와서 먹고 가는데 점점 숫자가 늘어 그 다음엔 형제, 자매는 물론 사돈에 팔촌까지 주위에 있는 동료는 다 동원해서 데리고 오는 모양이다. 아마도 잔칫집이 생겼으니 가서 맘껏 먹자며 떼로 몰려오는 것 같다.

몰려온 참새들을 보면서 우리 사람과 비교가 되었다. 비록 보잘 것없는 작은 새이지만 먹을 것이 있으면 혼자만 배불리 먹는 게 아니라 여럿이 나누어 먹으면서 의지하며 같이 살아가는 상생의 마음을 엿보게 된 것이다. 사람이었다면 누가 알까 소문내지 않고 슬그머니 가져갔을 것이라는 생각에 미치니 사람의 욕심이 추하게 느껴졌다.

예전 먹을거리가 흔치 않던 예전에는 이웃 간에 서로 나눠먹으며 정겹게 지냈다. 색다른 음식이라도 있으면 동네의 어른들에게 갖다드렸고 서로 얼굴 맞대고 나눠먹었다. 시대가 바뀌고 여러 가지 생활용품이 개발되면서 냉장고도 대형화되었다. 집집마다 냉장고를 몇 대씩 사용한다. 또 먹을거리가 흔하여 입맛에 따라 골라 먹는다. 가족이라고 해야 두세 명인데다 음식을 보관할 수 있는 냉장고가 여러 대 있으니 나눠 먹으려 하기보다는 우선은 냉장고에 차곡차곡 넣어두게 된다.

아무리 신선한 것이라고 하여도 냉장고에 오래 보관해두면 제

맛이 나지 않아 버리는 경우가 생긴다. 그럼에도 이웃끼리 나눠 먹는 게 점점 줄어든다. 사람들이 바쁘기도 하지만 남을 주더라도 좋아할지 싫어할지 고민부터 하게 됨은 그만큼 잘 먹고 여유롭게 산다는 말일 게다.

냉장고가 없다면 참새처럼 여럿이 나눠먹는 푸근한 모습을 되찾게 될까. 인간이 냉장고를 발명하면서부터 탐욕이 생겼다고 한다.

참새들은 사람보다 더 먼저 정보수단이 발달한 것 같다. 사람은 처음에는 걸어 다니며 소식을 전하다가 소나 말을 이용하였고, 자전거에서 오토바이, 그 다음은 자동차나 비행기를 교통수단으로 사용하면서 많은 단계를 거쳐 왔다. 그러나 참새들은 처음부터 빠른 연락망을 지니고 동료들에게 전달하여 몰려오는 걸 보면 참 신기하다.

참새는 산이나 들에서 서식하는 가장 흔하게 볼 수 있는 작은 새다. 사람이 농사짓는 곡식을 먹기에 해로운 새라고도 하는 반면 해충을 잡아먹는 점에서는 이로움을 주기도 한다.

참새는 시끄러운 사람이나 또는 음악을 하거나 평범한 사람과 비교되기도 하고, 참새가 방에 들거나 품에 드는 꿈은 대체로 평범한 여아를 낳게 된다는 말도 있다. 수백 마리가 무리지어 나는 것을 보면 현실에서 자신에게서 지휘를 받는 무리가 잘 움직여 줄 징조이며, 참새 떼가 와서 널어놓은 곡식을 먹거나 자기 집의 논이나 밭에서 곡식을 먹는 것을 보면 많은 고용인을 쓰게 된다고 하는 참새에 관한 꿈 해몽도 재미있다. 참새 꿈 해몽처럼 많은 사람들은 일자리를 얻어 삶의 안정을 누렸으면 하는 바람이다.

요즈음 취직하기 힘들다는 얘기를 들을 때마다 참새 떼가 널어 놓은 곡식을 먹는 꿈들을 많이 꾸었으면 좋겠다는 생각이 든다.

참새는 떼 지어 사는 짐승이기 때문에 한 마리라도 배고프지 않게 여럿이 골고루 나눠먹으며 살아가는 공동체를 중하게 여기는 것 같다. 참새나 벌, 그리고 여러 날짐승들은 무리지어 공중을 날아다니며 생활하기에 식량을 비축할 장소가 마땅하지 않으므로 먹을거리가 있으면 누구 하나 낙오자가 생기지 않도록 서로 배려하며 다함께 살아가는 습성이 있는 듯하다.

땅에서 사는 짐승은 누가 시키지 않아도 우두머리가 정해진다. 집에서 강아지를 길러 봐도 알 수 있다. 그중에서 가장 힘이 센 놈은 같은 형제일지라도 밥그릇 근처에는 얼씬도 못하게 하고 자신이 먼저 양껏 먹고 나서야 슬그머니 비켜선다. 만약에 저보다 힘이 약한 게 먼저 먹었다가는 피투성이가 될 때까지 물어뜯으면서 힘을 과시한다. 흙을 밟고 사는 동물들은 대부분 식량을 물어다 숨겨놓고 먹는데 날짐승과는 달리 식량을 보관할 수 있는 여건이 되어서일 게다.

이렇듯 날짐승과 땅에서 사는 짐승들의 습성이 다르다는 것을 알 수 있다. 하물며 짐승도 보관해둘 장소가 있으면 먹을거리를 쌓아두는데 욕심이 많은 사람은 말해서 무엇 하랴. 냉장고가 없으면 불편하긴 해도 새들처럼 얼굴 맞대고 나눠먹는 정감이 있을 터인데….

나를 위하여

점심을 일찍 먹어서인지 아직 저녁때가 안 됐는데 출출했다. 남편은 외출중이고 은기에게 전화를 걸었다. 친구들과 저녁약속이 있다며 제 걱정은 하지 말고 맛있게 드시란다.

아들과 통화를 끝내고 나니 갑자기 방안이 넓어 보인다. 쉬는 날 밥이나 먹자고 누구를 불러내기도 내키지 않아 냉장고 문을 열었다. 추석명절이 지난 지 며칠 안 되어 과일이며 떡, 먹을 것이 꽉 차 있다. 나 혼자 간단하게 먹으면 되겠다 싶으니 굳이 상을 차릴 필요가 없어졌다. 순간 혼자일수록 잘 챙겨먹으라고 한 말이 귓가에 맴돈다.

지인 중 한 분은 힘들여 일을 하면서 자기 자신한테 홀대하면 미안해서 안 된다며 혼자라도 제대로 차려놓고 먹는다고 했다. 그래 오늘은 나를 위한 상을 한번 차려보자며 실행에 옮기기로 했다.

먼저 찹쌀을 섞어 쌀을 씻은 뒤 햇콩을 넣어 밥을 안치고, 오징어와 김치를 넣고 담백하고 시원하게 국을 끓이기로 한다. 지난주에 은기가 여수에 가서 낚시로 잡아온 은갈치를 꺼내 단호박을 넣어

조리고, 더덕은 고추장과 마늘, 참기름을 넣고 조물조물 묻혀 접시에 담아 통깨를 뿌려놓으니 맛깔스러워 뵌다. 간장에 담근 꽃게 한 마리를 꺼내 등딱지를 벗기니 내장이 노랗게 꽉 차 있다. 밥 한 술을 떠서 게장을 올려놓고 눈으로 먼저 먹는다. 갓 따온 애호박을 얇게 썰어 달걀옷을 입혀 전을 부치고, 친정 뜰 안에서 따온 깻잎 위에 양념장을 발라 먹으면 향이 진해 맛이 괜찮겠지, 찬을 만드는 동안 솥에서는 밥 익는 소리가 구수하게 난다. 예쁜 그릇을 꺼내 음식을 조금씩 담아 상위에 올려놓고 밥과 국을 떠 놓는다.

정성들여 준비한 것들을 식탁 위에 차려놓으니 진수성찬이 따로 없다. 씨익 웃으며 우아하게 식탁 앞에 앉았다. 그런데 뭔가 중요한 게 빠진 것 같았는데 바로 술이다. 예전부터 우리는 귀한 손님이 왔다든지 특별한 날에는 술을 올리지 않았던가. 제아무리 상다리가 부러지도록 차려서 접대를 해도 술 한 잔을 건네지 않으면 대접이 소홀했다고 서운하게 여기지 않았던가. 그것은 우리 조상들 대대로 내려오는 풍습이며 실생활이기도 하다. 오늘 내 자신을 위한 상차림인데 술 한 잔 정도는 마셔야 될 것 같았다. 나는 평소에는 술을 잘 마시지 않는다. 부득이 피하지 못할 자리에서는 어쩔 수 없이 한두 잔 마시는데 다음날 속이 안 좋아 술하고는 거리를 두고 사는 편이다.

오늘은 나를 위한 식탁이니 한 잔 마셔야겠다. 서천에서 빚은 소곡주가 있는데 맛도 괜찮고 뒤끝도 깨끗해서 내 입맛에 맞는 것 같다. 소곡주를 사오는 날에는 내 몫으로 한 병은 따로 챙겨둔다. 누가 보면 술꾼이라고 할 것 같아 혼자 웃는다. 소곡주를 내놓았다.

술을 한 잔 따라 한 모금 마시니 속이 찌르르, 금방 술기운이 온몸에 퍼진다. 더덕무침이 아삭한 게 안주로 괜찮다. 깻잎에 싸서 고기 한 점을 먹은 후 선배가 담가준 마늘종을 먹으니 새콤하면서 달콤한 게 입안에 퍼지며 개운하다. 요즈음 체중이 늘어 음식을 조금씩 챙겨먹어야지 했지만 이왕지사 이렇게 벌려놨으니 다른 생각은 하지 말고 맛있게 먹기로 한다.

오늘 모처럼 나를 위한 상차림이 나쁘지 않았다. 누가 나를 위해 밥상을 차려준 적이 있었던가. 허구한 날 가족을 위해 하루에도 몇 번씩 상을 차려 냈고 다른 사람들에게는 베풀어도 내 자신에게는 홀대하며 살아왔다. 요즈음 먹는 타령하는 사람들은 별로 없을 정도로 먹을거리가 주변에는 지천이라서 될 수 있으면 적게 먹으려고 애를 쓰고 있다. 이런 시대를 살고 있는 것도 복중의 복이라는 생각이 든다. 그러나 결혼한 후부터 여자들은 먹을 것이 아무리 흔하다 해도 먼저 가족을 위한 식탁에 무던히도 신경 쓰며 오늘도 내일도 그렇게 살아가고 있지 않은가.

우리 어머니나 할머니 세대의 여인들은 층층시하에서 숨죽이며 시집살이를 하느라 부뚜막에서 반찬 한두 가지 놓고 대충 한술 뜨는 게 고작이었다. 한 방에서 같이 먹을 때에도 밥그릇을 상이 아닌 방바닥에 내려놓고 먹어야 했다.

내가 있어야 가족이 있는 것이고, 친구가 있고, 이웃이 있는데 지금껏 나는 그늘에서 주위 사람들만 살피면서 살아오지 않았나 싶다. 내가 있는 듯 없는 듯 사는 것만이 좋은 것은 아니다. 자기 자신을 위해 근사한 밥상을 차려 먹는다고 해서 신분상승이 되는 일은 아니지만 내 자신을 함부로 대하지 말아야겠다. 그래야 주위에서도 함부로 내려 보지 않을 것이며 나 또한 다른 이들을 존중해 주고 배려하는 것을 익힐 게 될 것이다.

나를 위한 상차림에 술 한 잔 권했으니 이만하면 대접을 잘하였지 싶다. 가끔은 나를 위한 식탁을 차려야겠다.

집수리

건물을 지어 이곳에서 생활한 지도 어느새 이십여 년이 가까우니 세월이 유수 같다는 말을 실감한다. 사무실 바닥은 금이 가고 손때가 묻고, 주방 겸 사랑방에 깔아놓은 장판이 흠집 투성이어서 교체해야 되겠다고 벼른 지도 몇 년째다. 장판을 다시 깔고 벽을 도색하려면 내부에 있는 물건들을 모두 내놓았다가 다시 들여놓아야 한다. 생각만 해도 기운이 빠지는 일이라서 차일피일 미룬 게 몇 년이 흘렀다.

흠집 난 바닥과 더러워진 것을 애써 외면해보지만 볼 때마다 미간이 찌푸려진다. 언젠가는 해야 할 일이라서 올 여름에는 눈 딱 감고 감행하기로 했다.

이곳으로 이사하면서 이제는 짐을 옮기는 번거로움은 없으리라 여겼는데 리모델링 하는 일이 이사하는 것과 다름없었다.

전시장 안에 진열된 트랙터와 물품들은 비를 맞아도 괜찮기에 야적장에 내놓았다. 그러나 캐비닛과 팜프렛, 부품리스트, 책상과 소파 생활도구들이 수없이 나온다. 또 냉장고 안에는 무엇이 그리 많은지 커다란 박스에 몇 개를 채우고도 바닥에 가득하다. 이리도 많이 들어있다니 눈이 의심스러울 정도다. 끼니때가 되어 상차림을 하려고 냉장고를 열어보면 먹을 만한 것이 별로 없어 애꿎은 문만 열고 닫았는데 이렇게 많은 것이 들어있었다니…. 공간만 차지하는 것은 과감하게 버리기로 했다.

물건을 끄집어 낼 때마다 손이 닿지 않고 보이지 않는 뒷면과 위, 바닥에는 먼지들이 서로 엉겨 있었다. 안에 있던 물건들을 모두 꺼내놓으니 널찍하여 가슴이 트인다. 이렇게 아무것도 없는 공간에서는 걷는 걸음 소리가 뚜벅뚜벅 경쾌하게 들려 귀를 기울이게 된다.

생활하면서 소리를 듣고 판단하는 것을 주변에서 흔히 볼 수 있다. 수박이 잘 익었는지를 고를 때는 손가락으로 톡톡 쳐본다. 항아리를 고를 때도 맑은 소리가 나는 게 좋으며 깨진 그릇은 둔탁하다. 속에 물건이 들어있을 때와 없을 때도 소리가 다르다.

처음에는 사무실과 휴게실, 그리고 사무실 앞 계단만 손질하기로 계획을 세웠으나 공사를 하다 보니 페인트를 칠한 곳과 칠하지 않은 곳은 확연하게 표가 나서 전체적으로 칠하게 되었다. 헌집 고치듯 한다는 말과 같이 한 쪽을 고치고 나면 옆 부분이 보기 싫어 손대기 마련이었다. 내부를 끝내고 나니 외부 벽이 문제였다. 빛바래고 빗물에 얼룩진 것이 눈에 거슬려 전시장이며 정비공장까지 수리하고 페인팅을 새로 하였다.

전에는 자식들 결혼 시킬 즈음이면 간선을 보았다. 혼삿말이 오가면 우선 먼저 하는 일이 집단장이었다. 시아버지자리는 예비 사돈네를 가서 며느릿감 생김새나 가정교육은 잘 받았는지, 집안은 어떤지 겸사겸사 두루 살피러 갔다. 간선을 오기 전에 담도 칠하고 벽지를 새로 바르고, 찢어진 문창호지를 뜯어내고 다시 바르곤 했다. 예부터 사돈지간이 제일 조심스럽다고 하였으니 음식준비는 물론이고, 집 안팎을 깨끗이 청소했다. 우리 부모님도 오빠들 결혼 시킬 때엔 으레 집 안 손질부터 하셨다. 나도 큰아이 결혼시킬 때 구석구석 대청소를 했는데 누가 시키지 않아도 전해 내려오는 관습은 피할 수 없다는 생각이 든다.

리모델링하면서 내 손의 위대함을 새삼 느꼈다. 망가져서 사용 못하던 것도 다시 제몫을 하고, 쌓인 먼지를 털어내고 찌든 때를 닦아내면 말끔해졌다. 구석구석 얼마나 닦고 또 닦았던지 손목이 시큰거렸다. 나중에는 걸레를 비틀어 짜지 못할 정도로 손에 통증이 왔지만 사람의 손길이 스치는 곳마다 환해지지 않던가.

전에는 물건을 버리지 않고 오래 사용하는 것이 미덕이고 경제적이라 여겼으나 이제는 꼭 그게 좋은 것만은 아니다. 장소만 차지하는 물건은 버리면 좀 넓게 활용할 수 있고, 지니고 있는 짐을 하나씩 줄이는 것도 필요하다는 것을 이번 집수리를 하면서 확인하였다.

가만히 있어도 땀이 흐르는 삼복더위 내내 쉬지 않고 걸레질에 물건 정리하느라 몸살을 앓았지만 집 안과 가게가 말끔해지고 물품들도 제자리에 정리되니 마음까지 정화된 것 같다.

애초에 흠집 난 사랑방 장판만을 교체할 생각이었는데 판이 크게 벌어졌다. 밖에 진열해놓을 물품들을 비를 맞지 않게 하기 위한 창고까지 지었으니 예상 밖의 큰 공사였다. 공사를 하면서 필요한 페인트와 합판, 철근 책상, 소파, 전자제품 등 여러 물품들을 구입하였다. 하루에 세 명에서 다섯 명이 몇 개월 동안 작업하였는데 식당 운영하는 사람에게 보탬이 되었을 것이다. 작다면 작은 공사였지만 이로 인하여 주변상가를 활성화시켜 여러 곳에 숨통이 트게 한, 바로 일자리 창출효과가 발생했으니 긍정적인 일이 되었다.

일자리 창출이 고정적으로 출근하는 곳을 떠올리지만 우리 집수리 같은 공사도 좋은 일자리 창출이 되었다는 생각이다. 요즈음 경제가 어렵다고 하는데 이런 때일수록 돈이 돌아야 모든 게 막히지 않고 원활하게 잘 돌아간다는 사실도 집수리를 하면서 더 느끼게 되었다.

지저분한 것을 볼 때마다 꺼림칙하고 등에 무거운 짐을 진 듯했는데 주변이 깨끗해졌음에 덩달아 내 얼굴도 환해졌다. 내친 김에 보이지 않는 내 마음에 찌든 때도 씻어내고 모난 성격도 둥글둥글하게 다듬기로 한다. 가끔은 내 마음도 리모델링하여 환경을 바꿔주어서 활력을 되찾아야겠다.

하루를 접으면서

암 검진결과를 보기 위해 서울행 버스를 탔다. 좌석에 앉아 밖을 내다보고 있노라니 "워디 갔다 오는 겨. 읎어서 한참 찾아 다녔구면…." 뒤뚱뒤뚱 간신히 걸어오는 할머니를 본 할아버지는 퉁명스레 말을 하면서도 내심 반가워하며 버스 타는 곳으로 같이 가는 것이었다. 물끄러미 노부부를 바라보면서 서로 챙겨주고 의지하는 사람은 뭐니뭐니해도 부부가 아니겠나, 하는 생각이 들었다. 모쪼록 생이 다하는 날까지 지금처럼 오순도순 사시기를 마음속으로 빌었다.

차창 밖에는 엊그제 내린 눈이 군데군데 남아 있지만 따스한 햇살은 나를 포근하게 감싸고, 간간이 부는 바람은 봄을 재촉하는 것 같았다.

고속터미널에 도착해 3호선을 타기 위해 지하철역으로 갔다. 그곳은 오가는 사람들로 항상 붐빈다. 전철을 기다리고 서 있는데 구순을 바라보는 할머니가 묻지도 않는 말을 건넨다. 삼십 년 전에 이곳에서 살다가 일산이 더 좋아질 것이라는 친구들 말에 솔깃하여 이사를 갔는데 지금은 이곳 땅값이 금싸라기가 돼서 손해를 많이 봤다는 얘기였다. 전철이 들어온다는 안내방송이 흘러나와 걸음을 옮기는데 그 할머니는 옆에 있는 어느 젊은 여인에게 다가서더니 조금 전에 나에게 한 말을 마치 녹음기를 틀어놓은 것처럼 하는 것이었다. 혹시 치매에 걸린 게 아닐까 싶어 쳐다보았다. 곱상한 얼굴에 모자를 쓰고, 옷도 정갈하게 입었고 겉으로는 아무렇지 않게 보였으나 치매란 오래된 일을 더 잘 기억한다고 하는 걸 보면 아무리 곱게 늙었다고 해도 세월 앞에서는 이길 장사가 없음을 증명해주는 듯했다. 지금에 와서 아쉬워한들 무슨 소용이 있을까. 아무래도 지나온 삶에서 일산으로 간 것이 가슴 안쪽에 박혀있는 듯했다.

전철이 들어왔다. 빼곡하게 들어선 사람들 틈에 여대생 두 명도 같이 탔다. 나는 본의 아니게 키가 큰 그녀들 사이에 서게 되었는데 어색하여 얼른 옆으로 비켜섰다. 그들도 알아차렸는지 재빨리 친구 옆으로 가는 것이었다. 순간적이었지만 남보다 처진다는 것은 기분 좋은 일이 아니기에 좀 더 키가 컸더라면, 살짝 뒤꿈치를 들어본다.

전철 안에 있는 사람들은 약속이라도 한 듯 거의 스마트폰을 열고 들여다보고 있다. 누가 오가는지는 관심 밖이고 폰에만 집중한다. 손에 폰을 안 가지고 있는 사람을 찾는 게 쉬울 것 같아 둘러보았다. 그러나 앞쪽에 앉아 자는 사람마저도 폰을 쥐고 있다. 때마침 내 핸드백에서 카톡 오는 소리가 났지만 못들은 척 하였다.

충무로에서 4호선으로 갈아타기 위해 걸어가고 있는데 "한눈팔지 말고 똑바로 다녀!" 스마트폰을 보면서 가던 젊은 여자와 부딪친 중년남자가 큰소리를 쳤다. 당연히 할 말을 한 것인데도 그가 용감하다는 생각이 들었다. 요즈음은 옳은 말을 하더라도 자칫 난처한 일이 생길지 모르는 터라 그냥 지나치는 경우가 많다. 아이들은 게임에 몰두하느라 친구들과도 어울리는 일이 적어지고, 폰을 보는 시간이 많아지다 보니 가족 간의 대화가 적음은 물론, 이웃 간의 정도 멀어지고 인심이 점점 더 각박해지고 있다.

담당 진료 대기실 앞에서 이름을 확인하고 의자에 앉았다. 앞쪽에 앉아있던 할아버지는 누가 살짝 건드리기만 해도 넘어질 것 같이 창백하고 힘이 없어 보인다. 누군가를 찾느라 두리번거리는데 마침 보호자가 왔다. 배고파 죽겠으니 빵 좀 사오라고 한다. 네 시가 넘었는데 아직 점심을 못 드신 모양이다. 빵을 살 때 이왕이면 물이나 우유를 같이 구입했더라면 좋았을 것을, 노인은 물도 없이 가까스로 빵을 입에 넣고 꺼억 꺼억 잡숫는다. 노인에게 물병을 내놓고 싶었지만 마시던 것이라 만지작거리다 그만두기로 한다. 성한 사람도 빵만 먹기가 좀 그런데 기력이 없는 환자에게 배려 없는 그가 좀 그랬다. 그럼에도 입에 넣고 우물거리는 할아버지를 보면서 삶이란 그런 것이려니 싶었다. 조금만 더 깊이 생각을 한다면 환자는 물론 보는 이들의 마음도 불편하지 않으련만, 하찮은 일이라도 생각의 차이가 얼마나 중요한지 느끼게 하는 순간이었다.

암 병동 대기실에 있는 사람들은 결과가 어떻게 나올지 초조함을 안고 기다리고 있다. 내 차례가 되어 문을 열고 들어갔다. 담당 교수 앞에 앉아 죄 지은 사람처럼 숨죽이며 어떤 결과가 나올지 귀를 쫑긋 세운다. 차트를 들여다보던 의사는 아무런 이상이 없고 깨끗하다고 한다. 그 말을 듣는 순간 불안감은 한순간에 날아갔다. 2년에 한 번씩 유방암 검사를 받으라는 말을 듣고는 교수에게 머리가 땅에 닿을 정도로 꾸벅였다.

전에도 건강검진을 집에서 가까운 지역에서 받았는데 다른 병원에 가서 다시 받아보라고 하여 몇 개월 동안 마음고생을 한 적이 있다. 혹시 암에 걸린 것이 아닌가 하고 서울의 대학병원에서 초음파며 X-ray를 찍고 다시 검사를 받았다. 그때도 아무 이상이 없다 하여 안심은 되었지만 검사가 끝날 때까지 불안감을 떨쳐버릴 수 없는 일이며 몇 번씩 오가야 하는 번거로움과 이중으로 들어가는 진료비를 어느 누구에게 보상받을 수도 없는 일, 같은 검사를 해도 지방에서는 판독을 제대로 하지 못하는 일이 종종 생기므로 신뢰가 떨어져 될 수 있으면 큰 병원을 이용하게 되는 것은 어쩔 수 없는 현상이다.

암 병동에서 밖으로 나왔다. 가벼운 발걸음을 옮기고 있는데 어느 중년남자가 리어카에 종이박스를 싣고 있다. 박스를 집어던지면 바닥으로 떼구루루 떨어지고 다시 집어던져보지만 그냥 바닥에 떨어지곤 한다. 박스에 붙은 테이프를 떼어내고 접어서 차곡차곡 쌓으면 부피도 작아지고 많이 실으련만, 저 많은 박스를 언제 다 싣고 가려는지 답답하기 그지없다. 방법을 조금만 달리 하면 될 것을 전혀 궁리를 대지 않는다. 저렇게 해서 끼니나 제대로 챙겨 먹을 수 있을는지 괜한 걱정마저 들었다.

거리로 나오자 멀쩡한 남자가 길바닥에 쭈그리고 앉아 구걸을 하고 있다. 동정심이 손톱만큼도 들지 않을 정도로 건장한 사람이 그러고 있으니 모두가 외면하고 그냥 지나친다. 차디찬 바닥에서 앉아있기도 어려울 텐데, 많은 사람들한테 눈총을 받느니 그 시간에 다른 일을 찾아서 하면 떳떳하고 좋으련만 눈살이 찌푸려진다.

다시 전철을 타고 고속터미널에 왔다. 병원에서 진료 시간이 어떻게 지연될지 몰라 버스표를 예매 안 해났더니 두 시간 정도를 기다려야 했다. 시간도 때울 겸 터미널 위층에 있는 백화점에 올라갔다. 아직 날씨가 쌀쌀하여 오리털 파카를 입었는데 매장에는 벌써 반팔과 얇은 옷들로 가득했다. 여기저기 둘러보던 중 연초록 재킷이 눈에 띄어 코디에게 가격을 물었다가 몇 백만 원이 넘는다는 말에 얼른 발길을 돌리며 도대체 무엇으로 만들었기에 저리도 비싸냐고 혼자 중얼거린다. 어느 장관부인이 고액의 옷을 뇌물로 받았다가 구설수에 오른 일이 있었다. 그런 공짜 돈이 아니고서는 보통 사람이 값비싼 옷을 선뜻 구매하기란 쉽지 않은 일이다.

서산행 버스를 타고 당진쯤 지날 무렵 지인에게서 문자가 왔다. 시간 되면 영화 '귀향'을 보면 어떻겠냐고. 어차피 오늘일은 끝난 것이기에 쾌히 약속을 했다. '귀향'은 꽃다운 나이에 일제에 의해 강제로 끌려가 일본 군인들에게 짓밟힌, 처절하고 가슴 아픈 성노예로 끌려갔던 위안부들의 실화를 바탕으로 제작한 영화이다.

서울에 다녀오면서 오며가며 보는 수많은 사람들의 얼굴이 제각기 다르듯 개개인의 행동도 모두 달라 신비롭다는 생각까지 든다. 하루를 보내는데도 이런저런 일들을 접하게 되는데 한평생을 살다 보면 주위에서 일어나는 크고 작은 것들이 얼마나 많겠는가.

길을 걷다가 돌부리에 걸리면 이것은 걸림돌이 되지만 냇가를 건널 때 물가에 놓인 돌은 고마운 디딤돌이 된다는 말이 있다. 좋은 일은 그냥 묻혀가는 반면 눈에 거슬리는 일은 반응이 빠르다. 혹 나로 인하여 주위 사람들이 불편하지는 않았는지. 디딤돌은 되지 못할지라도 걸림돌은 되지 말아야겠다는 마음으로 하루를 접는다.

달걀 이야기

스포츠센터에 지난봄부터 달걀모임이 생겼다. 희망자에 한하여 정해진 금액을 내면 한 달 동안 익힌 달걀을 먹을 수 있다. 가끔 사람들이 나오지 않을 때에는 달걀이 남게 되는데 그럴 때는 비회원들에게 나누어 주기도 한다. 새벽 운동하다가 출출하던 참에 달걀을 먹으면 든든하였다.

농번기에는 직원들은 A/S하느라 바쁘고, 고객들은 분주하게 일하느라 피곤이 쌓여 있다. 작업 중에 기계가 고장 나면 최대한 빠르게 정비해야 되고, 필요한 부품을 준비하다 보면 제시간에 식사를 하지 못한다.

그래서 생각해 낸 것이 달걀을 삶아 놓으면 좋겠다 싶었다. 처음에는 작은 밥솥에 했더니 몇 개밖에 삶을 수 없어 큰 전기밥솥을 꺼내 달걀을 넣으니 130여 개나 들어간다. 무엇을 하더라도 많이 하는 습관이 몸에 밴 나는 조금하면 서운한 생각부터 든다. 솥 안에 가득한 달걀을 보니 부자라도 된 듯 흐뭇하다.

물을 1리터 정도 붓고 소금을 조금 넣은 후 취사버튼을 누른다.

한소끔 끓으면 보온으로 돌려놓고 몇 시간 지난 뒤 다시 취사로 눌러 김이 오르면 또 보온으로 돌리기를 3일에서 5일 정도 반복하다 보면 구수한 냄새가 폴폴 나면서 달걀이 완성된다.

다된 것을 꺼내어 껍질을 벗기면 흰자와 노른자는 누렇게 숙성되어 보기만 하여도 군침이 돌고, 노른자는 팍팍하지 않고 부드러움이 입안에 감돌면서 입맛을 당기게 한다. 그냥 삶은 달걀은 비린내가 나서 한 개 이상 먹지 못하는데 이렇게 익히고 숙성시킨 달걀은 앉은자리에서 두세 개 정도는 거뜬히 먹게 된다. 배가 부른데도 자꾸 입에서 당긴다는 것은 건강하다는 신호이니 또 감사해야 할 일이다.

고객들이 들러서 부담 없이 드시라고 사무실에 달걀을 한 쟁반 내놓고, 차도 함께 곁들인다. 정비공장에도 한 판 가져다 놓으면 직원들도 먹고, 고장 난 기계를 정비하려고 온 고객들도 먹는다. 허기진 차에 잘 먹었다며 얼굴엔 생기가 돌고, 기다리는 지루함도 조금은 덜어지는 것 같다. 바쁘게 일하다 보면 끼니를 제때에 못 챙겨먹는 일이 허다하므로 힘이 겨우면 새참으로 드시라고 봉지에 담아 주기도 한다.

자칭 우리 회사의 부사장이라고 하는 고객이 있다. 그는 우리 대리점에 오면 늘 우스갯소리로 자기가 부사장이라 하여 그리 부르게 되었다. 직원들이 바쁜 것 같으면 손수 빗자루를 들고 청소도 말끔히 해주고 수고한다면서 이따끔 음료수도 사오는 등 이름값을 톡톡히 한다. 그런데 그가 몹쓸 병에 걸렸다. 췌장암에다 전에 교통사고로 다쳤던 머리도 재수술했고, 다른 부위도 안 좋아 방사선

치료를 받게 되었는데 합병증으로 고생이 말이 아니다. 약을 너무 많이 복용한 탓에 얼굴은 퉁퉁 부어 있고 피부는 멍이 든 것처럼 시푸르뎅뎅하여 안쓰럽기 그지없다.

며칠 뒤 그가 다시 왔다. 모내기를 하려면 경운작업을 해야 되는데 한동안 트랙터를 사용하지 않아서인지 시동이 안 된다고 도움을 요청하였다. 금방 꺼내온 달걀이 따끈하니 먹어보라고 권했더니 처음에는 소화가 안 돼 먹을 수가 없다고 하였다. 그래도 맛이나 보라며 한 개 집어주었더니 마지못해 껍질을 벗겨 입에 넣고 우물거린다. 당기지 않는다고 하던 그는 연달아 두 개나 먹는 것이 아닌가. 도통 아무것도 먹을 수가 없었는데 달걀은 입에 당긴다며 안도의 빛이었다. 그의 반응이 생각 의외라서 집에 가서 먹으라고 달걀을 한 봉지 담아주었다.

며칠 후 자칭 부사장이 방문했다. 지난번에 준 달걀을 잘 먹었다고 한다. 마침 완숙된 것이 있어 이번에는 한 판을 싸주었다. 그랬더니 어떻게 만드느냐고 묻는다. 만드는 레시피를 알려주면서 쉬운 것 같아도 제대로 못하는 사람이 있으니 언제든지 들르라고 했다. 그가 달걀을 먹고 조금이라도 힘을 얻고, 병을 털고 일어설 수만 있다면 그보다 더한 것은 못 해줄까 싶었다.

언젠가 나는 입맛을 잃어 제 아무리 맛있는 음식일지라도 입안에 넣으면 마치 모래를 씹는 것 같아 한동안 기운을 차리지 못한 적이 있다. 그러던 어느 날 직원들이 가는 식당에서 점심을 먹었다. 상 위에 놓인 총각김치를 입에 넣고 씹으니 아삭아삭하면서 시원하고 매콤한 게 다른 반찬은 거들떠보지도 않고 오직 총각김치하고 밥 한 공기를 다 비웠다. 밥을 다 먹고 나서 값은 지불할 테니 총각김치 좀 줄 수 있겠느냐고 했다. 주인은 남은 게 얼마 안 된다면서 한 대접 정도를 담아주었다. 그 후로도 맘씨 후한 식당아주머니는 큰 통에 하나 가득 담가다 주어 어찌나 맛있게 잘 먹었던지, 그동안 먹어본 김치 중에서 가장 맛있었던 기억으로 남아 있다. 메달로 친다면 당연 금메달감이었다. 입맛이 없어 기운을 차리지 못할 적에 누군가가 주는 음식을 먹고 미각을 되찾았을 때 그 고마움은 두고두고 잊을 수 없는 일이다.

달걀이 귀할 때에는 어른들 찬으로 상에 올렸고, 소풍가는 날이나 생일에 삶은 달걀을 먹을 수 있었다. 내가 초등학교 다닐 적만 해도 달걀 한 개만 가져도 학용품을 바꾸어 쓸 수 있었는데 호주머니에 넣고 가다가 잘못하여 넘어지는 날에는 달걀이 깨져 준비물을 구입하지 못하여 낭패를 당하기도 하였다. 동네에 애경사가 생기면 가지런하게 짚으로 묶은 달걀꾸러미를 갖다 주는 미덕이 있었고 그것으로 손님 접대하는데 요긴하게 쓰였다.

요즘은 흔하고 흔한 게 달걀이고, 언제든지 손쉽게 먹을 수 있다. 먹는 방법도 다양한데 삶아먹기도 하고 날로도 먹고, 반숙해서도 먹는다. 찬이 마땅하지 않을 때는 달걀 한 개 툭 깨트려 프라이 해 먹기도 하고, 애호박을 썰어 넣고 새우젓으로 간을 맞춰 찜을 하면 입안에서 살살 녹는다.

달걀에는 피부병이 생기는 것을 예방해주는 레시틴이 들어있다. 시간이 없어서 아침밥을 먹지 못할 때에도 달걀을 먹으면 지치지 않고 활력이 생기고, 또한 콜린은 성장기 어린이의 뇌세포 발육에 필수 성분으로 기억력 유지 및 소화에도 도움을 주기에 하루에 한 두 개는 필히 먹는 게 좋다. 달걀의 루테인은 맑은 눈을 가지게 하고 동맥경화에도 효과가 있으며, 치매 예방은 물론 노화방지에도 도움을 준다. 달걀은 우리 몸에 더없이 좋은 고단백 저칼로리의 식품으로 알려져 있으며, 가장 친근한 식재료 중 하나이다. 간혹 달걀을 먹으면 피부가 가렵다든가 두드러기가 나고 구토를 하는 달걀 알레르기가 있는 사람에게는 예외지만 말이다.

운동하러 갈 때라든가 나들이 갈 때에 달걀을 가지고 가서 먹으면 부담 없고 시장기를 달랠 수 있어 좋다. 조그마한 것이라도 나누어 먹고 베풀 수 있다는 것, 받는 것보다 주는 즐거움이 더 크다는 것을 느끼면서 또 달걀을 익히려고 솥에 가득 넣는다. 솥 안의 달걀이 각기 다른 웃는 얼굴로 환생이라도 한 듯 환하다.

추억속의 감나무

창고 부근에 단감, 월하, 대봉 등 다양한 품종의 감나무를 심었다. 가을이 한창 무르익어갈 즈음이면 감도 익는다.

벼 수확이 거의 끝날 무렵이면 감을 딴다. 남편은 감을 따러 갈 때엔 으레 종태래미를 챙긴다. 종태래미는 시아버지께서 만들어준 유일한 유품인데 감을 따거나 망둥어를 잡을 때에도 사용한다. 발갛게 물든 먹음직스럽고 커다란 감이 족히 몇 백 개는 되었다. 수북하게 놓여있는 감을 보니 갑자기 부자가 된 듯 넉넉해지고 흐뭇하다. 우리가 다 먹을 수도 없는 일이라 우선 봉지에 담아 직원들도 주고, 사돈댁에도 보내고 또 이웃에게도 나누어 주었다.

단감을 한입 깨물어 씹으니 아삭하고 달달하다. 월하시는 꼭지가 뾰족하게 나와 있다. 이것은 우려서 먹거나 곶감용으로 이용된다. 감을 우리는 것을 지금껏 한 번도 안 해 본 터라 어떻게 하는지 방법을 알아본 후 시도를 해보았다.

먼저 감에 붙은 뾰족한 꼭지를 떼어내고 소주를 묻혀 공기가 안 들어가게끔 통에 넣고 따뜻한 방안에 놓은 후 이불을 덮어놓았다.

이틀이면 숙성되어 먹을 수 있다고 하였으나 떫은맛이 있는지라 하루 더 두었더니 맛이 제대로 들었다. 처음으로 해보았는데 성공한 뿌듯함에 정비공장 직원이며 오가는 고객에게 먹어보라고 내놓다보니 금방 바닥이 났다.

나도 할 수 있다는 자신감에 이번에는 소금물에 담그는 방법을 해보기로 했다. 감을 몇 군데 침을 준 후 소금물을 풀어 통에 담아 온돌방에 놓고 이불을 덮어놓았다. 그러나 감을 꺼내 먹어보니 찝찔하고 신맛이 났다. 잠시 자만에 빠졌던 나 자신이 시험대에 올려진 것 같은 기분이 들었다.

남편은 곶감을 만들어 보겠다며 껍질을 벗긴 감을 꼭지에 실로 동여매여 바람이 잘 통하는 곳에 걸어놓았다. 대봉은 박스에 감끼리 닿지 않도록 간격을 두고 먼지가 안 들어가게끔 신문지로 덮어놓았다. 시간이 지나면 자연적으로 숙성되어 떫은맛은 없어지면서 홍시가 된다. 홍시는 뭐니 뭐니 해도 한겨울에 먹어야 제 맛이다. 시원하면서도 달달한 게 한 개만 먹어도 배가 부르다.

어릴 때 친정집 마당가에는 커다란 감나무 한 그루가 있었다. 파란 이파리에 가려져 시퍼렇던 감이 빨간 옷으로 갈아입으면 가을의 정취를 한껏 누릴 수 있는 한 폭의 평화로운 풍경이 되었다.

벼 이삭이 고개를 숙일 즈음이면 물렁이가 떨어지곤 했는데 일찍 낙과하는 것은 벌레가 먹어서였다. 그래도 가끔 달달한 감을 주워 먹을 수 있는 경우는 횡재라고나 할까. 밤에 바람이 불 때에는 옆집 할머니가 새벽 일찍 일어나 그마저도 모조리 주워갔다. 대문만 열고 나가면 바로 감나무가 서 있었는데 옆집 식구들이 총동원하여 감을 따갈 때면 떫은맛이 입안에 가득히 고였다. 때로는 딴 감을 바구니에 담아 주었으나 거의가 깨진 것이라서 차라리 주지 않는 게 나을 듯싶었다.

친정아버지는 한국전쟁 때 피난을 다니다가 이곳으로 왔기에 감나무는 이미 먼저 터를 잡고 살아온 그들의 것이었으므로 아무리 내 집 옆에 있다 해도 감을 맘대로 먹지 못하고 쳐다만 볼 뿐 별도리가 없었다.

그래도 여름에는 더위를 식힐 수 있는 정자나무로서 우리에게 더없는 그늘막이 돼 주었으니 동네 사람들은 틈만 나면 감나무 아래로 모여들었다. 서로 일을 돕기 위한 품앗이며, 애경사라든가 이런저런 이야기를 들을 수 있는 동네방송국 역할을 하는 장소이기도 했다. 그뿐이던가 게나 잡어를 잡기 위해 바다에 나갔다 오는 사람들이 오고갈 때에는 찐 감자나, 밀가루에 강낭콩을 넣어 호박잎을 깔고 찐 것을 개떡이라 했는데, 그런 것을 싸가지고 와서는 그늘 아래서 시장기를 달래는 유일한 쉼터이기도 했다.

1960년대의 농촌에서는 먹을 것이 흔치 않던 시절이라 모든 것이 넉넉지 않았기에 감은 겨울 간식거리로 그만이었다.

이젠 가을이면 수북하게 놓여있는 감을 상처 나지 않은 빛 고운 것으로 선별하여 주고 싶은 이들에게 나눠주는 여유를 누릴 수 있게 되니 마음이 한없이 즐겁다.

지금은 흔적조차도 없는 친정집의 그 감나무, 그곳에 모여 땀을 식히며 정을 나누던 사람들도 먼 곳으로 간 지 오래되었지만 감나무에 얽힌 추억은 아련히 떠오른다. 다른 나무들은 잎이 자라 바람

결에 나풀거릴 정도로 넙적해지면 감잎은 그제야 감싸 안았던 막을 터트린다. 감꽃이 피어 떨어지면 그걸 주워 실에 꿰어 팔찌도 만들고 목걸이도 만들었다. 연노랑의 색깔이 얼마나 곱던지 동생의 손목에도 채워주고 목에도 걸어주던 어린 시절의 순박했던 동심과 고향이 그리움으로 다가온다. 누구에게나 차별하지 않고 그늘막이가 되어 쉼터 역할을 해주던 추억 속의 고마운 감나무였다.

떫은맛이 숙성되어 홍시가 되듯 우리 삶도 그리 달달해졌으면 싶다.

우정 꽃

    추석이나 설날 등 명절에는 큰댁에서 차례를 지낸다. 그리고 집으로 돌아오는 길에 늘 잊지 않고 들르는 곳이 있는데 남편의 초등학교 동창생집이다.

    우리가 농기계 대리점을 창업할 때 회사에서는 담보를 설정하기를 요구했다. 그러나 우리는 가진 재산이 없었고 형님들이 자기의 땅을 대신 담보설정을 해 주셨다. 그리고도 보증인을 두 명 이상 세워야만 했는데 시골의 형편으로는 회사에서 요구하는 만큼의 재산세를 내는 사람이 드물었다. 그때 아버님이 서 주셨고 남은 한 사람이 문제였다.

    누구의 보증을 서 준다는 것은 동서고금을 막론하고 선뜻 승낙할 수 없는 난감한 일이다. 부탁하기도 쉽지 않은 일이고, 또 나서서 들어줄 일도 아니다. 아무리 절친한 친구라 하더라도 자칫 잘못하다가는 친구도 잃고 마음도 다치는 경우가 많기 때문이다.

    남편은 어찌하든 사업을 해야겠다는 결심이 확고하였지만 보증인이 걸림돌이었다. 고심을 하던 남편은 어려서부터 친하게 지내던 그 초등학교 친구의 아버지께 부탁하면 혹 들어 주실지 모르겠다는 생각이 들어서 어려움을 무릅쓰고 말씀을 드렸다. 그러나 그의 아버지는 딱 잘라 거절했다. 땅을 설정해야 하는 것도 아니고 도장만 찍어 주면 되는 일이라며 남편의 친구가 당신 아버지께 사정하며 설득을 해보았지만 그의 아버지는 완강하게 반대하였다.

자기 아버지의 반대로 도움을 못주게 되어 미안하다면서 어찌할 바를 몰라 하던 그 친구가 아버지 몰래 도장을 꺼내다가 인감증명을 떼어 가지고 와 보증인 란에 도장을 찍어주었다.

부모가 반대하여 못해 준다고 하면 그만인 것을, 그 사람은 친구를 위해 부모를 속이면서까지 보증 서는 일을 서슴지 않고 해주었다. 사업이란 게 꼭 잘되라는 법도 없는, 어떻게 될지도 모르는 일인데도 그는 아무런 거리낌도, 대가도 없이 우리에게 용기를 북돋아 주었다.

우리 부부는 그런 그의 고마움을 어찌 잊을 수 있겠는가. 늘 고마워하며 살고 있다. 그런데 몇 년 전 그분이 갑자기 중풍으로 몸져눕게 되었다. 한쪽 손은 맘대로 쓰지 못하고 걸음걸이도 부자연스럽다. 그런 그를 볼 때마다 애처롭기 그지없다. 건강하던 사람이 몸을 마음대로 추스르지 못하게 되자 이렇게 사느니 차라리 죽고 싶다며 친구들도 멀리하려 하여 어느 땐 문병 가는 것도 머뭇거린 적이 있었다. 그래도 가끔 찾아가서 하루아침에 낫는 병이 아니니 희망과 끈기를 가지고 일어서라는 용기를 불어 넣어주곤 했다.

올해 설날에도 어김없이 아이들을 앞세우고 남편과 같이 그 댁을 찾아갔다. 지난번에 만났을 때보다 혈색도 좋아 보이고 지팡이를 잡지 않고도 혼자 힘으로 거실에 나와서 웃으면서 우리를 맞아 주었다. 얼마나 기쁘고 반가웠는지 모른다.

"친구야 고마워, 누가 나 같은 불구자를 이렇게 명절 때마다 잊지 않고 찾아오겠는가."

"무얼, 자주 찾아와야 하는데 바쁘다는 핑계로 미안할 뿐이지 난 자네가 평생 은인이 아닌가. 옛날에 내가 처음 사업을 시작한다고 할 때 자네 아버지 몰래 인감도장을 훔쳐다가 보증을 서줘서 내가 이렇게 잘 살고 있지 않는가. 그 뒤로 자네 아버지가 그 사실을 알았을 때 당장 보증서준 것을 해지하라고 호통을 쳐서 얼마나 입장이 난처했었나. 그래도 그런 것을 감수하고 나를 도와주었으니 난 평생 잊지 못한다네."

"어떻든 자네가 건강하고 잘 살게 됐으니 그보다 더 흐뭇하고 고마운 일이 어디 있겠나."

남편과 그분은 만날 때마다 서로가 반갑고 고맙다며 두 손을 잡고는 놓을 줄을 모른다. 그런 두 사람의 우정은 언제 보아도 흐뭇하기만 하다. 명절 때마다 아이들과 방문하여 사업을 시작할 때 보증서준 이야기라든가, 진정으로 마음을 터놓고 지낼 수 있는 그런 친구 한두 명만 있어도 인생살이 외롭지 않다느니, 너희들도 그 은공은 잊지 말고 부모처럼 대하라는 말도 빼놓지 않는다.

사업을 누구보다 더 어렵게 시작했기에 나름대로 이 일에 사활을 걸어야 했다. 만에 하나 실패한다면 도움을 준 여러 사람들에게 엄청난 피해를 주는 일이라는 심리적 압박감은 자나 깨나 머릿속에서 떠나지 않았다. 그래서 다른 사람들보다 몇 배 더 노력하며 살았는지도 모른다.

살아가면서 가장 소중한 것은 진심어린 정이 아닐까? 서로의 믿음과 신뢰와 우정은 이 세상에서 제일 값진 것일 거라는 생각이 든다. 진정한 친구라는 것을 산 증인으로 보여준 남편의 친구다. 지난 설날에도 그 댁에 들러 이런저런 진솔한 이야기를 나누며 웃음꽃으로 집안에 가득 채우고 왔다.

아무런 대가도 바라지 않으면서 오직 친구의 앞날을 위해 모든 것을 다해 준 그 분, 그런 친구가 있다는 것은 참으로 행복한 일이다. 우정으로 다져진 그들의 만남은 언제 어디서 보아도 싫증나지 않는 꽃이다. 그 무엇이 그리 푸근하고 아름다울 수 있으랴.

잉꼬부부

설 전날, 며느리와 같이 주방에서 먹을거리를 만들면서 이런저런 얘기를 나누었다.

아들내외가 사는 아파트에서는 좋은 일이 있으면 현수막을 걸어 그곳에 거주하는 주민과 오가는 사람들에게 알리면서 즐거움을 함께 나눈다고 한다. 얼마 전에는 앞 동에 사는 학생이 서울대에 합격했다는 축하의 내용이 담겨 걸렸었고, 지난 가을에는 '홍진기·박미라 잉꼬부부' 아들 부부의 이름이 쓰여 있는 현수막이 커다랗게 걸려 있었다고 했다.

"그랬니? 듣던 중 반가운 소식이구나!"

아들내외와 아이들이 정겹게 사는 게 주민들에게 얼마나 좋아보였으면 현수막까지 걸어주었을까. 기분 좋은 소식이었다.

며느리는 우리 아들과 결혼하여 "그이를 낳아주셔서 감사합니다."는 말을 하였다. 전에 나도 시아버지님께 그런 말씀을 드리곤 했는데 며느리가 똑같은 말을 하다니 놀랍기도 하고 뭔지 모를 묘한 감정이 내게 안겨오는 듯 했다.

'애야! 나도 처음에는 그런 마음이 들었단다. 그러나 살다보면 그 마음은 서서히 멀어지더라. 지금은 안 해도 괜찮으니 세월이 많이 흐른 뒤에 그 말을 들었으면 좋겠다.'고 혼자 중얼거렸다.

나도 시아버지한테 아들을 건강하게 잘 키워주셔서 감사하다는 말씀을 드리면서 그이를 낳아주신 시부모님께도 잘 해드려야겠다는 생각을 했다. 신혼시절에는 앞으로 겪어나가야 할 일은 베일에 가려진 채 그저 행복할 세월만 계속될 것 같은 게 사실이다. 그러나 살다보면 이런저런 일로 부푼 꿈은 잠시, 서로 다른 환경과 맞지 않는 성격으로 삐걱거리면서 상처 받는 일도 많다.

신혼 초, 뭐가 뭔지도 모르는 나는 넉넉한 살림살이는 아니라도 서로 의지하며 사는 게 행복일 거라고 생각했다. 집안 애경사가 있을 때면 남편의 형제 9남매가 모였다. 남편은 일곱째였고, 남편 밑으로 여동생과 남동생이 미혼이고 손위로는 모두 결혼하였기에 거기에 딸린 조카들까지 모이면 그야말로 일개 소대 정도의 대식구가 모였다.

갓 시집 온 햇병아리 새댁시절, 윗동서들이 부엌에서 음식을 만들면서 남편들에게 속상했던 얘기도 털어놓고, 속상했던 것도 하소연도 하는 등 서로 공감하면서 화기애애했다. 그때 형님들의 이런저런 얘기를 들으면서 그렇게 싸우면서 어떻게 사느냐고 이해가 안 된다는 표정을 지었다. 형님들은 "자네도 좀 더 살아 보게나. 지금은 뭐가 뭔지 모르고 좋기만 할 테지만 우리가 왜 그랬는지 차차 알게 될 걸세"라고 하였다. 그때는 형님들 말씀이 정말로 가슴에 와 닿지 않았다.

얼마 안 되어 미리 정해진 순서라도 되듯이 하나씩 터지기 시작하였다. 결혼하고 나서 첫 월급날이었다. 이제나저제나 기다려도 남편은 월급봉투를 내놓지 않았다. 참다못한 나는 월급 받은 것을 내놓으라고 하자 남편은 머뭇거리다가 안주머니에서 봉투를 꺼냈다. 월급은 얼마나 되는지 확인해보는 순간 이 적은 돈으로 어떻게 살아야 할지 머릿속은 마치 백열전구를 켜놓은 듯 하얘졌다. 거기다가 같이 있어야 할 보너스는 온데간데없었다. 보너스는 어떻게 된 것이냐고 하니 그이는 요즈음 정부가 돈이 없어 다음 달에 줄 거라고 거짓말까지 했다. 너무 기가 막혀 말도 나오지 않았다. 처음부터 이런 식이면 안 되겠다 싶어 돈을 쓴 근거를 대라고 하니 남편은 보너스는 술값으로 다 지출했단다.

처음엔 급료를 제대로 갖다 주지 않는 것부터 시작하여 좋은 일보다는 날을 세우는 일들이 잦아지면서 시집오기 전 시아버지한테 그이를 낳아주어 감사하다는 말과 더불어 시댁식구들한테도 잘해야지 했던 마음은 서서히 멀어졌다. 세월이 흐르면서 서로 다른 성격 차이로 어느 때는 저 사람을 만나지 않았더라면 오히려 좋았을 것을 후회가 들기도 했다.

"그이를 낳아주셔서 감사해요! 어머님."

이 말을 며느리로부터 들었을 때 그래서 달갑지 않았던 것이다. 하지만 며느리는 아이를 둘이나 낳았는데도 여전히 그이를 낳아주셔서 감사하다는 말을 한다. 처음에는 그냥 듣고 흘려버렸는데 지금까지도 때때로 고마움을 표시하니 며느리가 진심으로 가슴속에서 우러나오는 말인 듯하다.

아들 내외가 사는 아파트에서 그 애들을 '잉꼬부부'라고 한다는데, 나는 그동안 내 삶을 바탕으로 그린 밑그림이 잘못된 것임을 느낀다. 부부가 살아가는데 제일 중요한 것은 상대방을 배려해 줄줄 아는 아량과 모나지 않은 성격이 아닌가 싶다.

아들, 며느리가 친구같이 살갑게 도란거림을 보면서 그리 살아보지 못한 우리 부부의 인생길을 돌아보게 된다. 아이들이 우리 부부의 전철을 되밟지 않는 게 다행스럽고, 정겹게 살아주니 고맙다.

이젠 내가 아들, 며느리에게 고맙다는 말을 되돌려줘야 할 것 같다.

시행착오

친정어머니께 전화를 걸었다.

신호음이 끊기고 나는 어머니의 목소리를 귀 기울여 듣게 된다. 목소리가 기운차면 안심인데 힘이 없으면 십중팔구 건강에 이상이 생긴 신호이기 때문이다.

어머니는 내 목소리를 듣고도 간신히 말을 이어간다. 어머니는 팔이 아파 병원에 다니는데 의사의 진단결과 관절염이라고 한다. 게다가 혈압도 높고, 눈도 잘 안 보인다 하고, 걸음걸이도 지난해보다 더딘 게 눈에 띈다. 이젠 팔까지 아프다고 하는 어머니께 힘든 일하지 말라면서 수화기를 내려놓았다.

바쁘다는 핑계로 밥 한 끼니 제대로 해드리지 못하고, 집안청소 한 번 해드리지 않으면서 빈말만 하는 자신이 참으로 못됐다는 생각이 들어 자책한다.

언젠가 어머니와 온천에 다녀오는 길이었다. 어머니가 영양탕을 먹자고 하셨다. 어미는 얻어먹기만 하냐며 늙은이가 돈을 내면 다른 사람들이 거슬리게 본다면서 만 원짜리 두 장을 기어이 손에 쥐어주는 것이었다. 입맛이 깔깔하거나 기력이 떨어질 때엔 탕 한 그릇 먹고 나면 기운이 좀 도는 것 같다 하신 말씀이 생각나서 영양탕을 끓이기로 했다.

정성껏 끓인 영양탕을 한 냄비 가지고 갔다. 어머니의 얼굴은 부석부석 부어 있고 팔목은 뼈가 변형된 것으로 보아 관절염인 게 틀림없었다. 한쪽 팔을 들지 못할 정도로 아프다고 해도 대신 아파할 수도 없는 일이니 답답할 뿐이었다.

가지고 간 것을 데워서 드렸더니 한 그릇 달게 드셨다. 음식을 다 드시고 난 뒤, '니 난닝구 하나 샀다'면서 안방으로 가신다. 뭔 옷을! 궁금하여 어머니 뒤를 졸랑졸랑 따라갔다. 색깔이 고운 반소매 웃옷을 건네주셨다.

"어이구, 너무 커유."

"뭐가 커 여름엔 헐렁허야지, 그러야 시원허잖여."

나는 옷을 받아들고 사이즈도 안 맞고 내 취향이 아닌 것을 무엇하러 사왔냐며 투덜거렸다. 그래도 어머니는 가지고 가서 입기를 바랐지만 방에 놓고 그냥 나왔다.

집으로 돌아오면서 금방 후회했다. 어머니는 옷을 사다놓고 딸이 오기를 기다리며 흐뭇해 하셨을 텐데, 맘에 안 든다고 냉정하게 거절했으니…. 그런 무심한 딸을 물끄러미 바라보며 서운해 하시던 얼굴이 눈에 아른거린다.

가지고 올 걸, 왜 그리 쌀쌀맞게 했는지, 언제 또 어머니가 옷을 사줄 것인가? 이번이 마지막 선물이 될지도 모른다는 생각이 미치자 내가 너무 경솔했음을 뒤늦게 뉘우쳤다.

큰아이가 고등학교 다닐 때였다. 주말이면 집에 다녀가는 아들의 뒷모습이 왜 그리 짠하던지, 날씨가 쌀쌀해질 무렵이면 더 안쓰러운 생각이 들었다.

어느 해 겨울, 교복 위에 반코트를 걸치면 웬만한 추위는 견딜 것 같아 겉옷 하나를 장만하였다. 큰애에게 입고 가라고 건네주었지만 괜찮다면서 그냥 가는 것이었다. 마음에 안 들어도 못 이기는 척 입고 갔더라면 찬바람이 불어도 걱정이 덜되고 흡족했을 텐데… 그때의 서운함은 오래도록 좀처럼 가시지 않았다.

아무리 값지고 좋은 것이라도 옷 선물은 쉽게 할 일이 아닌 것 같다. 각자 취향이 다르므로 맞지 않으면 처치 곤란하여 천덕꾸러기가 되고 주고도 대우를 못 받는 경우가 종종 있다.

내가 큰아이에게 사준 옷을 안 입고 가서 서운했었음에도 어머니가 모처럼 큰맘 먹고 사준 옷을 찬바람이 일 정도로 뿌리치고 나왔으니 이런 불효가 어디 있단 말인가. 가끔 용돈이나 드리고 목욕시켜드리는 것으로 내 딴에는 잘하는 일이라고 여겼는지도 모르겠다. 효를 한다는 것은 크고 대단한 것이 아닌 것을, 그때그때 기쁘게 해드리면 부모는 그것으로 더없는 행복이라 여기는데 항상 내 생각 위에 잣대를 놓다보니 매번 후회할 일을 만들곤 한다.

크고 안 맞아도 웃으면서 입고 왔더라면 얼마나 좋아하셨을까, 몸도 불편한 어머니께 마음까지 아프게 하는 나는 철이 들려면 아직도 멀었다. 언제 또 옷을 사주시려나, 다시는 사주지 않을 것 같기도 하다. 이제라도 어머니께 '난닝구 하나 사달라.'고 떼를 써봐야 할까보다. 이다음엔 어리광이라도 부리면서 어머니의 상한 마음을 풀어 드려야겠다. 손주를 둘이나 둔 내가 어머니 보시기엔 아직도 어린애 같은가 보다. 환갑이 지나도 자식은 늘 물가에 내놓은 것 같다고 하는 그 말을 알 것 같다.

아직도 나에게 고운 옷을 입히고 싶어하는 어머니가 살아계신 것이 얼마나 고맙고 행복한 일인가. 생각만 해도 푸근해지는 말, 그 말은 어머니! 바로 어머니다.

어머니의 마음을 세세히 헤아리지 못하고, 어머니가 아파 누워 있어도 나는 건성이었다 싶다. 야위어가는 어머니가 얼마나 더 살아계실지, 이젠 불안함이 뒤따른다. 어머니 가슴에 못 박는 일은 더 이상 하지 말아야 되겠다고 늦게나마 마음을 다스려 본다.

두 바퀴 사랑

오리 두 마리가 우리 집에 왔다. 고북의 정씨 댁으로 출장수리를 간 정비기사가 가지고 온 것이다.

남편은 나무 상자 안에 오리를 가두고 물과 먹이를 넣어주었다. 상자 안에 갇힌 오리들은 적응이 안 되는지 꽥꽥거리며 푸드덕거린다.

며칠 후, 남편이 꽥꽥거리는 오리들을 상자 밖으로 내놓았다. 밖으로 나온 오리는 그릇에 있는 물을 날개로 축여 몸에 골고루 바르는 게 아닌가. 비록 말 못하는 짐승이지만 나름대로의 사는 방식이 있다는 것을 알 수 있었다.

오리는 물을 좋아한다. 물위에서 둥둥 떠다니며 헤엄도 치고 물고기를 잡아먹기도 한다. 그런 오리를 가둬놨으니 오리들에겐 이루 말할 수도 없는 고통이었을 것이다. 닭이나 개의 털은 물에 젖으면 금방 스며드는데 오리털은 물이 묻어도 잘 스며들지 않고 마치 방수처리를 한 것 같다.

우리 집 근처에는 하천이 있다. 생활하수를 정화조에서 걸러 내

보내는 물이 흐른다. 남편은 오리를 하천으로 내다놓았다. 물을 본 오리들은 날갯짓을 하며 유유히 물위에 떠다니고 제 세상을 만난 듯 자유롭고 생동감이 넘쳐보였다.

그런데 며칠 뒤 오리 한 마리가 죽었다. 두 마리가 있을 때는 서로 의지하며 노니는 것이 좋아보였는데 홀로 남아있는 게 외로워 보였다. 한 마리를 더 구해서 옆에 놔줘야 하나, 풀이 죽어 있는 오리를 볼 때마다 마음이 쓰였다. 얼마가 지났을까 남은 오리마저도 보이지 않았다. 어디선가 꽥꽥거리며 울 것 같아 가끔 하천을 내려다보고 주위를 둘러보아도 끝내 나타나지 않았다.

정비공장 앞에 밭이 있는데 부부가 함께 다니면서 농사를 지었다. 그곳에 나무도 심고, 생강과 옥수수, 고추며 계절이 바뀔 때마다 다른 작물이 심겨졌다. 거름을 주고 풀을 뽑아주며 부부는 정성껏 농작물을 가꾸었다. 나는 그 부부가 땀 흘려 가꾸어 놓은 것을 3층 베란다에서 내려다보기를 좋아했다. 나날이 파랗게 자라는 작물들을 보노라면 눈이 맑아지고 마음마저 가벼워지곤 했다.

그런데 어느 때부터인지 그곳이 농작물인지 풀인지 식별하기 어려울 정도로 변모하기 시작했다. 개망초 꽃이 만발하여 사람 키만큼 자랐고, 쇠뜨기, 바랭이 등 잡초가 밭의 주인인 양 기세등등해졌다.

알고 보니 지난해부터 그의 아내가 밭에 나오지 않았다. 아내가 암수술을 받고 입원 치료중이라고 하였다. 밭에 와서 풀도 뽑고 거름도 주며 부지런히 작물을 가꾸었는데 아내가 병원에 입원한 후로는 남편도 가끔 와서 둘러만 볼 뿐 금방 가곤 했다. 사람이 우선

이므로 환자를 간호해야 되기에 농사일엔 자연히 손길이 멀어질 수밖에, 그렇게도 잘 매만지며 가꾸던 기름진 밭이 어느 새 쓸모없는 황무지가 돼가고 있었다.

농부의 아내는 조선족 같아보였는데 얼굴은 예쁘장하고, 그녀의 남편과는 열다섯 살 정도 차이가 나 보였다. 그녀는 궂은일도 마다하지 않고 아침 일찍부터 저녁 늦도록 일하는 부지런한 여인이었다. 그녀와 가까이서 말을 주고받지는 않았지만 먼발치에서도 성실하다는 것을 알 수 있었다. 그녀가 병고에 시달린다는 소식에 마음이 무거웠다. 좀 더 잘 살아보겠다고 이국만리 낯선 이곳까지 와서 수술을 받았다니, 그녀의 몸과 마음이 얼마나 아플 것인가, 이 소식을 가족들이 전해 들었다면 상심이 이만저만이 아닐 게다. 밭을 내려다 볼 때마다 그녀의 가련함이 온 밭에 쫙 깔려 있는 듯하다.

가고 싶어도 쉽게 갈 수 없는 고향, 보고 싶어도 마음대로 만날 수 없는 부모 형제, 그럴 때마다 외로움은 파도처럼 밀려왔으리라. 그런 그녀의 속마음을 누군들 알아주었겠는가? 그녀의 남편이 곁에 있다 해도 그녀는 먼 하늘을 바라보며 때로는 눈시울을 적셨을 것 같다. 하천과 밭은 바로 옆에 붙어 있는데 오리는 죽음으로 끝나고 그녀는 몇 년이 지났는데도 아직도 병원에서 치료중이다.

사람이나 짐승은 자기가 태어난 곳에서 정서적으로 안정을 찾으면서 생활하는 것이 중요한 것 같다. 오리가 이곳으로 오지 않았더라면 더 살았을지도 모를 일이고, 그녀도 이곳으로 오지 않았더라면 병을 얻지 않았을지도 모른다.

물고기도 놀던 물이 좋다고 하지 않던가, 하물며 사람은 얼마나 태어난 곳이 그리웠겠는가. 사람이나 짐승이나 혼자보다는 둘이 같이 의지하며 사는 것이 보기에도 좋지 않은가.

바라만 봐도 좋은 당신 그려만 봐도 좋은 당신
멀리 있어도 가까이 있어도 너무 좋은 당신 내 당신…
당신은 앞바퀴 나는 뒷바퀴 두 바퀴로 달리는 사랑
쓰러지지 말고 달려요 두 바퀴로 달려요
우리 사랑 영원히, 영원히

그녀의 남편 핸드폰에서 흘러나오는 〈두 바퀴 사랑〉이 오늘따라 더 애절하다.

자연 속에서

손주를 데리러 사돈댁에 갔다.

중학교 교사인 며느리가 교육 받으러 간다고 아이들을 맡겨놓았는데 큰아들과 볼일을 끝내고 돌아오는 길에 들른 것이다. 사돈댁 집안에 들어서니 방문들을 떼어서 한지를 붙이고 있었다. 오랜만에 옛 정취를 보니 그 정겨움과 추억이 와락 몰려왔다.

추석이 가까워져서 새로 창호지를 바르는가 싶었는데 손주들이 손가락으로 여기저기 찢어놨다는 거였다. 왜 이렇게 찢었느냐고 물어보니 녀석들은 구멍 내는 게 재미나서 그랬다 하여 허허 웃었단다.

그렇지 않아도 창호지를 바른 지가 오래 되어 누래져서 올해는 다시 바르려던 참이었단다.

사돈댁은 한옥이다. 이 집에서 몇 대가 내려오며 산다. 사각형으로 지어졌고 앞에는 마당이 있고, 아래채엔 사랑방이 두 개가 있으며 마루가 있다. 대문을 열고 들어가면 오른쪽으로 큰 가마솥이 걸려있는데 군불을 때서 방을 따뜻하게 하고, 여물을 끓여 소에게 먹이던 아궁이다. 옆에 있는 뒤주는 벼나 보리를 수확하여 보관하는 곳이다. 안채는 안방과 넓은 대청마루가 있고 건넌방이 있으며 안방과 연결하는 마루는 곁문이 있어 겨울에는 찬바람을 막아주고, 한여름의 무더위도 양쪽 문을 열고 대청마루에 있으면 시원하다.

부엌에 들어가기 전 바로 옆에는 방과 마루가 놓여있다. 그 곳은 부엌일을 하는 사람이 사용했던 것 같다. 부엌으로 들어가 보면 출입문과 장독대를 드나드는 뒤란이고, 또 다른 문을 열고 나가면 허드렛일을 하기 위한 공간이 나온다.

부엌에서 안쪽으로 다락이 있는데 다락은 부엌천정까지 넓게 만들어져 있으며, 벽면에 있는 공간은 여닫이문으로 되어 있어 여러 가지 생활에 필요한 것을 넣어두는 곳이다. 뒤란 장독대에는 크고 작은 옹기그릇들이 즐비하게 옹기종기 놓여 있는 것을 보면 종가댁의 살림살이임을 금방 알 수 있다.

꽤 넓은 뒤란인데 장독대 주변에는 보랏빛과 흰색의 도라지꽃이 피어있고 봉숭아, 채송화, 안개꽃, 물위에 자태를 뽐내며 떠있는 연꽃이며 온갖 꽃들이 마음을 사로잡는데 이 댁에 들를 때면 혼자 보기에는 아깝다는 생각을 한다.

사부인은 마음이 답답하거나 힘겨울 때면 뒤란으로 나가 꽃들을 바라보며 어루만지다 보면 어느 사이 마음이 가라앉는다고 한다. 그 누구에게도 말할 수 없는 일이라든가 층층시하 시집살이로 고달플 때나 외로울 때 사부인이 남몰래 눈물을 훔치며 잠시 피신하여 마음을 가다듬을 수 있는 곳이 바로 뒤란이 아니었나 싶다. 그러고 보면 뒤란은 답답하고 허전할 때 살그머니 드나들 수 있는 여인들의 유일한 장소였는지도 모른다. 또한 집안이 편안하길 바라는 안택을 하는가 하면 정화수를 떠놓고 기원했던 곳이기도 하다.

부엌에서 쪽문을 열고 나가면 커다란 양은솥이 걸려있다. 그곳은 여러 사람들이 일을 한다거나 명절 때, 대소사가 있을 때 한꺼번에 많은 음식을 끓이기도 하고, 고추장이나 메주를 만들 때도 사용한다. 그 앞에는 해당화가 여러 그루 심겨져 있다. 꽃이 만발하면 마치 해당화 군락지라도 온 듯하다. 앞에는 부추가 심겨져 있고, 뒤로는 머위가 여기저기 그룹처럼 모여 있다. 요즈음 보기 힘든 맨드라미꽃도 피어있고, 이루 세지 못할 꽃나무들이 집 주변에 심겨져 있어 언제 가 봐도 마음이 푸근해진다.

남쪽으로 나 있는 문은 대문을 거치지 않고 드나들기 쉬운데 그 길 또한 크고 작은 앙증맞은 꽃나무들이 우리의 눈길을 끌며 유혹을 한다. 바로 위에 있는 밭에는 고추가 주렁주렁 열려 있고 기름기가 자르르 흐르는 애호박은 된장찌개나 부침개를 해먹으면 입맛이 돋을 것 같다.

북쪽에 있는 문으로 나가면 텃밭이다. 밭둑에는 무궁화 꽃이며 감나무와 사철나무 등이 심겨져 있다. 가지도 몇 그루, 상추, 쑥갓, 파며 파랗고 신선하여 안심하고 먹을 수 있는 먹을거리들이다. 사돈댁에 가기만 하면 이것저것 챙겨주셔서 한보따리 가지고 온다.

사돈댁 집 뒤에는 산이 있다. 그곳은 조상들이 묻혀있는 묘소가 있어 추수를 끝내고 나면 집안의 어른들과 형제, 가족들이 모여 시제를 지낸다. 그런데 몇 년 전 '곤파스'라는 태풍에 수난을 겪어 기품 있게 서 있던 자취는 찾아볼 수 없고 벌겋게 변했다. 수백 년 동안 자라온 큰 나무들이 폭탄을 맞은 듯 단 몇 시간 만에 민둥산을 만들었다. 천재지변은 아무리 만물의 영장인 사람이라도 막을 수 없는 일이다. 그곳에 다시 나무를 심었는데 언제 어우러질는지 산자락을 올려다보면 휑하게 깎이고 패인 것이 산다운 멋이 없고 흉하기 그지없다. 산에는 숲이 무성해져야만 보는 눈도 피곤하지 않다.

전에는 집을 지을 때 흙으로 벽돌을 찍어서 벽을 쌓고 나무로 기둥을 세우고 문도 전부 나무로 만들어 달았다. 방바닥은 종이로 바르고는 몇 번씩 기름칠을 하여 길을 들였다. 모두 자연에서 얻은 재료로 집을 지었다.

한옥의 문은 한지를 발라놔야 어울린다. 찬바람이 나고 추석이 다가올 즈음이면 빛바래고 찢어진 문종이를 떼어내고 한지를 발랐다. 문살에 붙은 한지는 잘 떨어지지 않기에 대충 떼어내고 그 위에 물을 듬뿍 뿌려 불렸다가 솔이나 걸레로 문질러서 묵은 종이들을 마저 떼어내야 한다. 창살 틈새에 쌓인 먼지까지도 말끔히 씻어내려 물기를 말린 다음 창호지에 풀을 쓱쓱 문질러 붙이고는 풀이 마를 때까지 바람 잘 통하는 그늘에서 말렸다.

문을 여닫는 부분은 자칫 잘못하다가는 찢어지므로 사방 한 뼘 반만큼 오려서 덧바르는데 은행잎이나 코스모스 꽃 같은 여러 가지를 책갈피에 넣어 두었다가 덧바를 때 넣고 그 위에 종이를 오려 붙여서 웬만한 충격에도 견디게 했다.

방안이나 밖에서 보는 문창호문은 문살이 어우러져 그윽한 멋을 냈는데 이건 한지만이 낼 수 있는 운치였다. 한지는 방안의 탁한 공기를 밖으로 내보내고 맑은 공기는 안으로 들어오게 하는, 아주

과학적인 숨을 쉬는 문이다. 우리 선조들은 자연친화적인 것으로 집을 지어 사람과 자연과 공생했다.

요즈음은 친환경이라고 하면 누구나 좋아하는데 조상들은 자재 속에 숨어있는 과학적인 것을 미리 터득하여 집을 지을 때도 건강을 염두에 두고 지었기에 아토피 같은 피부병도 적지 않았나 싶다.

현대식 건물은 튼튼하고 손쉽게 지을 수 있는 장점이 있다. 편리성만 추구하다보니 많은 사람들이 아파트를 선호한다. 그런데 층간 소음 때문에 이웃 간의 언쟁이 벌어지고 아무리 호수가 많다 해도 아래윗집에 누가 사는지조차 모르고 지내니 삭막하기 그지없다. 값진 재료를 사용하여 지었다 해도 자재에서 나오는 독소로 인해 건강의 리듬이 깨진다고 한다.

요즈음 다시 황토와 나무로 만든 집을 지으려는 사람들이 늘어나는 추세다. 흙집에서는 요리를 하여도 냄새를 흡수하기에 냄새 걱정은 하지 않아도 된다고 한다.

한옥을 지으려면 재료비가 비싼 게 흠이다. 전에는 불편한 점이 있었지만 지금은 생활하기 편리함은 물론 건강까지 생각해서 지었기에 잠을 자고 일어나면 몸이 거뜬하다고 한다.

차를 타고 지나다 보면 간혹 한옥이 눈에 뜨인다. 기와지붕을 보면 부드럽고 섬세하고, 고풍스런 운치에 한 번 더 쳐다보게 된다. 자연은 우리에게서 떼놓을 수 없는 좋은 벗이며, 한옥은 건강에 도움을 주는 유익한 주거공간이라서 황토와 나무로 만든 집에서 살고픈 욕심이 생긴다. 자연은 우리와 떨어져 살수 없는 소중한 벗이이다.

청소기
처럼

콩 농사

지난 해 콩 농사를 지었다.

물품을 보관하는 창고 부근에는 공터가 꽤 넓다. 남편은 그곳에 포클레인 장비를 임대하여 물이 잘 빠지도록 흙을 파서 돋우고 밭을 일궜다. 거름을 내고 트랙터로 경운작업을 하여 이랑을 만들었다. 콩을 물에 불려 묘판에 뿌리고 싹을 틔워 기른 다음 모종을 하였다.

시간이 날 때마다 남편은 밭으로 나갔다. 오이와 호박, 가지도 몇 포기 심고 자라는 것을 들여다보고 김도 매주곤 했다. 어느 날은 오이가 열렸다며 몇 개 따오고 가끔 애호박도 따 왔다.

여름에는 오이며 호박, 가지 이런 게 주로 찬거리다. 식초를 넣어 만든 시원한 오이냉국은 한여름에 지친 피로를 풀어주기도 하고, 오이소박이도 담가먹고, 회 무침에도 오이가 들어가야 상큼하다. 오이는 술안주로도, 마사지할 때에도 쓰이는가 하면 산행에서도 빠지지 않고 챙기는 채소이다. 남편이 밭에 좀 늦게 가는 날이면 누렇게 변한 노각을 따다 주방에 갖다 놓는다. 껍질을 벗겨내고 먹기 좋을 정도로 썰어 소금과 설탕, 식초를 넣고 절여 물기를 뺀 다음 고추장에 마늘 다진 것과 매실액과 식초를 넣고 무치면 오도독 새콤달콤 입맛이 살아난다.

남편은 농업기술 지도공무원이었다. 그래서인지 채소 가꾸는데 소질이 있다. 고추는 화분에 심는다. 밥을 안치고 찌개를 끓일 때도 몇 개 따서 썰어 넣고, 금방 딴 풋고추를 된장에 찍어 먹으면 아삭하고 입안이 개운하다. 요즈음 사먹는 먹을거리는 농약을 과다하게 친다고 해서 불안한데 남편이 손수 재배한 채소들은 안심하고 먹을 수 있다.

벼가 누렇게 익을 무렵 서리태가 여문다. 햅쌀과 풋콩을 넣고 밥을 지으면 기름기가 자르르 흐르는 게 찬이 없어도 한 그릇 뚝딱 먹게 된다.

어렸을 적, 오빠들이 콩을 꺾어서 짚 속에 넣고는 불을 피우던 추억이 되살아나서 이파리를 떼어내고 콩꼬투리가 달린 채로 찜통에 하나 가득 넣고 쪘다. 정비공장과 사무실은 풋콩잔치가 벌어졌다. 사람들은 오랜만에 먹어 본다면서 풋콩을 맛있게 까먹는다. 찜콩은 금방 바닥나서 또다시 한 솥 더 쪘다. 구운 것보다는 맛이 덜하지만 그래도 담백하고 구수하여 콩알은 자꾸 입안으로 들어갔다.

대부분 농산물은 완전히 여물었을 때보다는 80%정도 익었을 때가 영양가도 높고 가장 맛이 좋다. 풋콩을 냉동실에 저장해두면 오래두고 먹어도 변질되지 않고 늘 햇내를 낸다.

추수가 끝나고 수확한 콩이 한 포대 가득되었다. 남편은 생전 처음 손수 심어 거둬들인 콩을 신기한 듯 자꾸 들여다본다. 자신이 농사를 참 잘 지었다며 스스로가 대견한 듯 여전히 싱글벙글이었다.

서리태는 나물 기르는 콩은 아니지만 한번 길러보기로 했다. 시험 삼아 한 공기쯤 물에 불린 다음 물기가 잘 빠지는 그릇에 안쳐놓았다. 가끔 물을 주고 일주일정도 되니 먹기 좋을 만큼 자랐다. 밥밑콩이라 머리가 좀 크지만 발아도 잘되고 국을 끓여도 시장에서 사먹는 것보다 훨씬 맛이 구수하다. 콩나물 콩은 녹색 오리알테나 서목태 같은 소립종이나 모든 콩나물의 굵기는 별 차이가 없이 비슷하다. 콩은 불린 지 여덟 시간 정도 되면 싹이 트고 일주일 정도 되면 먹기 좋게 자란다. 빛을 보면 색이 파래지면서 잎이 올라오게 되므로 빛을 차단해야 된다.

이번에는 콩을 많이 담가 나물을 길렀다. 손수 기른 콩나물과 굴을 넣어 밥을 짓고 시원한 콩나물국도 끓였다. 통깨와 참기름을 넣고 달래를 송송 썰어 양념장을 만들고는 오늘 메뉴는 수확한 콩으로 만든 별식이라며 식구들에게 미리 예고하였다. 상 앞에 둘러앉은 남편과 아들은 양념장을 한술 떠 넣고 쓱쓱 비벼 한 그릇 달게 비운다. 나도 덩달아 평소보다 더 많이 먹었다.

예전 내 유년시절에는 동네에 애경사가 있으면 콩나물을 한 동이 길러다 주기도 하고, 손수 콩을 맷돌에 갈아서 두부를 만들어 보내주어 일손을 덜어 주었다. 이웃의 일을 내 일처럼 서로 돕고 살았다. 이렇듯 콩은 이웃 간의 정을 이어주고 잔치 날 손님접대 하는데도 요긴하게 쓰였다.

콩나물에는 단백질과 비타민, 무기질이 비교적 많다고 한다. 비타민C는 콩이 발아되면서 생성되는데 콩나물무침 한 접시를 먹으면 하루에 필요한 비타민을 반 정도는 섭취하게 되며 싹이 난 후 오륙일 동안은 비타민 함량이 늘어나고 그 이후로는 줄어듦으로 길러서 빨리 먹어야 좋다. 콩나물국은 숙취해소나 감기에도 효과가 있으며 콩으로 그냥 먹는 것보다는 나물로 먹는 것이 영양가도 많고 여성들의 갱년기장애도 줄이고 유방암이나 골다공증 같은 예방 및 치료에도 효과적이라니, 콩나물은 여러모로 우리의 건강에 도움을 주는 고마운 식물이다.

지혜로운 조상들은 싱싱한 채소를 구하기 어려운 겨울철에 콩나물을 길러서 비타민을 섭취했던 것인데 자손대대로 먹어도 질리지 않는 음식이 바로 콩나물이다.

콩 농사를 지은 남편 덕에 우리 집은 요즈음 부자가 된 기분이 들고, 농사를 지으면 넉넉한 마음이 생기는 것 같다. 콩나물을 손수 길러서 오가는 사람 한 줌씩 뽑아주는 재미도 쏠쏠하다.

새해도 남편은 콩 농사를 지어야겠다며 벼르고 있다.

빛나는 졸업합격증서

한창 공부할 어린 나이에 나는 가사 일과 농사일을 거들어야 했다. 그래서 학교는 꿈속에서도 가보고 싶은 간절한 곳, 자나 깨나 그리운 곳이었다.

농촌에서는 일손을 쉴 새가 없이 보리나 밀을 베어내면 뒷그루에 이어서 콩이나 고구마를 심었다. 중학교 진학을 못한 나는 한여름 내려쬐는 햇볕과 땅에서 올라오는 지열 속에서도 손을 쉴 수가 없었다. 그 김매는 일은 열서너 살 아이로서는 지옥훈련이나 다름없었는데 학교를 못 다니는 설움으로 더 숨통이 막히는 것 같았다.

아버지의 고모부는 공직에 있었는데 그 댁에 내 또래의 여자아이가 검정치마에 빳빳하게 풀 먹인 하얀 칼라의 교복을 입고 중학교를 다녔다. 그 애의 학교길이 우리 밭둑과 마당을 지나가게 되어 있어서 자주 마주쳤다. 나는 그애와 만나지 않으려고 등하교 시간에는 문밖에 나가지 않고 가방 들고 가는 뒷모습을 문틈으로 물끄러미 바라보곤 했다. 능력 있는 아버지를 둔 그 애가 부러웠다.

밭에서 김을 매던 어느 날, 어쩌다가 그 애와 눈이 마주쳤다. 가슴이 철렁 내려앉았다. 호밋자루를 팽개치고 어디론가 달아나고 싶었다. 머릿속은 하얘지고 땅이 푹 꺼져 내렸으면 좋겠다는 생각이 스쳤다. 어디로 숨고 싶은데 숨을 곳조차 없었다. 그 애 앞에만 있으면 왜 그리 내가 작아지던지, 그 애가 지나가는 길가에 우리집과 밭이 있는 것도 싫고, 논이 있는 것도 싫었다.

나의 사춘기는 시커멓게 그을린 얼굴이며 여기저기 흙이 묻고 땀에 젖어 후줄근한 몰골, 아무리 둘러봐도 마음에 드는 구석은 찾아 볼 수 없고 삶은 희망이 보이지 않는 안개 속 같았다. 나도 저애처럼 학교에 다닐 수 있다면….

못 다한 학업에 대한 갈망은 늘 가슴속에서 식지 않은 채 살아있었다. 책 한 권이라도 읽으며 글이라도 한 줄 써야겠다고, 언젠가는 배움의 길을 다시 가야겠다는 열망이 항상 떠나지 않았다. 그러나 그런 기회가 쉽게 내게로 오지 않았다.

어느 날, 내가 변하지 않는 한 아무것도 할 수 없다는 생각이 갑자기 들었다. 공부를 한다고 사업을 소홀이 할 수도 없는 일이라 낮에는 일하고 밤늦도록 몇 년 동안 책과 씨름하여 고등학교 졸업 학력검정고시에 전 과목을 합격했다. 이젠 대학에 갈 수 있다는 가능성을 얻은 것만으로도 힘이 솟았다.

고등학교 졸업학력 합격증서 받던 날, 설레는 발걸음으로 학원에 갔다. 증서를 받을 때 나도 모르게 눈물이 주르르 흘러내리면서 어머니 얼굴이 떠올랐다. 제대로 가르치지도 못하면서 왜 낳았느냐고 모진 말을 어머니께 했었다. 그 때 어머니는 "미안하다, 에미가 죄인이다." 긴 한숨을 내쉬며 더 이상 말씀을 못하셨다.

어느 부모인들 자식을 잘 가르치고 싶지 않았으랴. 한국전쟁 이후 넉넉하지 못한 살림살이에 자식들 먹여 살리려고 허리띠를 졸라매신 어머니 가슴에 대못을 박았었다.

'어머니, 그때는 너무 힘들어서 그랬습니다. 죄송합니다. 저를 이렇게 낳아주셔서 진심으로 고맙습니다.'

늦게나마 어머니께 속엣말을 하고 나니 마음이 좀 홀가분해졌다. 응석부리며 호강을 누리고 살았더라면 지금의 내가 있었을까, 어렸을 때 교복 입고 지나가던 그 아이, 부러움의 대상이었던 그녀는 지금 어디서 무엇을 하고 사는지 가끔은 궁금하다.

정규교육을 받았더라면 더 좋았을 테지만 그래도 내겐 열정을 다해 받은 고등학교 합격증서이기에 이제는 그 어느 것도 다 괜찮다는 마음이다.

항상 깨어있는 것만으로도 무엇인가 할 수 있다는 희망이 있음이고, 이렇게나마 글을 쓸 수 있다는 것도 선택받은 사람이 아닌가 싶어 주어진 모든 것에 고마움을 느낀다.

청소기처럼

차고 맨 뒤에는 작은아들 은기의 승용차가 주차되어 있어 낮에는 내가 타고 다닌다.

오늘도 은기의 차를 타려고 문 열고 들어가는 순간 운전석 매트 부분에 먼지가 쌓여 있고, 오르내리며 신발에 스쳐 시트 가장자리에 흙도 묻어 있다. '이 녀석 청소 좀 하고 다니지 이게 뭐람!' 기분이 썩 유쾌하지 않다.

일하느라 바빠서 그러려니 하면서도 잠깐 시간 내어 치우면 되련만 너무 털털한 게 맘에 안 든다.

차를 이용할 때마다 쾌적하지 않은 내부를 청소해 줘야겠다고 생각하면서도 막상 차에서 내리면 잊게 되고, 다시 문을 열면 지저분한 게 눈에 띄곤 했다.

오늘은 안 되겠다 싶어 외출에서 돌아와 차고에 두지 않고 사무실 앞에 세웠다. 바쁘게 일하는 아들보다는 내가 하는 게 나을 것 같아 큰맘 먹고 청소하기로 했던 것이다.

앞뒤 문을 다 열어놓고 바닥에 깔아놓은 매트를 걷어냈다. 바닥은 여기저기 더럽혀져 있고 브레이크 페달 근처는 이물질이 더 쌓여있다. 먼지를 어떻게 치워야 될지, 좁은 공간이라 빗자루로 쓸어내지도 못하겠고 걸레로 닦아낼 수도 없었다. 세차장에 맡기면 될 일을, 괜한 짓을 한 것 같아 후회마저 들었다. 이럴 때는 자동차 전용 세차장의 청소기가 있으면 좋을 텐데, 내부는 먼지가 쉽게 떨어지지 않는 천으로 내장되어 있는지라 청소는 시작했지만 만만한 게 아니었다.

바닥면에 닿는 부분이 망가진 진공청소기를 방구석에 세워둔 것이 생각났다. 그걸 가지고 나와 고장 난 부분은 빼내고 구석이나 틈새 청소할 때 사용하는 조그마한 것으로 갈아 끼웠다. 손잡이 길이를 짧게 줄여 승용차 바닥이며 구석진 곳까지 세세히 흡입하였다. 쌓여 있는 먼지들이 내게로 들러붙는 것 같아 찝찝하였지만 차 안은 물론 트렁크까지 청소기가 가는 곳마다 말끔해졌다. 매트는 물로 세척하여 말리고 미세먼지까지 말끔히 닦아냈다. 어느새 승용차 안이 발로 밟기 미안할 정도로 산뜻해졌고 보기만 해도 내 속이 후련했다.

마침 은기가 왔다. 청소하느라 허리도 아프고 팔도 아프다며 아들에게 청소비 내놓으라고 하니 제 할 일을 엄마인 내가 했으니 매우 머쓱해 한다.

새로 청소기를 구입하고는 고장 난 것을 버릴까 하다가 그냥 한 구석에 놨던 것인데 오늘 유용하게 잘 써먹었다. 다음에도 자동차 청소할 때 사용하면 되겠다싶어 치우려는데 오래 세워두었던 터라 먼지가 쌓여있고, 전원을 켜고 작동시키면 모터 돌아가는 소리가 예전 같지 않았다.

이번에는 청소기를 청소하기로 했다. 겉 부분을 걸레로 닦다보니 이물질 모으는 통이 지저분한 게 눈에 들어온다. 더 들여다볼 것도 없이 뚜껑을 열었다. 맙소사! 그 속엔 머리카락, 이쑤시개며 온갖 먼지 등 각종 쓰레기로 꽉 차 있었다. 자동차 내부가 지저분하다고 늘 꺼림칙했는데 그건 아무것도 아니었다. 겉으로 보이는 것만 치우면서 내부청소는 하지 않고 그냥 두었던 거다. 필요할 때만 사용하고 방치해 둔 청소기가 아니던가.

청소기는 자신의 몸이 망가져도 모든 더러운 것들은 다 내게로 하며 쓰레기들을 모아 끌어안으며 주변을 깨끗하게 변모시키지 않던가. 세상에 청소기처럼 자신을 희생하며 세상을 밝히는 사람들이 많다. 나는 다른 사람들에게 무엇을 베풀며 살았던가? 나만 손해보고 사는 것처럼 늘 불만이 떠나지 않은 나를 보는 식구들인들 나로 인해 불만이 없었으랴. 모두 상대적인 것이라서 나름대로 가슴에 상처받는 일도 있었을 거다.

수십 년 사업을 하면서 함께 지내온 직원들의 가려운 곳은 긁어주지 않고 그냥 지나친 적은 없었는지, 그들이 겉으로는 웃어도 속으로는 풀어내지 못하는 마음의 상처도 있었을 것 같다.

비록 외모가 좀 망가졌어도 묵묵히 제 소임을 다하는 청소기를 보면서 나 자신을 돌아본다. 내가 필요하면 옆에 놓고 사용하고 필요 없다 싶으면 쉽게 버리는 게 우리네 생활에서 너무 익숙해진 것은 아닌지, 언제나 초심을 잃지 말라고 하는 말의 의미를 잠시 생각하게 한다.

그래도 이 세상에는 청소기처럼 궂은일을 마다하지 않고 남을 보살피는 이들이 많아 살만한 세상이지 싶다.

다행스런 일

작은며느리가 산달이 되었다. 나는 며느리에게는 배가 아파 올 때 병원에 가면 되니 너무 걱정하지 말라고 했지만 나 역시 은근히 걱정이 되었다.

예정일이 며칠 지났는데도 애 낳을 기미가 없으니 병원에서는 유도분만을 해야 된다고 하였다. 유도분만은 자연적인 진통이 오기 전에 약물로 시도하는 것이라서 아무래도 시간이 좀 걸리지 싶었다.

며느리가 병원에 입원한 날은 내가 봐도 쉽게 낳을 것 같지 않아 보였다. 수시로 간호사가 들어와 태아의 심장박동을 체크하고 산모의 진통 주기를 살피면서 자궁문이 열리려면 아직도 멀었다고 한다. 사람에 따라 다르지만 대부분 첫애를 낳을 때는 예정일보다 늦어지고 진통도 길어 산모의 고통은 극심하다.

이튿날도 전날과 다름없었고 고강도의 진통은 아니었지만 며느리는 간간이 찾아오는 진통을 참느라 긴 호흡을 하며 침대 난간을 잡고 온 몸을 뒤틀며 안간힘을 쓴다. 신음 소리를 들을 때마다 안쓰러워 며느리의 친정어머니와 나는 서로 얼굴을 쳐다보며 순산하기를 바랄 뿐, 안절부절못하고 답답함에 서성거릴 따름이었다. 오후가 되어도 아기는 나올 기미가 없다.

담당의사는 지금껏 고생한 것은 아깝지만 태아의 심장박동소리도 떨어지고 산모의 양수가 적어 아기가 위험할 수도 있으니 아기를 생각해서 수술하는 게 좋을 것 같다고 했다. 자연분만하기를 바랐는데 어쩔 수 없이 제왕절개 수술을 하게 되었다.

전에 나도 애를 낳을 때 저렇게 고통스러웠을 텐데, 옆에서 지켜보는 것도 산모 못지않게 불안하기는 마찬가지고 잠시도 편히 있을 수가 없었다. 새 생명을 탄생시킨다는 것은 예나 지금이나 여자들의 고통으로 이어지는, 참으로 위대하다는 생각이 들 뿐이다. 애를 낳으려면 삼천마디가 벌어져야 되고, 오죽하면 죽음의 문턱까지 갔다 와야 한다고 하지 않던가.

며느리는 혹시라도 수술해야 될지도 모른다는 의사의 지시에 따라 금식 중이었다. 그렇잖아도 힘겨워하는데 어제부터 식사를 못했으니 더 지쳐있다. 머지않아 아빠가 될 아들은 제 아내의 손을 꼭 잡고 땀을 흘리며 안절부절못한다. 지금 아들부부는 부모 되기가 이렇게 어렵다는 것을 조금은 알 것이라 생각되었다.

수술실로 들어 간 지 이십여 분이나 지났을까, 조용하던 병원 안에 아기 울음소리가 우렁차게 울려 퍼졌다. 옆에 있던 사부인이 우리 아기 같다고 하는 말을 들으면서 벌써! 하고 갸웃거리노라니 간호사가 갓 태어난 어린아이를 안고 나오며 "축하해요, 건강한 남아예요!" 한다.

대기실에서 초초하게 기다리던 우리는 새 생명과 첫 대면을 하였다. 사부인에게 외할머니 된 것을 축하한다고 전하고, 아들에게도 등을 두드려 주면서 축하해주었다.

한 생명이 잉태되려면 삼억여 마리의 정자 중에서 가장 힘센 것하나가 선택되어 한 생명으로 결정되는, 처음부터 어마어마한 경쟁자를 물리쳐야 비로소 가능하다고 한다. 사람으로 형성되어 세상 밖으로 나오면 또 다른 경쟁 속에서 살아야 된다. 삶은 경쟁의 연속이 아닌가 싶다.

내가 큰아이를 낳을 때이다. 예정일보다 이십여 일 지나고 밤낮사흘을 진통한 끝에 낳았는데 그 시간이 얼마나 지루하고 고통스러웠는지 모른다. 그 이후 갓 태어난 여자아이만 보아도 그 아이가나중에 겪을 산고를 생각하게 되어 한없이 안쓰럽고 불쌍해 보였다. 어머니도 나를 낳을 때 이러했을 것이니 자식을 낳아봐야 부모마음을 좀 알 수 있는 것인가 보다.

'사람은 어떻게 태어나는가.' 회심곡 가사에서 "아버님 전 뼈를빌고 어머님 전 살을 빌어"라고 하듯이 우리는 부모의 몸을 빌어이 세상에 태어난다. 또한 아버지는 하룻밤 신세이고, 어머니는 열달 신세라는 말에 간접적으로 나타나 있듯이 아버지가 나를 낳으시고 어머니가 나를 기르신다고 생각해왔다. 이렇게 사람은 양친부모의 결합으로 태어난다. 인간인 부모가 아기를 탄생시키는 것인데 부모의 의지와 노력만으로 아기가 생겨서 태어나는 것은 아니라고 한다. 부모의 결합이 새로운 생명의 동기이기는 하지만, 부모가 하지 못하는 일이 있는데 그것은 부모는 아기를 점지하지 못한다고 한다.

점지란 숨을 불어 주어 강한 생명력으로 아기를 스스로 건강하게 자라나게 하는 일이며, 또 아들과 딸인 성별과, 단명하고 장수하는 것, 미련하고 총명한 것이나 선하고 악한 것, 건강하고 허약한 것 따위의 문제는 인간인 부모가 상관할 수 없음이라 아기가 출생하면서 부모의 능력은 한계에 도달하는 것이다. 아기의 탄생에는 양친 부모뿐만 아니라 신적 존재가 도와주어야 하는데 우리나라에서는 이 신적 존재를 삼신할머니라 불렀다. 의료혜택을 받지 못하던 시절에는 삼신할머니가 아기를 점지하고 도와주어야 아기가 생기고 무사히 순산하여 무병장수한다는 믿음이 컸다. 의학이 발달한 지금도 부모의 의지만으로는 아기를 마음대로 낳을 수 있는 부분은 아닌 것 같다.

사람에게는 생년월일이란 게 있다. 그것은 자신이 태어난 날이기도 하지만 그 속에는 평생운명이 숨어있다. 너는 이 세상에 나가서 어찌어찌 살게 될 것이라는 짐을 안고 나오느라 때가 되어야 비로소 뱃속에서 나온다고 한다. 그래서인지 주위를 둘러보면 부모덕이 없어 홀로 서기를 하느라 고생하는 사람도 있고, 자식 복이 없는 사람이 있는가 하면 재물 복이 없어 늘 허덕이며 사는 이도 있다. 처복이 없는 사람도 있고, 또 남편 덕이 없는 사람도 있다. 사람마다 한두 가지는 만족스럽지 않는 일로 늘 아쉬워하며 살아가는 것을 보면서 어느 누구라도 복은 공평하게 지니고 태어나는 게 아닌가 싶다. 꽃가마 속에서도 근심이 있다고 하지 않았던가, 남모를 근심걱정을 두고 사람들은 흔히 타고난 팔자소관이라고 한다.

밀알이 썩어야 비로소 싹이 튼다. 모든 생명과 하찮은 풀꽃이라도 남모를 고난을 겪어야만 이 세상에 존재하게 되며 미래가 있는 것이다. 사철 푸른 소나무를 자세히 살펴보면 봄에는 새순이 돋고 솔방울이 열린다. 파랗던 솔방울은 크게 자라면서 씨를 생성하여 종족보존을 하고, 가을이 되면 묵은 솔잎은 땅에 떨어져 자신의 분신을 썩혀 튼실하게 자라도록 하여 소나무는 늘 푸르름을 간직할 수 있는 것이다.

며느리는 회복실에서 깨어나 병실로 옮겼다. 아기가 어쩜 제 아빠를 꼭 빼닮았는지, 아기의 얼굴을 들여다보면 볼수록 신기하고 귀엽다고 하는 며느리는 자식을 얻은 뿌듯함에 힘들었던 기억은 벌써 잊은 듯 했다. 뱃속에서 아기는 탯줄로 영양분을 공급받다가 세상에 나와서는 엄마의 젖을 먹으면서 무언 속에서도 진한 피가 흐름을 느낀다. 곤히 잠을 자고 있는 아이를 가만히 바라보고 있노라면 천사가 따로 없을 듯하고 평화롭다.

이 세상에서 무엇과도 비교할 수 없는 존재는 바로 자식이다. 아이들을 키우다 보면 웃을 일도 많지만 속상하는 일도 생기게 마련, 애들이 있으므로 삶에 생기가 돌고 어느 때는 든든한 버팀목이 되기도 한다. 그런 부모 자식 간의 끈끈한 정이 있기에 고생스럽고 힘들어도 자식을 낳고 또 낳는 것이리라.

인구는 국력이라는 말이 있다. 될 수 있으면 아이를 많이 낳으면 좋으련만 요즈음은 키우기 힘들다고 애 낳기를 꺼려한다. 고통스러워서 애를 그만 낳을 거라고 말할 지도 모르겠는 생각을 했는데 며느리는 아이를 어느 정도 키워놓고 둘째 계획을 세워야겠다고 하여 고맙고도 다행이다 싶었다. 애를 낳을 때의 고통을 생각하면 두 번 다시는 임신을 안 할 것 같은데 이 세상의 위대한 어머니들이 있어 인류는 대대로 지속되고 발전하는 미래를 지향하며 희망을 만들어 가는 것이리다.

안에서 우러나는 아름다움

여스님이 탁발을 나왔다.

어제도 다른 여스님이 왔었다. 그런데 어제 그 보살은 아무리 머리를 깎고 승복을 입었다 해도 불자 같아 보이지 않았다. 승복을 입지 않았더라면 좋을 정도로 불교와 어울리지 않아 보였다. 그가 목탁을 두드리며 염불을 시작했다. 그런데 나는 그에게 시주를 하지 않고 빨리 되돌려 보내야겠다는 생각이 들었고 나도 모르게 '성당 나가요' 하며 둘러댔다. 성당을 다니다가 냉담한 지 오래되었는데 달리 할 말을 찾지 못해 거짓말을 한 것이다. 그러자 그 보살의 눈초리가 차갑게 변하더니 염불을 멈추고는 휙 돌아서서 문을 박차고 나가버리는 것이었다.

그러면 그렇지. 부처님을 제대로 모시는 사람이라면 저런 행동을 하지 않을 텐데 느낌이 그런 사람에게 누군들 시주를 하고 싶은 생각이 들까. 그가 제대로 된 중이 아니라는 것을 알 수 있었다. 그가 가고 난 뒤 시주를 안 하기를 잘했다는 생각이 들 정도였다.

오늘 다른 여스님이 왔다. 잠시 얼굴을 살펴보니 어제 온 사람과는 달리 처음부터 공손하게 합장을 했다. 시주를 할 양으로 무슨 말인지를 알아듣지 못해도 염불을 하도록 그냥 놔두었다. 어느 정도 목탁소리를 들은 후 시주를 했다. 보살은 고맙다며 목탁을 톡톡 친다. 가까이에서 본 그분의 얼굴은 마치 부처님을 뵙는 듯 부드러운 미소가 내 마음까지 편안하게 해주었다.

그분은 교회를 다니든 불교를 믿든 믿음은 자유지만 그 속에 푹 빠지지 말고 인간으로서 지녀야 할 도리를 하는 것이 중요하다는 말도 하였다. 평소에 느끼던 바라서 공감이 갔다.

그 보살은 나에게 저쪽 담 밑에 민들레가 많던데 그냥 버려두지 말고, 말려서 차를 끓여 먹으면 기미가 없어지고 몸에도 좋다고 일러주었다. 스님 얼굴이 환해서 "화색이 도는 것을 보니 저런 것을 많이 드셨나보네요?" 하고 물으니 보살은 약초를 많이 먹어서 그렇다고 한다. 이렇게 시주를 나온 것은 돈이 없어서가 아니라 자신이 직접 돈을 마련해서 동짓날에 쓰기 위한 것이라며 혹시 대천에 올 일이 있으면 한번 들르라면서 명함을 주고 갔다.

기미가 없어진다는 보살의 말이 귓가에 맴돌았다. 그렇지 않아도 햇볕만 쬐면 얼굴에 기미가 시커멓게 올라와서 화장을 할 때엔 파운데이션을 더 찍어 바르기에 바쁘다. 기미를 없애려고 남들은 일부러 병원에 가서 치료를 받는다는데 돈 안들이고 기미를 없앤다면야 얼마나 좋은 일이랴. 밑져야 본전이지 싶어 호미와 소쿠리를 들고 민들레를 캐러 담 밑으로 나갔다.

지천으로 깔려있는 민들레를 하나씩 캐기 시작했다. 수분이 있는 곳은 줄기도 싱싱한데 수분이 없는 곳에서 자란 것은 줄기도 작고 누렁 잎이 많았다. 그래도 뿌리까지 캐기 위해 흙을 호미로 깊게 파헤쳤다. 마치 민들레를 재배라도 한 것처럼 담 밑에는 많이 널려 있었다. 한 시간 정도 캤을까, 큰 함지박에 수북하다.

캐온 민들레를 수돗물로 씻고 또 씻었다. 요즈음 이상 기후라서 겨울인데도 이파리가 아직 파랗다. 물에 씻은 것을 다시 다듬었다. 누런 잎과 잡티를 골라내고 뿌리가 굵은 것은 칼로 쪼갠 뒤 다시 물에 씻었다. 캐는 시간은 얼마 걸리지 않았는데 씻고 다듬는 시간이 몇 배 더 걸렸다. 등살이 저리고 허리가 아파도 기미가 없어진다는 말에 참기로 했다. 따뜻하게 온도를 높이고는 방바닥에 민들레를 펴 널었다.

민들레는 여러해살이풀로 국화과에 속한다. 잎은 나물로 먹고 꽃 피기 전의 뿌리와 줄기는 땀을 내게 하거나 몸을 건강하게 하고 혈기가 왕성하도록 하는 약재로도 쓰인다. 그래서 기미가 없어지고 몸에 좋다고 하는 것 같다. 어쨌든 민들레를 방바닥에 말리는 중이다. 기미가 없어질지는 아직 모를 일이지만 그래도 기대를 걸어보는 수밖에, 기미가 빠지지 않는다 해도 강장에 좋은 약으로 쓰인다니 먹어서 손해 볼 일은 없지 않은가.

같은 승복을 입은 두 보살을 대하면서 어찌 저렇듯 상반될까 싶었다. 한 사람은 대우를 받지 못할 행동을 하고 나중에 온 보살은 표정에서부터 밝고 부드러웠다. 상냥한 말투며 게다가 건강에 좋다는 정보까지 알려주니 호감이 갔다. 옆에 지천으로 있어도 몰라서 그냥 놔두었는데 그런 것까지 챙겨주는 그는 어디에서든 좋은 대우를 받을 것 같다. "자기 대우는 저하기 나름이다."라는 말처럼 무엇이라도 더 주고 싶은 사람이 있는가 하면 마주하기도 싫은 사람이 있기 마련이다.

그런데 남의 눈에 나는 어떻게 비춰졌는지 잠시 뒤돌아본다. 나라고 다 잘하고 살지는 않았을 게다. 때로는 고객한테 듣기 싫은 말도 했을 것이며, 때로는 내 감정을 절제하지 못하고 상대방을 기분 상하게 한 적도 있었을 게다. 그런 나를 만난 사람들은 불쾌한 마음으로 돌아서며 교양 없는 사람이라고 했을 것이다.

살면서 남한테 피해주는 행동은 하지 말아야 한다. 인격은 누가 만들어 주는 게 아니고 자신 스스로 만드는 것이니 지금부터라도 내적으로 풍기는 아름다움에 욕심을 내봐야 할 것 같다.

삼밭 속의 쑥대

늘 해맑은 얼굴로 사람들을 대하는 법무사가 있다.

그녀를 만나게 된 것은 법원에서 함께 조정위원으로 활동하면서 부터인데 그 후로 가까이 지내고 있다. 사람은 누구나 말 못할 사연을 하나씩은 지니고 살듯 활달하고 소탈한 그녀에게도 남모를 속내가 있었다.

그녀의 남편은 결혼하고 얼마 안 되어 4년제 정규대학을 나와야 사회생활을 제대로 할 수 있다며 학업에 대한 열망을 버리지 못해서 그녀는 힘들어도 학비를 대주었다. 졸업 후 취직을 하였으나 얼마 다니지 않고 그만 두었다. 남의 밑에서 일하는 것보다는 자영업을 하는 게 더 전망이 좋을 거라는 무지개 같은 환상으로 그는 친구와 같이 동업을 시작하였다. 그런데 얼마 못가서 돈을 벌기는커녕 빚만 잔뜩 떠안게 되었다. 빚발치는 빚 독촉에 더는 버틸 힘이 없자 그만 사업을 접어야 했고 쫓기는 신세가 되었다.

집안에서 빈둥거리는 것도 하루 이틀인지라 그녀는 자신이 운영하는 사무실에서 남편이 처리할 수 있는 일을 시키기로 했다. 그러자 어찌 알고 나타났는지 빚쟁이들은 날마다 사무실로 찾아와 빨리 돈을 갚으라고 행패를 부리는 바람에 오히려 도움은커녕 걸림돌이었다. 남편이 저지른 일을 처음에는 변제해 주었으나 그녀로서는 감당하지 못할 많은 금액이라서 손을 쓸 수가 없었다고 한다.

그 후로도 그녀의 남편은 사업자금을 대달라고 졸라대고 폭행까지 했다. 견디다 못한 그녀는 결국 위자료까지 주고는 남편과 갈라섰다.

그리고 삼남매를 혼자 힘으로 키웠다. 아이들이 잘 자라서 구김살 없이 명랑했다. 바르게 기르기까지 그동안 마음고생을 많이도 하였겠다는 생각이 들었다. 낙천적인 성격으로 자상하게 돌본 덕에 큰아들은 프로골퍼로, 작은아들은 법조계에서 일하고 있으며 막내딸은 대학생이다.

그녀는 시어머니를 이제는 모른 체 해도 되련만, 지금까지도 매달 용돈을 거르지 않고 보내드린다. 생일이나 어버이날이면 잊지 않고 선물도 보내고 가끔 애들을 할머니와 아빠를 찾아뵈라고 보낸다. 아이들이 "이제 그만큼 했으면 그만 신경 쓰지 않아도 되지 않으냐?"고 하면 "아버지가 있어 너희들이 이 세상에 태어났으니 감사한 일이고, 또 할머니는 너희들 어릴 적에 돌봐주느라 애쓰셨는데 그냥 모른 척하면 안 된다."고 다독인다. 그런 그녀가 현시대에서 보기 힘든 천사 같다.

그녀 덕에 가끔 영화나 여러 가지 공연을 관람하는 즐거움을 누린다. 한번은 당진으로 공연을 보러 갔다. 매월 마지막 수요일은 문화의 날이라서 입장료가 할인되어 저렴하게 관람할 수가 있다.

그녀는 그런 날은 많은 사람들과 함께 즐거움을 나누려고 티켓을 여러 장 예매를 한다. 그때 동행했던 사람 중에 장애인이 있었는데 아직 결혼을 안 한 처녀이다. 그 처녀의 부모는 사업 때문에 딸에게 신경을 써 주지 못하고 절친한 친구가 있는 것도 아니기에 문화혜택을 누리지 못하고 지내는 것이 안타까워 그녀가 이렇듯 데리고 다닌다고 하였다.

그녀는 나에게 자동차를 주차장에 세워두고 올 테니 내려서 먼저 가라고 했다. 나는 아가씨와 함께 차에서 내려 강당으로 걸어 들어가는데 시선이 내 쪽으로 몰리는 것을 느낄 수 있었다. 장애가 있는 그 아가씨를 사람들은 한 번씩 더 쳐다보곤 했다. 순간 나는 눈을 어디에 초점을 맞춰야 될지 걸음이 짐짓해져 화장실에 갔다 올 테니 잠간 여기에 있으라고 하고는 나도 모르게 자리를 피했다. 차를 주차해놓고 온 법무사는 누구도 의식하지도 않은 채 환하게 웃으며 그 애를 대하는 것을 보니 조금 전에 내가 한 행동이 부끄러웠다. 몸이 불편한 것만 꼭 장애일까? 마음이 너그럽지 못한 내가 정작 더 큰 장애임을 느끼는 순간이었다.

그녀와 같이 사회복지법인 보육원 원장을 만났다. 부모의 사랑을 받지 못하고 자라고 있는 어린이들을 위해 매달 기부금을 후원하기로 하였는데 그녀는 남자아이를, 나는 여자아이를 선택했다. 주위에서 소외된 사람들을 위해 늘 봉사하는 그녀 덕에 나도 후원자가 된 것이다.

'봉생마중 불부직(蓬生麻中 不扶直)'이란 말이 있다. 굽어지기 쉬운 쑥대도 삼밭 속에서 자라면 저절로 곧아진다는 뜻이다. 좋은 벗과 사귀고 훌륭한 친구와 교분을 맺으면서 생활하다 보면 거기에 동화되어 올곧게 자라기 때문이다. 옆으로 퍼져 자라는 쑥도 부축해 주지 않아도 똑바로 자라게 되고, 흰모래가 검은 흙과 섞이면 검은 모래가 된다는 말이 있듯이 누구와 함께 있느냐에 따라 사람의 일생을 좌우하게 되니, 좋은 만남은 곧 좋은 인연을 낳고, 좋은 결과를 낳는다.

그녀가 하는 것을 반의반도 못하지만 이젠 누구를 만나든 간에 편견 없이 대해보려는 시늉이라도 내야 할 것 같다.

누구를 막론하고 언제나 웃는 낯으로 대하고 한결같은 마음으로 사람에게 푸근함으로 다가가는 그녀의 성품은 타고난 천성인 것 같다. 아무나 할 수 없는 일이기에 그녀를 만날 때마다 어찌 저리도 심성이 고울까, 한 번 더 생각하게 된다.

그녀를 만나면 언제나 마음이 푸근해지고 즐거움이 따르니 나도 모르는 새 내게 있던 상처들이 치유되는 것이 아닐까? 아마도 그럴 것이라고 끄덕여본다.

장학증서

큰손자 녀석이 어느새 자라서 초등학교에 들어간다고 한다.

이제 학업에 첫발을 내딛는 아이에게 책가방을 사주어야 하나, 옷을 한 벌 해 입혀야 하나, 어떤 게 좋을지 쉽게 결정을 못 내리고 있던 차에 어느 지인이 한 말이 떠올랐다. 그는 손주들이 학교에 입학하게 되면 장학금을 전달한다고 했다. 그 방법도 괜찮을 것 같아 나도 실행에 옮기기로 하였다.

내 생일날, 아들과 며느리, 손자 녀석들이 왔다. 저녁상을 물리고 나서 케이크에 촛불을 켜고 온 가족이 함께 축하의 노래를 부르노라니 집안에는 온통 웃음꽃으로 가득 채워졌다. 지극히 평범한 삶이지만 가족은 행복으로 이어지는 끈이라는 걸 다시 느끼게 하는 순간이었다. 자식이 있으므로 괴로움보다는 기쁨을 더 누렸고, 든든한 울타리이자 늘 힘을 솟아나게 하는 버팀목이 되었던 게다. 누구 하나 근심걱정 없는 평온한 얼굴들, 이 푸근함이 오래 지속되기를 바라는 마음뿐이었다.

손자 석현이가 입학하는 날이 얼마 남지 않았기에 가족들이 모였을 때 장학금을 전달하는 게 좋겠다 싶어 깜짝쇼를 벌이기로 준비하였다.

'초등학교 입학을 축하하며 공부를 열심히 하여 장차 사회에 필요한 일꾼이 되기를 바라는 소망으로 일금 일백만 원과 이 증서를 수여한다' 는 내용을 담아 노란종이에 만들었다. 남편은 증서를 읽은 후 손자에게 전하고, 나는 금일봉을 전달했다. 뜻밖의 장학금을 받아든 손자는 고맙다는 인사를 꾸뻑하며 기뻐서 어쩔 줄을 몰라했다. 이제 한 살 된 작은 손자 녀석도 손뼉을 치며 흥에 겨워 엉덩이를 들썩들썩 한몫 거드는 바람에 우리는 또 한바탕 웃었다.

앞으로 손주들이 초등학교와 중학교, 그리고 고등학교에 입학할 땐 장학금을 줄 것이라고 약속하였다. 내 아들들은 부모에게 손 벌리지 않고 가정생활을 꾸려가니 이제 신경을 쓰지 않아도 되므로 대신 손주들에게 용기를 심어주기로 하였다. 학교에 들어가기 전 준비해야 할 용품을 유용하게 사용하라는 뜻에서 장학금식으로 대신하게 된 거다.

손주들이 할아버지 할머니의 사랑을 마음속에 간직하며 바른길로 가지 않을까 하는 바람도 들어있다. 자라나는 녀석들에게 희망을 주는 일은 개인적이기도 하지만 이는 곧 사회를 밝게 만들어가는 길이기도 하다. 그저 건강하게 잘 자라면서 주위사람들에게 피해주지 않고 기본적인 도리를 한다면 무얼 더 바라겠는가.

'장학금' 이라는 이 글귀는 자라나는 새싹들에게 꿈과 희망을 안겨주는 일이라서 언제 들어도 훈훈함으로 다가온다. 요즈음은 장학금을 관공서나 기업체, 또는 여러 단체에서도 하고, 개인들도 사회발전을 위해서 하고 있다. 때론 가정형편이 어려워서 장학금을 받기도 하고. 공부를 잘하면 물론이고, 어느 곳은 봉사활동을 잘해도 해당되는가 하면, 운동을 잘해도 여러 모로 특혜를 받을 수 있는 기회가 있으니 본인이 어떻게 하느냐에 따라 지속적으로 학업에 열중할 수 있다.

제도적으로도 기본 교육이 보장돼 있는 게 현실이고 교육시설 또한 잘돼 있다. 교육에 대한 관심과 열정이 높아 부모들은 아들, 딸 차별하지 않고 각자의 꿈을 실현시킬 수 있는 공평한 세상에서 살아가고 있는 걸 보면 끊임없는 노력과 시간이 해결사 역할을 하는 게다.

여러모로 부족함을 모르고 사는 손자에게 축하를 해주고 나니 코끝이 찡해온다. 내게도 학비를 지원해 줄 수 있는 그런 할아버지가 있었더라면, 아니 부유한 부모를 두었더라면 얼마나 좋았을까, 아직도 가슴 한 구석에 똬리를 틀듯 자리 잡고 있는 그 무엇, 도로 위에 차선을 다시 그린 듯 선명해지고, 구름에 가려졌던 달이 벗겨지듯 갑자기 어린 시절이 떠올랐다.

한없이 높기만 했던 학교 문턱, 또래가 교복을 입고 등교를 할 때면 먼발치에서 뒷모습을 물끄러미 바라보며 부러움과 서러움이 뒤섞여 세상에 버려져 외톨이가 된 듯 밖에도 나가기조차 싫었다. 그때는 상급학교에 못 간 것이 비록 나뿐만이 아니었음에도 유난히 가슴앓이를 많이 하였다. 내 삶에 있어 그 무엇이 그리 서럽고 절실한 게 또 있었을까, 어디에도 호소할 길이 없어 애면글면 혼자 애를 태웠다. 마치 동지섣달 칼바람이 품안으로 스며드는 혹한이

랄까, 이젠 그 흔적을 지우고 잊어도 될 만큼 긴 세월이 흘렀음에도 가끔 주위에 맴돌 때면 쓸쓸함에 그저 먹먹해진다.

그 시절에는 전반적으로 풍요롭지 않은 탓도 있었고 남아선호사상 때문에 남녀차별이 심하여 우선순위에서 여성들이 밀려난 탓도 있어 시기를 잘못 타고난 탓이려니 스스로 마음을 보듬어본다. 날개 한번 펴보지 못하고 젊은 시절을 보내버린 일이지만 손주들에게나마 무엇인가 해줄 수 있다는 것으로 위안을 삼는다.

첫손자의 입학이라서 장학증서를 엉성하게 만들었는데 다음에는 액자에 넣어 수여식을 해보리라고 생각하니 벌써부터 녀석들의 맑은 얼굴이 환하게 다가오고 내 마음도 덩달아 환해진다.

사는 즐거움

　큰아들네 식구가 왔다. 새로 구입한 차의 성능 체크하고 부모인 우리에게 자동차도 구경시킬 겸 해서란다.

　"할머니! 엄마랑 아빠, 서윤이랑 우리 모두 새 차 타고 왔어요."

　네 살 된 손자녀석이 차에서 내리자마자 싱글벙글 자랑하느라 정신이 없다. 파리도 미끄러져 앉지 못할 정도로 매끈한 새 자동차가 큰아들네 식구들의 입을 귀에 걸리게 했다.

　지난 추석 때부터 아들은 자동차를 새로 구입해야 될 것 같다고 하였다. 두 아이를 데리고 나가려면 짐이 많아 불편하다며 지금 사용하는 것보다 좀 더 큰 것으로 바꿔야겠다고 자동차 판매전시장에도 가보고 팸플릿도 가져다가 이것저것 비교해 보곤 했다.

　나는 새 차를 사려면 목돈이 필요할 텐데 저애들에게 그럴만한 여유가 있을까 염려가 되었다. 얼마 전에 집을 사느라 모아놓은 돈 다 썼을 테고, 며느리도 육아휴직 중이지 않은가. 할부로 구입하려는가 별의별 생각을 다하고 있던 중이었다. 그런데 나는 아들네 수입이 얼마인지도 모른다. 새 차를 어떻게 구입했는지 아들한테 물어볼까 하다가 보태줄 것도 아닌데 어련히 알아서 할까 괜한 걱정은 접어두기로 한다.

큰아들은 그동안 차가 없었다. 학교 다닐 때는 시내버스나 지하철을 이용했고, 결혼 후에는 고속버스나 기차를 타고 출퇴근을 하였다. 집은 천안에 있는데 직장이 서울에 있기에 자가용보다는 대중교통이 더 편하다고 했다. 자동차는 며느리가 시집오기 전 타고 다니던 것을 지금껏 사용했다. 그것도 아직 쓸 만한데 식구가 늘어나니 비좁아서 바꾼 거란다.

내가 낳은 자식인데도 큰아들과 작은아들은 성격과 씀씀이가 다르다. 큰애는 서울에서 대학교와 대학원을 다녔는데 등록금 이외에 약간의 용돈만을 주었다. 그애는 학교에서 연구생으로 일하면서 생활비를 벌어 쓰고 등하교도 대중교통을 이용하였다. 용돈이 떨어지면 죄송하다며 어렵사리 돈 얘기를 꺼내곤 했다.

큰애와는 달리 작은아들은 씀씀이가 컸다. 집에서 대학교를 다녔는데 스쿨버스가 있는데도 불편하다며 우리 승용차를 타고 다녔고 용돈도 형보다 더 많이 받아냈다. 휴학을 하고 군대에 다녀와서 복학하여 졸업했다. 대학을 졸업하자 나는 사회생활을 해봐야 앞으로 살아가는데 도움이 될 것 같아 집에서 내보냈다.

그런데 우리 부부가 몇 십 년간 공들여 이루어 놓은 사업체를 언젠가는 물려주어야 했기에 심각한 고민을 하였다. 우리 부부가 진지하게 상의한 끝에 작은아이 은기에게 회사를 맡겨보기로 했다. 그리고는 대리점에서 일을 시키고 있다.

우리가 타던 차를 작은아들이 물러 받아 타고 다녔는데 십여 년이 되다보니 헌 차가 되어 정비공장에서 A/S나갈 때 사용하기로 하고, 은기 명의로 신차를 구입하도록 하고 우리가 얼마를 보태주었다. 부모와 함께 일해서가 아니라 업무적으로 차는 필수적이었기에 도와줄 수밖에 없었다.

작은아들은 자기 차가 두 대째인데 큰아들은 제 명의로 된 차가 없다. 물론 큰애가 사려고 마음먹었더라면 어떻게 해서라도 마련했을 것이다. 큰애가 하는 일이 전자계통의 연구직이니 자가용이 없어도 생활하는데 그리 불편함을 모르고 지내는 것 같다. 결혼 후에는 며느리가 가지고 온 차가 있으니 자동차가 그리 절실하지는 않았던 것 같다.

이번에 큰애가 자동차 구입하느라 버거웠을 것은 보지 않아도 뻔하다. 그러나 요즘 내 형편상 보태주지 못하고 있으니 마음 한구석이 짠하기만 하다. 작은아들에겐 더 관대한 편이어서인지 큰아들한테 빚진 느낌이다. 자식은 다 똑같이 소중하기만 한데.

성인이 되어 부모한테 손 벌리지 않고 살아가는 것은 당연한 일이다. 큰애가 결혼하여 손자 손녀 낳아 키우면서 부모 걱정 안 끼치고 잘 살아주니 그게 효를 다하고 있는 것이고 나는 큰애 부부에게 고맙기만 하다.

새 자동차가 큰아들과 며느리, 손자, 손녀에게 기쁨의 활력소가 되는가 보다. 내 경험으로 보아도 부부가 알뜰살뜰 모은 돈으로 필요한 것을 사는 즐거움이 곧 행복이지 않던가.

큰애 부부가 이렇듯 작은 행복을 누리며 살아가게 놔두는 것도 부모 역할이지 싶다.

일할 수 있는 고마움

꽃피는 봄, 단풍이 곱게 물드는 가을에 나만의 등산로가 있다. 짧은 거리라서 다른 사람하고 동행할 수 없는 나만의 통로, 하루에도 수십 번 오르내리곤 한다.

계단을 따라 몇 발짝 오르면 계단 가장자리에 춘란, 원패초, 라밀라메, 선인장과 조그마한 돌이 옹기종기 모여 있다. 흡사 작은 꽃동산를 이루는데 나는 이들과 오며가며 눈도장을 찍곤 한다.

한 계단 더 오르면 동쪽으로 중앙고등학교가 보인다. 학교 주변에는 크고 작은 나무들이 즐비하게 서 있다. 키가 크고 웅장한 나무는 저곳에서 배운 학문으로 사회에서 일하다가 은퇴한 나이 지긋한 원로 같고, 중간 정도의 나무는 지금 한창 일하는 중년이겠거니, 잘 다듬어진 정원수는 학생들에게 학문과 인성을 보듬고 있는 청소년으로 보인다.

평평한 곳으로 올라가 우측을 건너다보면 아파트와 건물 사이로 성왕산이 보이고, 정상에 서면 들녘이 펼쳐져 있다.

오늘은 트랙터가 붕붕거리며 경운 작업하는데 이제 모내기가 곧 시작되려나 보다.

계단을 지나 평지에서 남쪽을 바라보면 한 폭의 그림 같은 산자락이 펼쳐진다. 봄, 여름에는 푸르름을 가을에는 오색의 정취와 겨울에는 설경을, 철따라 다양하게 볼거리를 선사한다. 밭에 심어놓은 마늘이며 감자의 파란 이파리가 평온함을 느끼게 한다. 부지런한 농부의 손길이 닿은 때마다 식탁에 오를 먹을거리가 튼실하게 여물어간다.

어느 때부터인지 자고 일어나면 우뚝우뚝 새로 아파트가 들어서곤 하는데 인구가 많이 늘어났다. 저 건너 도로에는 행락차량들이 끊임없이 질주한다. 오늘은 어린이날과 겹친 연휴라서 다른 날보다 차가 더 많아 빈틈이 없을 정도다.

관람료도 내지 않고 나는 자연이 베풀어 주는 호사를 매일 누리고 있지만 나도 저 행락객들처럼 어디론지 떠나고 싶다는 충동이 파도처럼 밀려왔다가 부서지곤 한다. 그런데 나는 꽃피고 새순이 돋아나는 계절과 오색 단풍으로 수놓는 계절일수록 꼼짝 할 수 없는 그물망에 갇혀서 꼼짝 못하는 신세이다. 씨 뿌리는 봄철과 곡식을 걷어 들이는 수확철에는 농민들에겐 가장 분주한 시기이다. 덩달아 농기계 사업을 하는 나도 그들과 함께 바쁘다.

작은 등산로, 나만의 비밀 통로는 바로 우리 매장 이층에 있는 부품실이다. 하루에도 수십 번씩 계단을 밟으며 오르내리다보면 칠팔천에서 일만 보 이상 걷게 된다. 다른 사람들은 자주 나들이 나가는데 나는 그물 안에서 헤어나지 못하고 동동걸음이다. 청명한 하늘에는 뭉게구름이, 땅에는 상큼한 봄 냄새가 가득한 날이면 마음은 벌써 어디론가 가 있고 몸만 남아 있는 듯하다.

웬 일복을 이리 많이 타고 났는지 모르겠다고 푸념하듯 중얼거렸는데 마침 그 말을 들은 고객이 하는 말, 다른 사람들은 돈 들여가며 등산을 다니는데 운동하면서 돈 버는 일이니 이보다 더 좋은 일이 어디 있느냐며 껄껄 웃는다.

"허긴 그러네요." 그분이 한 말이 귀가에 와 닿는다. 소득을 얻으면서 운동할 수 있다는 것, 맞는 말이지 싶다. 고객들의 불편함을 처리해주기 위해 이층을 오르내리다보면 다리가 아프고 피곤하다.

요새는 육십이 넘어서도 일할 수 있다면 행복한 사람이라고 한다. 이 나이에 마음 놓고 뭔가 할 수 있다는 것, 아직은 사회에서 필요한 사람이라는 생각에 감사하고 고맙다. 때로는 머리가 지근지근 아프고 피로에 지쳐있다가도 어려운 일을 해냈을 때 나만이 느낄 수 있는 뿌듯함도 일을 함으로써 얻는 즐거움이리라.

이곳을 찾는 행락객들도 열심히 일하고 쌓인 스트레스를 훌훌 털어버리려고 나온 사람들일 것이다. 지친 몸과 정신을 가다듬는 휴식이야말로 삶에 재충전이다. 일과 휴식은 뗄 수 없는 실과 바늘 같은 존재이지 않던가.

나도 농번기가 끝나면 파란 나뭇잎들이 이마를 맞대고 소곤거리는 진짜 숲속 등산로를 걸어야겠다. 느슨하게 풀린 볼트를 다시 조여 주어야 제대로 맞물려 돌아가는 기어처럼 서로 도우며 살아가는 게 바로 우리의 삶이다.

아직은 하루에도 수십 번 계단을 오르내릴 수 있는 건강이 있으니 고맙다. 주어진 일에 늘 감사하며 살아야겠다.

앞치마

앞치마는 여자들의 전용물로 여겨왔으나 요즈음은 남자들도 두르고 일하는 것을 흔히 볼 수 있다.

나는 주방으로 들어가면 앞치마부터 두른다. 음식을 만들다가 옷에 고춧가루라도 묻을까, 설거지할 때 물이 튀어 얼룩이라도 생길까 염려되어서이다. 또 청소나 빨래를 할 때에도 앞치마를 걸친다.

앞치마는 대개는 주머니가 큼지막하여 스마트폰이나 열쇠 같은 것을 넣을 수 있고, 나온 뱃살을 가리는 데에도 그만한 게 없다.

앞치마는 주방에서 많이 사용되지만 그림을 그릴 때에도 미용실에서도 필요한 물품이다. 때로는 땀을 닦고 식사할 때 국물이 튈까 두르는 앞치마도 있는데 식당에서는 손님용으로도 비치한다.

행주치마 하면 행주대첩이 떠오른다. 드라마 '징비록'을 보면 왜적과 싸우는 권율 장군을 볼 수 있다. 왜군과 행주성 전쟁에서 부녀자들이 앞치마에 돌을 담아 날라서 적군을 물리치는데 큰 몫을 했고 권율 장군과 행주치마는 떼려야 뗄 수 없는 전쟁일화이다.

그런데 행주치마라는 단어는 중종 때 최세진이 지은 '사성통해'와 '훈몽자회'에 등장하여 임진왜란 전부터 써왔다는 사실이 입증되었다. 이 설은 발음이 비슷한 낱말을 엮어 그럴듯하게 어원을 설명하는 민간의 구전일 뿐인데 그것이 실제 역사처럼 다뤄지고 있다고 했다. 정사를 통틀어 어떤 문헌에서도 근거를 찾아볼 수는 없지만, 진정으로 부녀자들이 돌을 날랐다는 미담은 출판물을 통하여 소개되고 있을 뿐이라고 한다.

　행주산성은 부녀자와 민간인과는 무관한 곳이었다고도 한다. 권율은 이곳에 한양 수복을 위한 교두보를 구축하고 안팎으로 성책을 만들어 왜적의 공격에 대비했다. 철저하게 계획된 싸움터에서 공성전을 펴려면 아래에서 밀고 올라와야 하는데 이 경우 조총의 위력은 반감된다. 이순신 장군이 바다에서 급물살을 이용하여 적을 물리쳤듯이 권율 장군도 싸움터를 주도적으로 정하고 적을 유도하여 물리칠 수 있었다고 한다. 행주산성에 부녀자를 동원할 수는 있었겠지만 민간인이 머물렀을 가능성은 거의 없고 이미 산성에는 승병이 와 있었다. 권율 장군의 행주성에서의 전투는 백병전이나 투석전이 주가 아니었다고 한다. 왜적의 돌격은 아홉 차례 정도 있었는데 대부분 화력으로 막아냈다. 권율은 조선이 자랑하는 최신병기들을 총동원했고, 새로 개발한 화차는 신기전 수백 발을 장정해서 동시에 발사할 수 있었다. 비격진천뢰는 시한폭탄인데 화포로 쏘기도 했고, 적의 조총에 대응하는 승자총동 위력을 발휘하였다.

　이렇듯 전투의 성격상 부녀자가 돌을 나를 일이 없었다고도 하

는 행주치마의 유래는 알쏭달쏭하지만 어떻든지 간에 행주대첩에
는 부녀자들이 치마로 돌을 날랐다는 말이 지금껏 전해내려 오고
있음은 왜적을 물리치고 조국을 지키려면 연약한 부녀자들의 힘까
지도 절박할 정도로 필요했다는 의미였을 것이다.

집안에서조차도 여자들은 자유롭지 못했던 시절, 사랑하는 님
이 왔어도 가까이 다가가 말 한마디 제대로 못하고 어른들의 눈치
를 살피면서 부엌문을 살포시 열고 내다보던 새색시의 발그레한
모습의 옛 정취는 이제 영화에서나 볼 수 있는 장면일 게다.

"행주치마 입에 물고 입만 벙긋…"라는 그 시절에 불리던 민요도
있다.

친정어머니는 장손의 며느리였다. 명절 때는 물론이거니와 조
상의 제상 차리는 일에서부터 집안의 크고 작은 일이 있으면 미리
콩나물을 기르고, 맷돌에 콩을 갈아 두부를 만들고. 시루를 이용하
여 떡을 찌는 것까지 모두 손수 하셨다. 텃밭에서 재배한 푸성귀로
찬을 만들어 여러 식솔들을 거두느라 손에 물기가 마를 새 없이 늘
앞치마차림이었다. 허구한 날 일속에 파묻혀 고단함을 안고 사는
어머니를 보면서 부잣집 마님이었더라면 궂은일은 안 해도 되지
싶어 그 앞치마가 보기 싫을 때도 있었다. 먹을거리가 부족했던 시
절 많은 식구들의 허기진 배를 채우기 위해 다리 한 번 편히 펴보지
못하고 허리띠를 졸라매야 했던 어머니의 고단한 삶, 그 속에서도
시부모를 공경하고 여러 남매를 키워내면서 묵묵히 견뎌온 세월이
다.

하얀 광목으로 치마길이보다 약간 짧고 넓은 사각으로 만든 앞

치마로 그 많은 고달픔을 어머니는 감싸 안았던 거다. 날마다 그걸 두르고 가마솥에 밥을 지어 뜨거운 솥뚜껑을 들어올리기도 하고, 손과 그릇의 물기를 훔치기도 했으며, 때로는 층층시하 매서운 시집살이에 설움의 눈물을 적시기도 했을 터, 봄이면 고사리며 산나물을 가득 뜯어 담기도, 여름이면 호박이며 풋고추를, 가을이면 드문드문 여문 팥꼬투리를 따서 담던 앞치마는 주변 상황에 따라 무엇이든지 요긴하고 다양하게 사용되었다. 어쩌다 친정집 나들이나 장에 갈 때 잠시 덕지덕지 묻은 고달픔을 벗어놓았지 싶다.

세월이 끊임없이 흘러도 시집갈 때면 지금도 챙기는 앞치마, 그만큼 생활하는데 있어 떼어놓을 수 없는 용품이다.

요즈음은 다양한 직업이 있다 보니 앞치마는 남녀 따지지 않고 여러모로 사용되고 있다. 가끔은 부엌일을 하기 귀찮을 때도 있지만 음식을 만들면서 나눠 먹을 정겨운 얼굴들이 떠오를 때면 훈훈함이 생기는 것은 바로 사람 사는 냄새가 있어서다. 그래서인지 나는 앞치마를 두르고 요리하는 이들을 보면 온화함이 느껴진다. 어린아이에게는 주방에서 일하는 엄마의 따스함을 가슴속 깊이 간직하고 가끔 엄마의 사랑을 꺼내보는 즐거움이 있다. 가족과 이웃 간의 정을 이어주고 오가는 통로 같은 존재다.

앞치마 하면 궂은일을 떠올리게 되는데 그만큼 고달픔이 숨어있음을 말해주기 때문이리라. 그러나 무슨 일이든 마다하지 않고 어디서든 방패막이되어 감싸 안을 줄 아는 것 또한 앞치마의 힘이고 미덕이다. 힘겨워도 내보이지 않고 안으로 삭히면서 아늑하게 비춰주는 등불 역할을 하는 것이 아닐까.

마트에 들렀다가 앞치마 코너에서 발길을 멈춘다. 어린이용에 서부터 방수되는 것과 원피스용이며 박스형, 허리앞치마, 임산부들을 위한 전자파를 차단되는 것, 옷처럼 또는 캐릭터처럼 사용되는 이색적인 것 등 다양하다.

요즈음은 앞치마도 신혼부부들이 패션처럼 커플로도 두른다고 한다. 그들이 앞치마를 걸치고 요리책을 들여다보면서 머리를 맞대고 어설프게 칼질하며 만든 요리는 어떤 맛일까, 상상하니 풀쑥 웃음이 나온다.

나는 간단한 소지품도 넣을 수 있고, 옷이 더러워질까 염려하지 않아도 되니 일의 능률도 올라 이런저런 편리함 때문에 여전히 앞치마를 애용한다.

시린 손을 따뜻하게 녹여주고 지친 심신을 감싸 안으며 언제든지 너그러움으로 맞아주는 앞치마처럼 나는 누군가를 위해 방패막이 돼본 적이 있었던가, 뒤돌아보니 내게 가까이 다가오지 못하고 거리감을 두고 있는 이들에게 부담 없도록 닫혀있는 마음의 문을 활짝 열어놔야겠다.

팔자소관

못 다 한 학문을 익히려는 사람들로 구성된 만학도 모임이 있다. 사십대에서 육십 대까지 나이 차이도 많고 하는 일도 제각기 다르지만 가슴 한편에 응어리진 것을 풀어야겠다는 생각은 모두 같았다. 힘들어 할 때마다 서로 용기를 북돋아 주며 흉허물 없는 순수한 마음을 지녔다고 할까, 이렇게 오년 정도 지내다보니 오래된 친구 같다.

중등과정을 마치고 대학을 졸업한 사람도 있고, 또 대학원에 다니는 사람도 있다. 그들은 무엇이든 열심히 한다. 매달 한 번씩 모임을 갖는데 참석률도 높고 언제 어디서 만나도 반갑다. 자주 만나다보니 그들이 살아온 삶도 자연스레 알게 되었다.

선영이는 사십 대에 남편을 여의고 시부모를 모시면서 애들과 살아가고 있다. 공무원 생활을 하였다는 그녀의 시아버지는 치매에 걸렸는데 가끔 며느리를 때렸다고 한다. 어느 땐 밥을 먹다가도 느닷없이 맞고, 몽둥이를 휘두르는 날이면 맨발로 걸음아 나 살려라 도망치기 바쁘다. 어느 때 무엇이 갑자기 날아올지 모르는 상황이라 늘 방어자세를 하여야 된단다.

그녀는 시부모와 친정부모를 보살피는 요양보호사다. 정기적으로 목욕차가 오면 그들의 몸을 씻어주는데 치매에 걸린 시아버지가 며느리의 손을 잡아 은밀한 그곳에 갖다 대고는 씨익 웃곤 했단다. 치매에 걸리면 며느리도 몰라보고 부끄러워할 줄 모르는 이미 사람으로서의 기능을 잃게 하는 무서운 병이므로 치매란 생각만 해도 섬뜩한 단어다. 이제 그 시아버지께서 몇 년 전에 고인이 되었고, 구십이 넘은 고집불통의 시어머니와 살고 있다.

건설업에 종사하는 정희는 남편과 같이 일한다. 그녀의 남편은 술을 너무 좋아하는 게 병이다. 술을 마시면 다리에 힘이 빠져 걷지 못해 집도 못 찾고, 길거리에서 잠을 자는 게 예사이다. 그래도 집에 잘 들어오면 괜찮은데 종종 파출소에서 남편을 데려가라는 전화를 받는데 날씨가 따뜻할 때는 걱정이 덜 되지만 겨울철에는 동사할까봐 노심초사하는 일은 다반사이다. 술에 취해 길바닥에서 자다가 여러 번 지갑을 잃어버리기도 했고, 남편의 술버릇 때문에 편할 날이 없다. 신앙심이 돈독한 그녀는 자신의 속사정을 남들에게 털어놓는다 하여 잘못 길들여진 게 바로 잡히지 않으니 교회에 가서 하나님께 기도하며 마음을 비우고 있다.

나이가 제일 어린 유정이는 두 아들을 두었는데 한 아들이 잘못된 친구들과 사고를 쳤다. 그래서 외진 학교로 전학을 가게 되어 속을 끓인다. 그녀는 자식걱정에 건드리기만 해도 쓰러질 것 같아 안쓰럽다.

정 씨는 아내 때문에 마음고생을 많다. 그의 부인은 마을 행사나

통장을 도맡아 하면서 집 안 일에는 소홀하다. 애들이 어렸을 적부터 그 일을 했는데 면사무소나 동네에 나가면 집 안 일은 거들떠보지도 않아 남편인 정 씨가 집 안 일까지 해야 한다. 아내는 술을 좋아해서 어느 때는 인사불성이 되어 다른 사람이 집에 데려다 주기도 하고 정 씨가 업어 오기도 한다. 마을 일을 하는 것까지는 괜찮으나 집 안과 애들을 돌보면서 하면 좋으련만, 밖으로만 도는 아내 때문에 정 씨는 속이 터져도 별다른 방법이 없다고 한다. 그런데도 그는 항상 밝게 웃는 얼굴이어서 가정생활도 원만히 잘 지낼 것이라 생각했는데 그 내막을 듣고 보니 고개가 갸웃해졌다.

어느 날, 가사조정이 있어 법원에 갔는데 그곳에서 은영이를 만났다. 그녀를 보는 순간 웬일인가 나도 놀라고 은영이도 놀라 서로 아무 말도 못하고 한참 동안 쳐다보기만 했다. 어저께 서류를 보면서 동명이인이겠지 했는데 여기서 만나다니, 내가 잘못 본 것이 아닌가, 의심스럽기까지 했다. 은영이가 이혼하려고 여기까지 왔다는 게 믿어지지가 않았다. 그녀는 언제 봐도 밝고 우스갯소리를 잘하여 주위 사람들에게 즐거움을 선사하는 여성이다. 그녀가 이혼할 만큼 힘겨운 결혼생활을 하리라고는 꿈에도 생각 못했다.

언젠가 은영이네 집에 갔었는데 소도 많이 키우고 농사도 많이 지었다. 집 안 곳곳이 깔끔하게 정리되어 있었고 성실하고 부지런한 게 한눈에 들어왔다. 집 앞에는 작은 호수를 만들어 물레방아도 설치해 놓았고, 환하게 핀 연꽃이 마음까지 푸근하게 해줬다. 자그마한 구름다리가 놓여 있어 낭만적이었고, 반짝이는 오색 불빛은 시골 밤의 정취를 아름답게 수놓았다. 그런 곳에서 넉넉한 마음으로 멋지게 사는 그녀가 좋아보였다.

가사조정실에서 보내온 서류에 기록된 그녀의 결혼 생활은 비참했다. 그녀의 남편은 폭력을 일삼고 술 마시고 문란한 여자관계까지 결혼생활 내내 은영이를 괴롭혔던 것이다. 그동안 자식들 때문에 참고 살았는데 더 이상은 안 되겠다 싶어 이혼서류를 낸 것이었다. 그렇게 속을 썩어가며 살았다는 것이 상상조차 안 되었다. 부부관계는 그 누구도 알 수 없는 일이라는 것과 부부는 죽어야 끝이 난다고, 누군가 한 말이 생각났다.

그 누구도 평온한 생활이 아니었다는 것을 보니 인생이란 그런 것인가! 싶었다. 겉으로는 행복하게 잘 살 것이라 여겨지는 사람도 그 속을 파헤쳐보면 무엇인가 한 가지씩은 아픔과 괴로움이 있기 마련이니 하는 말이다. 태어날 때 "으앙" 큰소리로 울면서 이 세상에 나오는 것은 험한 세상에 어떻게 헤쳐 나갈 것인가를 염려해서 우는 것이 맞는 것 같다.

팔자라는 말이 있다. 사람은 태어날 때 너는 어찌어찌 살아가라고 이미 생년월일로 정해져 삶의 밑그림이 그려진다고도 하는데 그 말을 믿어야 할지 모르겠다.

이런저런 일로 마음고생하고 사는 사람들을 보면서 운명대로 사는 수밖에 없다 싶다. 이왕이면 좋다는 시각에 태어나 마음고생 덜하고 산다면 좋겠다는 부질없는 생각도 잠시 해본다.

내가 서있는 주변의 잔디는 드문드문 나있고 흙이 더 많아 보이기 마련, 저쪽에 있는 잔디는 더 파랗고 가득해보인다. 그러나 그쪽이 좋아 보여 가 보면 내가 서있던 곳과 별다르지 않다는 것을 알 수 있다. 나만 상처받고 남들보다 뒤처진 것 같지만, 사람들은 늘 다른 곳을 바라보고 동경하며 사는 잔디밭 같은 삶의 이치인지도 모르겠다.

정해진 길이라면 거기에 너무 얽매이지 말고 진정 내가 마음 편해질 수 있는 방법은 무엇일까, 파악하여 누구를 원망하기 전에 나를 다독이고 나를 사랑하며 살아간다면 아무리 험한 일을 만난다 해도 세상이 좀 더 아름답게 보일 것 같다.

축복의
세월

잔디 언덕의 세 모자

아이들과 함께 라운딩을 나갔다. 큰아들은 떨어져 살아 자주 갈 수 없지만 작은아들은 대리점에서 같이 일을 하니 휴일이면 가끔 운동도 같이 한다.

초등학교 다닐 때 나는 체육시간에 젖 먹던 힘을 다하여 뛰어 봐도 등수 안에 들어본 적이 없다. 달리기는 심장이 멎을 것처럼 답답하고 다리가 후들거려 다른 사람을 제쳐 놓고 앞지르기를 못했다. 거기다가 햇볕을 쬐면 머리가 아파 운동장에 나가기가 싫었다. 어느 때는 아프다고 선생님께 말씀드리고 혼자 교실에 남아 반 친구들이 뛰는 것을 창문너머로 우두커니 바라보곤 했다.

그런 내가 운동을 좋아할 리가 없고 할 줄 아는 게 아무것도 없을 뿐더러 운동에는 아예 담을 쌓고 살았다고 해도 과언이 아니다.

나이를 먹으면서 운동을 해야겠다 싶어 처음에는 수영을 배울까 하고 수영복을 사다놓았다. 그러나 바쁘다는 핑계가 늘 앞을 가로막아 이제나 저제나 기회를 노려봐도 쉽게 실행에 옮겨지지 않았다. 그러던 어느 날 골프는 새벽에 연습을 할 수 있다는 것을 알게 되어 등록하였다. 운동은 나와는 별개인 듯 거리를 두고 살아온 내가 늦게나마 골프를 하게 된 것이 어느 때는 신기하게 여겨지고 배우기를 잘했다는 생각이 든다.

달리기나 줄넘기는 흔히 하는 것인데도 좀 해보면 숨이 차 엄두도 못 냈는데 골프는 나와 맞는 것 같다. 그렇다고 공을 잘 친다는 말은 아니다. 달리기처럼 숨이 차지도 않고 우직하고 근력이 많이 드는 것도 아니어서 그런대로 할 만하다는 의미이다. 스포츠센터에서는 지정받은 타석에서 혼자 연습하면 된다. 라운딩을 나가면 푸른 잔디밭을 걸으며 공이 떨어진 곳에서 목적지를 향해 치면 되는 것이라 다리만 성하면 누구나 할 수 있는 운동이다. 그린 주변에는 벙커와 해저드, 오르막이 있는가 하면 내리막도 있고, 늪과 나무며 장애물이 여기저기 있다. 홀마다 다르게 만들어 놓았기에 주변을 잘 살펴봐야 한 타라도 줄일 수 있는 흥미로운 운동이다. 한 홀을 끝내고 나면 잘못 친 것에 대한 아쉬움이 뒤따르고 그럴 때마다 다음 홀에서는 잘해야지! 하며 기대를 걸어본다.

골프장 안에는 조화롭게 심어놓은 나무와 꽃이 마치 한 폭의 그림과 같다. 언제 가서 보아도 싫증나지 않고, 넓은 잔디밭을 밟으니 가슴이 탁 트이는 게 삶에 대한 낙이 이런 것이구나 싶다. 게다가 마음에 맞는 사람들과 이야기를 주고받으며 걷다보면 일상에서 쌓인 스트레스가 확 풀린다. 공을 날려 보낼 때 스트레스도 함께 날려 보내고, 마치 소풍 나온 듯하다.

친목단체에서 가끔 관광을 하기 위해 버스를 타고 갈 때가 있다. 가다보면 노래를 부르고 춤을 추기도 한다. 때로는 돌아가며 노래를 부르라고 마이크를 들이댈 때엔 난처하기 그지없다. 다른 사람들은 흥에 젖어 어깨를 들썩거리며 즐거움에 푹 빠져 있는데 음치는 무드를 깨는 일이기 때문이다. 그에 비해 골프는 상대방을 공격하는 것도 아니고, 상대방에게 불편을 주는 일 없는 자신과의 싸움이라서 신사적이다.

아이들이 어릴 때 일을 하면서, 마음 한구석에 빚을 지고 갚지 않은 것 같은 뭔가가 떠나지 않았다. 그런데도 이렇다 할 사고 없이 나름대로 잘 자라준 아들 진기와 은기가 늘 고마웠다. 아이들과 푸르른 잔디 위를 걸으며 운동을 하다보면 그동안 마음속에 쌓인 응어리가 조금씩 풀리는 것 같다.

장성하여 사회생활을 하고 있는 아이들은 이제 엄마를 조금씩 이해하리라. 오늘은 잡다한 모든 것을 잊고 서로가 잘하라는 응원을 보낸다. 공을 잘 치면 즐거움이 더하겠지만 잘못 쳐 엉뚱한 곳으로 떨어져도 주위 사람들에게는 오히려 더 재미있는 웃음거리를 안겨주게 된다.

예전에 오빠들은 자치기를 많이 했다. 자치기는 요즘으로 말하는 골프와 같은 놀이였을 게다. 그리고 보면 사람들은 오래 전부터 골프를 치면서 살아오지 않았나 싶다. 자세가 조금만 흐트러져도 안 맞고, 숨을 잘못 내쉬어도 잘 맞지 않을 정도로 예민하다. 공을 칠 때는 힘 빼고 천천히 신중하게 그 순간을 놓치지 않아야 된다. 내 맘대로 안 되는 게 자식과 골프라는 말처럼 이 조그만 공은 사람들에게 끈기와 도전 정신을 길러주기도 한다.

운동을 하면서부터 자신감이 좀 생기고, 무엇보다도 삶에 활력이 뒤따르는 것 같다. 라운딩 가는 날이 정해지면 일상생활에서 잠시나마 홀가분하게 떠날 수 있어 기다려지고 넓은 그린 위를 걸을 수 있는 것만으로도 마음이 환해진다.

딸이 있는 친구들은 딸과 친구처럼 서로 속에 있는 말도 자연스레 털어놓는다고 한다. 아들은 딸처럼 살갑지 않아 속마음을 다 털어놓을 수 없고 잔정이 없다고들 한다. 그런데 나는 아들들과 운동을 하면서 마음의 거리도 좁히고 모자간에 다정다감으로 이어지는 계기가 되었다. 어렸을 때 함께 있어주지 못한 것을 지금이라도 동행할 수 있어 다행스럽다. 삶의 현장에서는 모두 제 할 일을 충실히 하면서 다음 라운딩을 기다리기로 한다.

오며가며 차창 너머로 들어오는 하늘거리는 코스모스, 마당에 널어놓은 빨간 고추가 가을을 재촉한다.

상처

친목회원인 그녀는 식당에 가면 재촉하여 밥부터 먹는다. 처음에는 배고파서 그런가 예사로 여겼었다. 여러 가지 음식이 상위에 가득 놓였는데도 다른 것은 탐하지 않고 유독 밥 탐을 부렸다.

사람들은 밥보다는 반찬을 위주로 먹고 밥은 나중에 먹는데 그녀는 언제나 밥을 양껏 먹고는 뒤로 물러나 앉는다. 매일 먹는 밥, 벼농사도 많이 짓는 터라서 한 끼니쯤 덜 먹어도 될 텐데 외식하러 나와서까지 밥에 목숨 건 사람처럼 흰쌀밥으로 배를 채우려드는지 알다가도 모를 일이었다.

그녀는 빈한한 집 열두 남매 속에서 자랐다. 이 땅의 육십 년대의 대부분 사람들은 풍족한 삶을 누리지 못했다. 어려운 시기인데다가 가난한 그녀의 부모는 많은 식구들의 끼니를 챙기기가 힘겨웠으리라. 식구 수대로 밥을 챙길 수 없는 형편이니 큰 양푼에 밥을 퍼서 갖다놓았고 형제들은 서로가 한술이라도 더 먹으려고 우르르 몰려들어 마파람에 게눈 감추듯이 밥은 금방 바닥났다. 한 숟가락만 떠도 열두 숟가락이니 재빠르게 대들지 않았다가는 밥 한술 입에 대보지도 못하고 빈 숟가락만 빨 수밖에 없었다고 했다.

여러 형제들 틈에서 자라면서 밥을 배부르게 먹지 못하고 자란 그녀는 언제 한번 실컷 먹을 수 있을까 그게 소원이었다. 혼기에 접어들면서 논농사를 많이 짓는 곳으로 시집을 가면 배불리 먹겠구나 싶어 농촌을 택하였다. 늘 굶주림에 살다보니 자신도 모르는 사이 밥에 대한 집착이 몸에 배어 주위에 아무리 맛있는 음식이 많아도 우선 밥부터 먹어야만 충족감을 느끼는 것이었다. 요즈음 흔하고 흔한 것이 밥인데도 그 습관은 고쳐지지 않는다고 하였다.

내가 어렸을 적에 산골짜기에 친구 광자 네가 살았다. 그 집에는 광자 밑으로 남동생이 세 명, 4남매가 살았는데 농토가 없었으므로 그의 부모는 날품팔이를 하여 받은 품삯으로 근근이 입에 풀칠을 하다시피 했다.

어느 날 내가 광자 네 집에 가게 되었다. 광자는 동생들과 밥을 먹고 있었는데 바가지에는 쌀 한 톨 안 섞인 꽁보리밥에 반찬도 없이 고추장만 넣고 비빈 것이었다. 그들은 한술이라도 더 먹으려고 바가지를 자신들 앞으로 끌어당기면서 혈안이 되어 옥신각신하였다. 보다 못한 광자가 밥그릇을 아무도 못 만지게 하고는 바가지 안의 남은 밥을 숟가락으로 금을 그어 각자 몫을 나누어 먹던 모습이 아물아물 떠오른다. 광자 네는 몇 년 후 어디론가 떠나갔는데 지금은 어디에서 무엇을 하고 사는지 풍족한 생활이었으면 하는 바람이다.

보리밥도 배불리 먹지 못하고 살던 시절, 바로 보릿고개시절 이야기다.

시대를 잘못 타고 난 것은 피할 수 없는 이유가 되겠지만 그 시절에는 많은 사람들이 배고픔을 안고 언제 헤어날는지 자나 깨나 식량걱정을 하며 살았다. 식사를 했느냐는 인사는 제대로 밥을 먹었느냐는 걱정에서 시작된 우리나라의 슬픈 역사의 인사법이다.

밥, 밥은 예나 지금이나 사람의 삶을 지탱하는 소중한 생명줄이다. 밥이야말로 우리에게 살이 되고 피가 되고 힘의 근원이다.

유년시절 그녀가 얼마나 굶주렸으면 먹을 게 지천인 풍요로운 시대에 살면서도 그저 밥 탐을 하는지, 그녀 네는 벼농사도 많이 지어 쌀이 창고에 가득하건만 안쓰럽다.

내가 대여섯 살 적이었다. 대천해수욕장 외할머니 댁에 가느라 엄마와 함께 홍성역으로 갔다가 엄마를 잃어버린 기억이 있다.

그런 일이 생긴 이후로부터 어디를 가려면 길을 잃을 것만 같은 공포심이 생기기 시작했다. 여행을 갈 때나, 가까운 곳을 가도 전날 잠을 설치곤 한다.

편하게 잠자리에 들어도 깊은 잠을 이루지 못하여 다음날 온종일 피곤하다. 거기다가 긴장한 탓에 화장실을 자주 드나들게 되어 여간 불편한 게 아니다. 이젠 기억장치에서 지워져도 좋으련만 이 나이를 먹었어도 영화의 한 장면을 다시 보듯이 생생하게 되살아난다.

그런 것을 보면 어렸을 적에 생긴 일은 오랜 시간이 지나도 쉽게 지워지지 않고 가슴속 깊이 박혀 심적 장애가 된다는 사실을 알 수 있다. 먹을 것이 풍족한 지금에 와서도 밥탐을 하느라 다른 음식은 거들떠보지도 않는 그녀를 보아도 그렇고, 어디를 가더라도 잠을 푹 자고 싶은데 그게 맘대로 되지 않는 나를 보아도 그렇다. 역전에서 엄마를 잠시 잃어버렸을 때 얼마나 두려웠으면 지금까지도 그 일이 잊히지 않을까?

누구든 어렸을 때 상처받은 일은 오랜 시간이 지나도 마음에 남아 생을 마감할 때까지 같이 가야 하는 숙명인 것 같다.

나의 과제

목욕이나 다녀와야지 싶어 어머니께 전화를 걸었다.

언제부터인가 어머니의 목소리로 어머니의 건강을 가늠하는 게 습관이 되었다. 다행히 어머니 음성이 맑으면 아무 일 없음이니 동녘이 훤하게 트이는 것처럼 덩달아 내 마음도 환해진다.

목욕하는 날은 모녀와의 대화를 나누는 시간이다. 따뜻한 물에 몸을 담그고 있으면 경직됐던 근육이 풀어지고 혈액순환이 잘되어 건강에도 도움이 된다. 또한 주위 사람들이 어머니에게서 노인네 냄새 난다고 할까 염려되어 목욕할 땐 어머니와 동행하곤 한다.

전에는 어머니가 나의 등도 밀어주고 혼자서도 잘 씻으셨다. 이제는 연세가 연만하니 행여 미끄러질까 불안하여 한눈을 팔 수가 없다. 사람이 늙으면 도로 어린애 같아진다고 하는 말을 어머니를 보면서 알 것 같다. 머리를 감기고, 얼굴은 부드러운 타월로 살살 문지른 후 귀와 손이며 온몸을 씻겨도 말없이 그냥 앉아계신다.

어느 날인가 기운이 없어 도저히 어머니를 닦아드리지 못할 것 같아 세신도우미한테 부탁하였다. 때도 밀고 마사지까지 받은 어머니는 개운하다며 흐뭇해 하셨다. 세신도우미는 때도 개운하게 밀어주고 몸을 시원하게 풀어주는데 비해 손힘이 없는 나와 비교가 되었나 보다.

그 후에 온탕에서 몸을 담그고 나온 어머니가 자연스레 때를 밀던 곳으로 가셨는데 이번에도 도우미에게 당신 몸을 맡기려고 하였던 모양이다. 오늘은 바쁘니 다음에 해드린다고 하였더니 머쓱한 표정으로 나를 쳐다보신다. 평생 당신을 위한 호사는 누리지 않는 분인 줄 알았는데 내 생각이 틀렸다는 걸 그때 처음 알았다. 살아오면서 없는 살림에 자식들 뒷바라지 하느라 쉴 새 없었고, 조그마한 것을 사드려도 돈을 많이 썼다고 항상 걱정을 하시던 어머니였기에 의외의 행동이셨다.

여러 자식을 낳고도 어머니는 산후 조리를 제대로 못하였다. 몸을 풀고 일주일도 안 되어 부엌에 나와 여러 식구들의 끼니를 챙겨야만 했고, 한겨울에도 냇가에서 빨래를 빨아서 집에 오면 몸은 마치 얼음장 같았다고 한다.

애를 낳으려면 삼천 마디가 다 벌어져야 비로소 새 생명이 태어난다고 산모의 진통은 세상에서 가장 힘들고 고통스럽다. 산모는 따뜻한 곳에 있어도 마른 수수깡처럼 허하여 몸조리를 잘해야만 건강을 유지할 수 있는데 어머니는 빨래며 집안일을 다하였으니 몸이 성할 리가 없다. 요즈음처럼 일회용 기저귀를 사용한 것도 아니고, 고무장갑도 없던 시절이니 아무리 추워도 무슨 일이든 맨손으로 하였다. 그래서 어머니는 수십 년이 지났어도 자식을 출산한 날 즈음이면 얼굴은 부석부석하고 몸이 천근이라도 된 것 같다며 몸져누우시곤 했다. 평상시에도 온몸이 나른하고 쑤시는 걸 보니 날이 궂으려나, 어머니의 일기예보는 한 번도 비켜나가지 않았다.

어머니가 건강하였을 때에는 늘 자식 걱정하느라 몸을 혹사시켰다. 딸을 출가시키고도 몇 십 년 동안 고추장이며, 된장, 밑반찬을 틈만 있으면 만들어다 주고 그 많은 김장을 추위에도 아랑곳하지 않고 해주셨다. 주고 또 주어도 부족하다고만 여기는 어머니의 사랑은 끊임없이 흐르는 옹달샘과도 같은 존재다.

그런 어머니가 어느 날 갑자기 심장에 이상이 생긴 뒤부터는 점점 기운이 줄어드는 것이 확연히 눈에 띄었다. 그렇게도 마다하지 않던 일을 어쩔 수 없이 하나씩 내려놓게 되었다.

여동생은 어렸을 때부터 구수하고 맛깔스럽게 음식을 잘 만들었다. 그애가 만든 음식을 먹어본 사람들은 손맛이 좋다고 칭찬을 아끼지 않았다. 음식을 만들어 나누어 먹는 것을 좋아하더니만 지금은 식당을 운영하고 있다. 바쁜 와중에도 틈만 있으면 먹을거리를 만들어 어머니께 갖다드렸기에 나는 별 신경을 쓰지 않았다.

그런데 동생이 이사를 갔다. 동생 대신 내가 어머니에게 자주 가 뵈어야지 하면서도 처음에는 잘되지 않았으나 한두 번 애쓰다 보니 이제는 자주 들르게 되었다. 사람의 습관은 처해진 환경에 따라 길들여지는 것 같다.

어느새 어머니는 구십을 바라보는 상노인이시다. 노인정이나 병원 외에는 갈 곳이 없고, 찾아오는 이도 드물어 대화조차 나눌 상대도 없어졌다. 마음대로 활동을 못하니 돈이 있어도 무용지물이다. 생활용품은 자식들이 사다드리고, 병원비 외에는 지출할 일이 없다.

무엇이든 사고 싶은 것이 있으면 삶의 의욕이 있는 때다. 그래서 힘이 있을 때 자신을 위해 아끼지 말고 마음에 충족을 채우는 것도 좋은 일인 것 같다. 늙어서 활동을 못하게 되면 아무리 많은 재산을 가졌다 해도 무용지물이 되지 않던가. 노는 것도 젊어서 놀고, 먹는 것도 이가 성할 때 맘껏 먹으라고 했다. 그러나 세상의 어머니들은 자신보다는 자식들을 위해 살았고, 노년에는 자식들에게 짐이 되지 않으려고 한다.

점점 허약해지는 어머니를 뵈면서 돈이 없을 때는 없어서 못 쓰고, 지금은 돈이 있어도 쓰는 즐거움을 느끼지 못하니 참으로 인생의 무상함을 느끼지 않을 수가 없다.

동생이 이사를 가지 않았더라면 지금도 나는 어머니에게서 한 발 물러서 있을지도 모를 일이다. 동생 덕에 어머니와 함께 할 기회가 주어졌으니 참 고맙고 다행한 일이다.

내일은 대보름이다. 틀니를 하신 어머니가 딱딱한 음식은 잘 씹지를 못하시니 어머니를 위한 음식을 만들기로 한다. 우선 무를 채 쳐서 굴을 넣고 끓인 후 들깨가루를 섞은 음식을 만들고 말려놓았던 고사리와 취나물을 푹 삶아 들기름을 넣고 부드럽게 볶았다. 어머니께 갖다드릴 나물을 그릇에 담아 통깨를 솔솔 뿌린 뒤 건강도 한 움큼 넣는다.

어머니께 더 자주 찾아가 뵙고 두루 살펴드리는 일이 내게 주어진 과제다. 귀찮다 여기지 말고 성심껏 해야 되겠다.

애완견 이야기

　법원에서 조정을 마치고 돌아오는 길이었다. 동행했던 여자 법무사가 호수공원에 가서 몇 바퀴 돌고 두피 마사지를 받으러 가면 어떻겠느냐고 한다. 그렇지 않아도 오늘 저녁에는 거실에서 운동을 하려던 참이었는데 함께 하기로 했다.

　그녀가 사무실 정리를 하고 나올 테니 잠깐 기다리라고 한다. 그녀는 위층으로 올라가더니 조그마한 개를 안고 나온다. '어머나! 귀엽게 생겼네!' 강아지를 보는 순간 나도 모르게 귀엽다는 말이 나왔다.

　전에 기르던 강아지가 병이 들어 살리려고 백여 만 원을 들여 수술까지 시켰는데 그만 죽었다고 했다. 땅에 묻어주려는데 아이들이 울고불고 난리를 치는 바람에 할 수 없이 경기도에 있는 애완 장례식장에 가서 화장을 시켰단다. 강아지 뼛가루를 뿌리자고 하니 그것도 안 된다 하여 산에 묻기로 했다. 아이들과 산으로 가서 호미로 땅을 파내는데 불쌍해서 안 된다고 하여 묻지도 못하고 그냥 가지고 되돌아왔다. 아이들이 너무 사랑하던 반려동물이라 강아지의 시신을 담은 항아리는 아직도 아이 책상 위에 놓여 있다는 것이었다.

다시 키우는 강아지의 수컷은 삼돌이고 암컷은 삼순이라 불렀다. 누런 털이 복슬복슬, 까맣고 동그란 눈, 누가 봐도 탐날 정도로 예쁘다. 발걸음을 옮길 때마다 삼순이 목에 걸어준 방울소리가 딸랑딸랑, 지나가던 사람들도 삼순이를 한 번씩 쳐다보며 귀엽다고 한다. 애들은 만져 봐도 되냐며 가까이 다가와서는 안고 쓰다듬으며 그네를 태워주고 싶다고 한다. 운동 나온 사람들로부터 강아지는 인기를 독차지하고 있었다.

애완견을 방안에서 기르면서 안고 다니는 사람들을 보면 왜 저러고 다니는지 도저히 이해가 되지 않았다. 아무리 이쁘다 해도 개는 짐승일 뿐 가족처럼 대하는 것도 좀 그랬다. 그러나 그것은 나의 생각이고 애완견을 기르는 사람들은 다르다. 병이 나면 병원에 가서 치료도 해주고 털도 다듬어 주고 목욕도 시키면서 영양을 따져가며 먹인다. 동물은 보험혜택도 안 되어 치료비도 비싼데다가 털 다듬는 비용도 만만치 않다고 한다.

언젠가 기르던 발바리가 병에 걸렸는지 며칠째 깔아져 누워있었다. 아무리 맛있는 것을 주어도 먹지 않고 눈도 제대로 뜨지 못하고 금방이라도 죽을 것만 같았다. 안 되겠다싶어 병원에 데리고 가서 주사를 맞고 약을 먹였는데도 좀처럼 차도가 없었다. 보리차에 설탕을 넣고 끓인 물을 주사기로 먹였더니 차츰 기운을 차리고 일어났다. 그 개는 말만 못할 뿐이지 눈치가 빠르고 영리했다.

얼마 후 발바리는 목줄이 끊어지는 바람에 도로에 나가 그만 교통사고로 죽었다. 매일 꼬리치며 반가워하던 터라 서운하기 그지없었다. 하물며 밖에서 먹이던 개도 불쌍한 생각이 들었는데 방에서 기르면서 안고 다니던 개가 죽었으니 마음이 더 아팠을 것이다.

예전부터 개나 닭, 그리고 소는 사람을 위해 태어난 것이기에 짐승은 짐승일 뿐이라고 했다. 그러나 요즈음 강아지는 동등한 반려 가족이자 친구라고 여기는 사람들이 많다. 만남과 헤어짐이 있듯이 우리의 구시대의 문화는 뒤로하고 새로운 문화를 접하는 일들을 경험하게 된다.

애완견 화장터와 장례식장이 있다는 사실을 듣고는 눈이 둥그레졌다. 아무리 예쁜 강아지라고 해도 짐승이라는 것 외에는 별 관심이 없었기에 그런 시설이 있는 줄도 몰랐다. 하도 신기하여 인터넷을 열어보았다. 애완견 장례식장을 검색하니 와! 애완동물 호텔이며, 미용실은 건물도 높고 넓은 시설이 내 눈을 의심할 정도였고, 상상외로 호화스러웠다. 거기다가 관이며 수의, 납골당 비용은 별도였다. 반려동물도 사람 장례 치르듯 순서대로 엄숙하게 똑같이 한다는 것이었다. 더 놀라운 것은 죽은 애완견을 운반할 영구차로 거대한 리무진까지 대기하고 있었다.

사람의 장례식도 그런 고급차는 비용이 만만치 않아 일반인들은 이용하지 않는데 이런 곳이 여러 군데라니, 그만큼 반려동물에 관심이 많은 게다. 반려동물을 너무 사랑한 나머지 죽어서도 잊지 못하고 슬퍼하는 것을 보면서 우리나라가 아닌 다른 나라에서 일어나는 일이 아닌가 의아하기도 했다. 납골당에 안치된 애견 시신 앞에는 "이쁘고 이쁜 울 애기! 이별이 아닌 영원히 함께, 널 가슴에 안고 엄만 두 해를 살았구나. 숨쉬기 힘들어 하던 널 안고서 병원으로 정신없이 내달려 널 가슴에 묻게 될 줄이야…"라고 애도하는 각색의 글들이 사진과 함께 넓은 납골당에 꽉 차 있었다.

치매노인인 시어머니가 집을 나갔을 때는 찾지도 않던 며느리는 강아지가 나갔을 적에 실종신고까지 하고 전단지를 뿌려가며 하던 일도 전표하다시피 하고는 강아지를 찾아다녔다고 한다. 이를 보다 못한 동네 사람들은 부모는 거들떠보지도 않고 개를 더 끔찍이 여기는 저런 사람은 매장시켜야 한다며 들고 일어났다는 일이 있었다.

설을 쇠기 위해 동생부부가 강아지를 안고 왔더란다. 강아지를 데리고 온 것까지는 봐줄만 한데 차례음식을 만드느라 손이 많이 가는 판에 제수씨는 강아지에게 때가 되면 밥 챙겨 먹이고 배설물을 치워가며 개의 시중만 들었다. 외할머니와 시어머니는 몸이 불편하여 방에 누워 지내는데 따뜻한 밥상을 차려드리기는커녕 방문 한 번 열어보지 않는 동생의 댁 하는 짓이 하도 눈에 거슬려 다음부터 개는 데리고 오지 말라고 했는데 그 말을 듣고는 울면서 집에 가겠다고 나서더란다. 그는 설이고 뭐고 집에서 그런 꼴을 더 보고 있다가는 혈압이 터질 것만 같아 그믐날 여관방에서 지냈다고 했다. 그리고 보면 사람보다 반려동물이 대우를 더 받고 살아가는 것 같아 세상이 많이도 변했다는 생각이 들었다.

먹고 살기도 힘든 시기에는 애완견을 키울 생각도 못하고 살았다. 개는 키워 사람들의 보양식으로 사용하는데 한 몫을 했다. 한쪽에서는 야만이라고 하고 한쪽에서는 식용으로 괜찮다고 의견이

분분하다. 애완동물을 많이 기르고 사랑을 주는 것은 사람과의 진정한 대화가 부족하고 정이 모자라 반려동물에 기대지 않나 싶기도 하고, 한편 삶이 그만큼 풍부하여 여유가 생겼다는 좋은 현상이기도 하다. 그런데 강아지 죽음에 너무 호화로운 장례절차까지 밟는 것은 너무 지나친 건 아닌지 아무리 생각해봐도 갸웃해진다.

개는 주인에게 충성심이 있다. 언제 보아도 반갑게 꼬리치며 잘 따르고 집도 잘 지킨다. 사람의 도리를 못하고 사는 사람을 빗대어 개만큼도 못하다고 할 정도로 충직하고 영리하다. 아무리 그렇더라도 개는 동물에 불과할 뿐 그 이상은 될 수 없고, 호화롭고 엄숙하게 장례까지 치른다는 걸 나는 이해하기가 어렵다.

애완견을 기르다가 귀찮다거나 형편이 어려워져 더 이상 기르지 못하고 내다버리는 사람들도 많다. 그것들은 졸지에 버림받고는 여기저기 기웃거리며 돌아다니는 걸 보면 안쓰럽다. 애완동물에 비싼 돈을 들여가며 미용실에 들러서 털을 다듬어주고 옷을 사서 입히면서 온갖 치장을 해주는 일이 동물 입장으로 보면 어쩌면 동물학대가 되는 일인지도 모르겠다. 생긴 대로 살게 두는 게 그 동물이 바라는 삶일지도 모르는데 자신의 취향에 맞춰 꾸며주며 대리만족을 하려는 그런 심리적인 뭔가가 있는 것은 아닐까.

애완동물이 사람보다 더 대우를 받는다면 쓸쓸한 일이다. 애완견이 아무리 사람보다 더 존귀할 수는 없는 일이기 때문이다. 애완견에게 사랑을 주듯 가족이나 이웃에게 그렇게 보살피고 사랑하는 마음으로 바뀐다면 우리 사회는 얼마나 푸근하고 정겨울 것인가. 생각만 해도 화롯불에 언 손을 녹이듯 포근해져 온다.

생산에 대하여

호피가 새끼를 낳았다.

'호피'는 고객이 가져다준 강아지인데 젖을 뗀 지 두 달 정도 지났을 무렵에 왔다. 털이 호랑이 무늬 같다 하여 이름을 호피라고 부르게 되었다.

흰털에 까맣고 동그란 눈을 가진 진돗개 새끼를 가만히 들여다보노라면 여간 예쁘고 귀여운 게 아니다. 그렇듯 예쁜 강아지만을 보다가 호피를 처음 보았을 때는 털도 우중충하고 생김새도 맘에 들지 않아 탐탁하게 여기지 않았다. 그런데 호피를 데려온 이는 다른 개와 달리 영리하니 잘 기르면 괜찮을 것이라고 했다. 그러나 좀처럼 호피에게 정이 가지 않았었다.

눈길도 제대로 주지 않고 지내던 어느 날, 호피가 전에 없이 확 눈에 띄어 다시 한 번 쳐다보게 되었다. 생김새도 번듯하고 통통하게 살이 올랐고 우중충하고 까칠하던 털도 무늬가 선명하고 윤기가 자르르 흐르는 게 아닌가. 갑자기 내 눈을 의심할 정도로 달라져 있었다. 아니 이 개가 언제 이렇게 멋지게 되었지? 호피는 예전에 볼품없던 모습은 전혀 찾아볼 수 없이 멋진 모습으로 변모되어 있었다.

어느 날, 하얗고 커다란 진돗개가 찾아와 어슬렁어슬렁 며칠을 두고 호피가 있는 주위에서 맴돌았다. 처음에는 어느 집 개인지는 몰라도 목줄이 끊어져 여기까지 왔나 예사로 여겼는데 그 수컷은 호피에게 호감이 있어 찾아온 것이었다. 기계를 전시해 놓은 뒤쪽에 묶어놓아 잘 보이지도 않는데 호피가 발정이 난 것을 어찌 알고 찾아왔는지 신기했다. 사람도 결혼할 시기가 가장 늠름하고, 예쁘고 달덩이 같다고들 하는데 개도 품새를 갖춘 것이었다.

호피의 밥은 남편이 매일 챙겨주고 나는 음식찌꺼기가 생기면 가끔 갖다 준다. 더구나 수확철에는 다른 일에 신경 쓸 겨를이 없어 새끼를 가져 만삭이 되어있는 줄도 몰랐다. 호피가 새끼를 가져 배가 부르다고 남편에게 얘기를 했더니 곧 새끼를 낳을 거라고 한다.

그 이튿날 일찍 개집에 가보았다. 강아지를 여섯 마리나 낳았다. 그것도 혼자서, 하얀 털옷을 입은 게 세 마리였고, 어미 닮은 건 두 마리, 한 마리는 어미 아비 반반 닮았다. 어미는 불룩하던 배가 홀쭉해졌고 궁둥이 가장자리는 양수와 분비물로 젖어있고 피가 뚝뚝 떨어졌다. 새끼를 낳느라 찢어진 모양이다. 고통에 못 이겨 다리도 절뚝거리는 게 측은했다. 한 마리도 아니고 저렇게 많이 출산하느라 얼마나 애를 썼을까, 안쓰럽고 불쌍했다.

어미 개 혼자 새끼 낳느라 저리 고생하는데 애비란 놈은 어디에 사는지조차 모르고 임신만 시켜놓고 오도가도 않으니 참으로 무심한 게 수컷 개다. 어미는 갓 태어난 새끼를 혓바닥으로 물기를 닦아주고 바닥에 흘린 이물질도 모두 깨끗하게 치우고는 바닥에 누워 새끼에게 젖을 물렸다. 밤새 무섭기도 하고 겁도 났을 터인데 뒤수습을 다하고 새끼를 돌보는 마음이 갸륵하였다. 엄마라는 타이틀을 달면 짐승도 저렇게 책임감이 강해진다는 것을 알 수 있는 대목이었다.

사람은 출산을 앞두면 미리 병원에 입원하여 검진을 받으면서 축복 속에 아이를 낳는다. 애를 낳으려면 삼천마디가 벌어진다고 하는 그런 진통을 겪어야만 비로소 한 생명이 태어난다. 산고를 겪은 후 회복되어 정상적인 생활을 하려면 시일이 꽤 오래 걸리기 때문에 산후조리를 잘해야 한다.

저 혼자 산후처리를 하는 것을 보면서 사람과 짐승과의 차이는 실로 크다는 것을 실감했다. 애완견은 대부분 동물병원으로 데리고 가서 낳는다지만 그렇지 않은 개들은 혼자 감당해야 할 일이다. 그런 상황 속에서도 개는 이삼 일 지나면 언제 그랬느냐는 듯 멀쩡하게 생활하는 것은 보면 태어날 때부터 체력이 강한 모양이다.

새끼 낳느라 고생한 어미에게 죽을 끓여 주기로 했다. 큰 냄비에 쌀과 북어포를 넣고 불을 지폈다. 어미가 잘 먹어야 몸도 쉽게 풀릴 게고 젖이 풍족해야 새끼들이 잘 자랄 것이라는 생각에서였다. 새끼가 눈을 뜰 때까지 신경을 써야 할 것 같다.

짐승은 종족번식을 위해 교미를 한다지만 사람은 아무 곳에서나 씨를 뿌리지는 말아야 될 일이 아닐까. 자신의 필요를 충족하면 그만이라는 안일한 생각 때문에 때로는 아무것도 모르고 태어나서 천대받고 어두운 그늘 속에서 하루하루의 삶이 고통으로 이어지는 그들을 누가 보상해준단 말인가. 축복도 받지 못한 채 이 세상에 태어난 아이들은 얼굴도 모르는 부모를 평생 원망하며 살아갈 것이다. 미혼모에게서 태어난 아기들을 해외로 입양 보내는 숫자가 우리나라가 상위에 올랐다니 씁쓸하다.

속이 검거나 음한 사람을 보면 흔히 늑대 같다고들 하는데 늑대는 일부일처를 종사하는 동물이다. 사람도 늑대 같은 그런 마음가짐으로 가정을 이룬다면 불행한 아기들이 줄어들고 짐승보다 못하다는 말은 듣지 않고 살 거라는 생각이 든다.

축복의 세월

서울에 사는 큰오빠에게서 전화가 왔다. 나한테 옷을 하나 사서 보내려고 하는데 서산에 있는 K2 매장에 가서 맘에 드는 것을 골라 사진을 찍어 보내든지 아니면 사이즈와 제품번호를 알려달라고 했다.

아웃도어의 값이 고가여서 아무리 오빠가 사준다 해도 부담이 되는지라 한사코 사양했지만 오빠는 막무가내로 금액은 염두에 두지 말라고 하였다. 마음이 변하면 쉽게 죽는다고 하던데 내가 동생한테 옷을 다 사준다고 하는 걸 보면 살 날이 얼마 남지 않은 것 같다하여 같이 웃었다. 그렇지 않아도 옷을 한 벌 구입하려던 참이었다.

쉬는 날 남편과 함께 매장에 들렀다. 가게 안에는 다양한 옷들이 즐비하게 걸려 있었다. 여러 가지 진열돼 있는 물품들은 고객들에게 예쁘게 입혀나가기를 기다리며 대기 중인 듯 했다. 이것저것 살펴보던 중 남편은 사계절용 등산복을 골랐다. 매장 직원에게 양해를 구한 다음, 내 것은 색상과 이미지만 볼 것이라 하고는 옷의 번호를 오빠에게 전했더니 택배로 보내왔다.

　원래 오빠가 넷이었는데 유난히 병치레가 많던 오빠가 일찍 하늘나라로 가버려서 남은 오빠가 셋이었다. 내가 아장아장 걸어 다닐 무렵 오빠들은 나를 방 끝부분에 세워놓고 등을 내민 자세로 나란히 앉고는 서로 업으려고 나에게 호감을 사기 위해 손뼉을 치기도 하고 때로는 맛있는 것을 내보이며 경쟁을 벌이곤 했다. 종종거리며 넘어질듯 발길이 미치는 대로 다가가면 그 오빠는 좋아서 어쩔 줄을 몰라 하며 마치 복권 당첨이라도 된 듯 신바람이 났다. 반면 나를 차지하지 못한 오빠들은 서운함에 풀이 죽어 다시 하자며 나를 저만치 안아다 놓고 또 어부바를 시도하는 것이었다. 어린 동생의 마음을 사로잡으려고 온갖 표정을 짓는 오빠들을 보면서 쪼르르 다가가면 오빠는 나를 안아주고, 업어주고 무등도 태워주며 입이 귀에 걸릴 정도로 방안 가득 웃음보따리를 풀어놓곤 했다.

　그중에서도 둘째오빠가 나를 많이 예뻐했다. 자고 있으면 머리맡에 앉아 이 세상에서 내 동생이 제일 이쁘다고 머리도 쓰다듬으며 마냥 얼굴이 뚫어져라 바라보며 맛있는 것이 있으면 오빠는 먹지 않고 두었다가 나에게 주곤 했다. 그런 오빠가 어느 날 바다에 나갔다가 밀물이 밀려오는지도 모르고 그곳에서 미처 나오지 못했다. 동생이라면 끔찍이 여기던 오빠, 어쩌면 일찍 하늘나라로 갈 것을 예측이라도 한 듯 아낌없는 사랑을 주었기에 긴 세월이 흘러도 어린 시절 아픈 기억은 지워지지 않고 가슴속에 남아있다.

　큰오빠는 제대 후 취직할 때까지 무슨 일이라도 해야 한다면서 이모부를 찾아갔다. 이모부는 성주에서 탄광 감독으로 있었기에 그곳에 가면 일할 수 있을 것이라며 무작정 찾아갔던 것이다. 석탄을 캐러 나가려면 새벽 다섯 시에 일어나야 했고, 이모부는 자식 같은 오빠를 추운 새벽에 깨우기가 안쓰러워 이곳에서 네가 할 일이 아니라며 다른 곳을 알아보라고 하며 누차 얘기를 했는데도 오빠는 일자리를 얻을 때까지만 있겠다고 하여 어쩔 수 없이 그냥 놔두었다고 한다. 나중에 오빠한테서 들었는데 시커먼 굴 속에 들어갈 때면 마치 죽으러 가는 것 같더란다. 안전모에 달린 라이트 불빛을 따라 조심스레 굴 속을 가다보면 벽이라도 무너져 내려앉을 것 같은 두려움이 따르고 석탄을 캐는 작업은 위험한 일이라고 했다.

오빠는 겨울동안 위험한 탄광 일을 접고 서울로 올라가 순경으로 취직을 하였다. 그 당시는 경찰을 순경이라고 불렀다. 어려운 일을 그만 두고 경찰공무원이 되었는데 그 일도 적성에 맞지 않는다고 접고는 건축업을 하고 있다. 우리가 사는 건물도 오빠들이 지어주었는데 가끔 한 번씩 내려오면 어디 잘못된 곳은 없는지 살펴보고 손질을 해 주곤 한다.

어릴 때 큰오빠가 하얀색 줄이 있는 검정 운동화를 사다준 적이 있다. 추석 때 신으려고 벽장 속에 넣어두고는 한 번씩 꺼내보곤 했다. 행여 흙이 묻을까 방안에서만 신어보던 운동화, 꿈속에서도 신어보고 싶던 운동화를 받고는 설레어 잠도 설쳤다.

태어나서 나는 많은 사람들로부터 축복을 받은 것 같다. 어머니는 아들만 내리 넷을 낳고 딸을 낳았는데 그 딸이 바로 나다. 할아버지와 할머니는 물론, 동네 사람들도 딸을 낳아서 얼마나 기쁘냐며 만나는 사람들마다 잘했다고 한마디씩 하였다고 한다. 무뚝뚝

한 아버지도 귀엽다고 업어주셨다 한다. 아들을 선호하던 시절에 딸을 낳았음에도 주위 사람 모두가 기뻐했다니 축복받고 태어난 것이 분명하다.

그러나 그렇게 많은 축복을 받고 오빠들의 사랑을 듬뿍 받으며 자랐건만 삶이 고달프고 힘들 때면 이 세상에 태어난 것이 달갑지 않게 여겨지고 내가 가장 불행하다는 생각이 들기도 했다. 사람은 누구나 남의 처지보다는 나의 조그마한 상처가 더 아프게 느껴지는 게 아닌가 싶기도 하지만 주위를 둘러보면 나보다 더 어려운 이웃들이 얼마나 많은가.

어렸을 때부터 동생이라면 끔찍하게 여기던 오빠, 이젠 머리가 희끗희끗한 할아버지가 되었는데도 동생을 아끼는 마음은 여전하다. 언제나 받기만 하고 살아온 것 같아 이제부터라도 오빠에게 무엇인가 되돌려줘야지 싶다. 오빠가 사준 옷을 입고 있으면 정이 듬뿍 담겨있어서인지 따뜻함이 온몸을 포근하게 감싸준다.

마음의 가시

평소에 잘 알고 지내던 고객이 대리점에 방문했다. 며느리를 얻게 되었다고 묻지도 않은 아들 혼사 얘기를 꺼낸다. 예비 며느리는 당신 아들과 함께 일하는 사무실에서 만나 결혼에 이르게 되었다고 한다.

다이아몬드 반지만 해도 몇 천 만원이 넘고 거기다가 시계, 목걸이며 예물을 해주느라 많은 비용이 들었다며 은근히 자랑삼아 늘어놓았다. 그리고는 우리 큰아들 결혼할 때 예물은 무엇을 얼마치나 해주었으며 예단비는 얼마나 받았느냐고 묻는다. 예물이란 서로 알아서 하면 되는 일이고, 금액이 정해진 것은 아니지 않는가. 많이 해준다고 더 잘 산다는 보장도 없을 뿐더러 무엇을 해주든 간에 서로 아끼면서 행복하게 사는 게 더 중요한 일이련만, 왜 그런 것을 궁금해 하는지 나와 맞지 않는 부분이다.

예비며느리에게 많은 예물을 해주었지만 사돈댁에서 보낸 예단비가 불과 몇 백만 원이었다며 값비싼 밍크코트라도 받았으면 싶었을까, 안목이 안 찬다며 서운해 하였다.

나는, 며느리에게 패물을 기분 좋게 해주었으면 그것으로 족해야지 적게 받았다고 서운해 하면 마음만 불편해지니 잊어버리라고 했다. 예물로 많이 지출되었다지만 다 키워놓은 딸을 데려오는데 무엇과 비유할 수 없는 일이고, 시집올 때는 해준 것 다 가지고 오는데 손해 볼 일은 없으니 기쁜 마음으로 받아들이라고 했다. 내 말에 그녀는 조금은 위안이 된다고 하였지만 그래도 서운함은 가시지 않는 눈치였다. 그런 그들이 자식혼사에 많은 금액을 지출했는데 예상했던 것보다 적은 예단비를 받았으니 아까운 생각이 들었을 게다. 기대가 크면 실망도 크다고 했다.

그녀 부부는 쉴 새 없이 일을 하는 사람들인데 오직 재물 늘리는 것 외엔 다른 것은 전혀 의식하지 않는 것 같다. 구경삼아 어디 다니는 일도 별로 없고, 옷 한 벌 제대로 사 입지도 않고 오직 일을 하려고 이 세상에 태어난 것같이 보인다. 친척이나 동네에 애경사가 있어도 평소에 입던 옷 그대로 참석한다.

그 댁은 아들, 딸이 장성하여 모두 결혼을 시켰다. 딸들에게도 자동차를 사주었는가 하면 집을 구입하는데도 보태주었다. 자식에게는 무엇이든지 해주면서 정작 자신들에게는 인색한지 모를 일이다. 대개의 부모들이 자기 자식에게는 하나라도 더 주고 싶어 하는 게 인지상정이지만 그들 부부야 말로 유난하다.

그들은 겉은 허름해 보여도 속이 알차면 된다는 말을 자주 한다. 겉치레보다는 실속 있게 사는 것은 좋은 일이다. 그러나 아무리 알차게 산다 해도 사람에게는 예의범절이 필요하고 때와 장소에 따라서 의복도 갖춰야 하는 일도 예의 한부분이다. 번거로워도 자신

때문에 상대방이 기분 상하지 않도록 배려하기 위함이다.

큰며느리 얻을 때 나는 예물은 간소하게 해줬다. 많이 받은 예물이 행복과 직결되는 일이 아닐 뿐더러 받을 때는 흐뭇할지 모르지만 귀금속을 보관하는 일도 불편하지 않던가. 우리에게 아들만 둘이 있어 자칫 처신을 잘못했다가는 고부간의 불화의 고리가 될지도 모른다는 것을 염두에 두었다. 큰며느리는 조금 해주고 작은며느리에게 많이 해주면 공평하지 않을뿐더러 혹시 나중에 며느리들이 그런 것을 빌미로 불미스런 일이 생기지 않을까 교통정리를 미리 한 것이다.

예로부터 혼사에는 혼수가 뒤따른다. 혼수를 적게 해왔다는 이유로 심한 시집살이를 당하는가 하면, 분수에 맞지 않게 허세를 부리다가 친정 가계가 휘청하기도 한다. 딸을 낳아 애지중지 키워서 시집보내는 것도 아까운데 거기다가 바리바리 싸 보내야 하는 딸 가진 부모는 손해 보는 느낌이 들게다. 요즈음은 시집살이를 심하게 하지 않는다 해도 딸을 보낸 서운함은 여전하다. 아들도 결혼시키고 나면 며느리에게 빼앗긴 느낌이 들지만 그래도 딸 가진 부모만큼 허전하지는 않을 게다.

받는 기쁨보다는 주는 기쁨이 더 크지 않을까. 준만큼 되돌려 받으려는 마음은 허탈함과 화를 부르기 싶고, 무엇이든 넘치다보면 귀한 줄을 모르게 된다. 많이 주고 마음의 가시를 키우기보다는 자신의 삶의 질을 높이는 데 투자를 하는 것은 어떨까.

고마운 분들

외출했다가 집에 돌아와 보니 남편과 손자가 자장면을 먹고 있다.

"우리 석현이 할아버지랑 바다에 가서 재미있었어?"

빙긋이 웃는 손자 녀석의 입가엔 자장이 시커멓게 묻어있다.

"많이 잡긴, 오늘 큰일 날 뻔 혔어. 글쎄 바다에서 한참 삽질하다 고개를 돌려보니 애가 없지 뭐여. 금방까지 옆에서 종알거렸는데 아무리 주위를 둘러 봐도 안 보이고, 혹시 물에 빠졌나 싶어 얼마나 목청이 터져라 석현이를 부르고 다녔던지 지금도 목이 컬컬혀."

손자를 잃어버렸었다는 남편의 말을 듣는 순간 한겨울 냉탕에 들어간 것처럼 온몸에 쫙 소름이 돋고 심장이 콩닥콩닥, 마치 전기에 감전된 듯 찌릿하다.

전에 있던 사무실에서였다. 퇴근하려고 전등불을 끄려는데 스위치 주위에 물건이 쌓여 도저히 손으로는 끌 수가 없었다. 마침 셔터 내리는 기다란 쇠고리가 눈에 띄었다. 손잡이를 잡고 스위치를 톡 치는 순간 불이 번쩍, 온몸이 바싹 오그라지는 것 같았다. 이

젠 죽었구나! 눈을 꼭 감았다. 언제 손을 폈는지 잡았던 쇠고리가
바닥으로 툭 떨어졌다. 평소 쇠와 전기는 상극이라는 것을 알고 있
었으면서도 순간의 방심이 큰 사고로 이어질 뻔했다. 전기는 우리
생활에 없어서는 안 될 만큼 큰 비중을 차지하고 편리하게 사용하
지만 위험이 뒤따름을 체험했다.

손자를 잃어버릴 뻔 했다는 말에 순간 전류가 순식간에 와 닿던
그때 그 충격과 같은 느낌이었다.

남편은 바다를 좋아한다. 어느 때는 배를 타고 나가 우럭 낚시도
하고 망둥어도 잡고, 때론 바지락도 긁는다. 겨울에는 개불도 잡고
여름에는 해리질도 간다. 물때를 보느라 수시로 달력을 들여다보
며 바다에 갈 궁리를 댄다. 달력을 주문할 때도 아예 가까운 안흥항
의 물때표를 넣는다.

그날 나는 큰아들과 함께 운동하기로 약속이 되어있었다. 평소
같으면 며느리도 함께 왔을 텐데 복직관계로 마음의 여유가 없다
면서 손자와 아들만 왔는데 우리가 운동하는 사이에 남편이 손자
석현이를 봐주기로 하였다.

남편은 물때가 좋으니 바다에 가야겠다며 그곳은 빠지지 않는
모래여서 석현이를 데리고 가도 괜찮을 거라고 했다. 바다에 어린
애를 데리고 가는 것은 위험하다고 해도 마음은 벌써 바다에 가 있
었다. 녀석은 할아버지가 바다에 가자는 말에 모자를 챙겨 쓰고 신
바람이 나서 빨리 가자고 재촉한다. 조손은 간식까지 챙겨서 소풍
이라도 가는 듯 콧노래를 부르며 집을 나섰다.

손자가 보이지 않자 덜컥 겁이 난 남편은 정신이 하나도 없었다.

개불을 잡다말고 여기저기 정신없이 손자를 찾아 돌아다니는데 웬 낯선 사람이 다가와서는 석현이 할아버지가 아니냐고 했다. 어린 아이가 혼자 울어서 자기네 집에 데려다 놓고는 물어보니 할아버지는 검은색 옷을 입었고 개불을 잡으러 왔다는 말에 걱정할 것 같아 찾으러 왔다는 것이었다.

남편은 손자를 찾아준 그분이 얼마나 고맙던지 마치 구세주를 만난 것 같았다. 그를 따라 손자 있는 곳으로 갔다. 할아버지를 보자 석현이는 와락 안기며 울먹였고 신발은 개펄과 물에 범벅되어 벗겨놓고 슬리퍼가 신겨져 있었다. 석현이를 찾아준 그에게 감사함을 무엇으로 보답할 길이 없어 잡은 개불을 덜어주고 왔다고 했다.

큰아들이 손자만할 때였다. 집안일을 하고 있는데 애가 보이지 않았다. 밖에 나갔나 싶어 주위를 둘러봐도 눈에 띄지 않았다. 후들거리는 다리를 이끌고 이 골목 저 골목 다녀 봐도 찾을 길이 없었다. 와락 겁이 났다. 혼자의 힘으로는 도저히 안 될 것 같아 출근한 남편에게 도움을 청했다. 몇 시간을 헤매고 다녔는데도 아이는 나타나지 않았다.

불길한 생각으로 머릿속에는 꽉 차 있었다. 혹시나 하면서 단걸음에 버스터미널로 갔다. 대합실 안에는 많은 사람들이 오갔다. 붐비는 인파 사이로 눈을 크게 뜨고 아이를 찾느라 기웃거리는데 한 중년여인이 우리 애의 손을 꼭 잡고 서 있는 게 눈에 들어왔다. 아이를 보는 순간 다리에 힘이 쫙 빠지면서 그 자리에 주저앉을 뻔했다. 한동안 말도 나오지 않았고 애를 끌어안고는 얼굴을 쓰다듬으며 긴 숨을 내쉬었다. 그때 터미널에 가지 않았더라면 누가 어디로 데리고 갔는지조차 모르고 영영 찾지 못했을지도 모른다는 생각을 하면 지금도 간담이 서늘하다.

아들과 손자를 보낸 후, 놀란 가슴을 진정시키기 위해 자리에 누웠다. 얼마나 지났을까 잠깐 잠이 들었는데 전화벨이 울린다.

"어머님, 그이와 석현이는 지금 막 도착했어요, 보내주신 콩나물 잘 먹을게요. 지난번에 주신 콩나물이 어찌나 맛있던지 시장에서 사먹는 것과는 비교가 안돼요."

며느리의 목소리를 듣는 순간 큰 죄라도 지은 듯 가슴이 두근거린다. 애를 잃어버릴 뻔했다는 말은 하지 못했다. 만약에 애를 못 찾았더라면 며느리 얼굴은 어떻게 볼 것이며 평생 근심걱정을 안고 살아야 하리라는 생각이 들어 앞이 캄캄했다.

주위에는 어쩌다 사랑하는 아이를 잃고는 삶의 즐거움을 모르고 살아가는 이들이 있다. 어린아이들은 럭비공 같아 어디로 튈지 모르고, 방향감각이 없어 자칫 잘못하다가는 길을 잃기 쉽다. 자식을 가지지 못하여 자나 깨나 아이를 얻고 싶은 욕망이 앞선 나머지 양심도 팽개치고 몰래 남의 아이를 훔쳐가는 사람이 있는가 하면, 어린아이를 담보로 잡고 금품을 요구하기도 하고, 성폭행하는 사람들도 있다.

때로 예고 없는 사고로 목숨을 잃는가 하면 평생 불구로 살아가기도 한다. 자식을 잃으면 오로지 아이 생각으로 머릿속에 꽉 차있고 지나가는 아이만 봐도 내 아이가 아닌가 다시 보게 된다. 생업을 포기하고 수년이 지나도 애를 찾아다니는 이들도 있는 것을 보면 남의 일 같지 않아 마음이 아프다.

사람으로서 할 짓이 아닌데도 어린아이에게 서슴지 않고 범죄를 저지르는 자가 있는 반면 남의 자식을 내 자식처럼 잘 보살피고 가르치는 이들도 많다. 그러나 가정생활이 어려운 아이들을 장학금도 주고 틈나는 대로 돌봐주는 후덕한 이들이 있어 세상이 훈훈해진다.

전에는 산아제한을 하지 않아 생기는 대로 애를 낳았다. 넉넉지 않은 살림살이였어도 여러 자식을 낳아 키웠는데 요즈음은 아이 낳는 것을 꺼려하는지라 농촌에서 어린아이 울음소리 듣기조차도 어렵다.

작은아이도 서울에서 한 번 잃어버려 애태운 적이 있다. 기르기는 힘들어도 이 세상을 이어갈 꿈나무들이므로 그래도 아이를 많이 낳았으면 하는 생각이 든다.

우리 손자를 찾아준 그분은 평생 잊어서는 안 될 고마운 은인이다. 안면도에서 펜션을 운영한다는 그 댁에 아들네 식구가 내려오면 함께 찾아뵈어야겠다.

못 믿을 세상

텔레비전에서 실화드라마 '아내의 배신'이란 주제로 이십오 년을 함께 산 어느 부부의 이야기가 방영되고 있었다.

아내는 암에 걸려 입원치료를 받고 있었다. 그런데 어느 날 그녀의 남편이 이젠 건강이 많이 좋아져서 퇴원해도 좋다고 한다. 그녀는 남편의 말에 정말 자신의 병이 회복되었는가, 희망을 안고 가벼운 발걸음으로 퇴원한다. 그런데 사실은 그녀의 병세가 좋아지기는커녕 날이 갈수록 더 무기력해지고 쓰러진다.

그녀가 간신히 정신을 차리고 병원으로 가서 담당 의사를 만난다. 주치의는 항암치료를 받아야 된다고 남편에게 말했는데 왜 지금에서야 왔느냐면서 시기를 놓쳐 이젠 손을 쓸 수 없는 지경까지 이르렀다고 하는 충격적인 말을 듣는다.

이럴 수가! 나를 죽이려고 일부러 치료를 중단시킨 남편의 거짓말을 뒤늦게 알게 된 그녀는 어찌할 바를 몰라 부들부들 떤다. 당장이라도 남편을 요절내고 싶은 마음은 굴뚝같지만 그럼에도 병원에 간 것을 전혀 내색하지 않는다.

그동안 남편은 아내를 안심시키기 위해 병원에서 처방해준 약을 미리 몇 알 빼고 이젠 약을 조금씩 먹어도 된다면서 대신 수면제를 먹였던 거다. 남편은 그날 밤도 다른 날과 다름없이 아내에게 물과 약을 건네주며 완쾌되면 여행도 함께 다니자는 말로 가식을 떤다. 그녀는 병원에 다녀온 날 남편이 눈치 채지 않게 미리 수면제를 골라내고 먹지 않았는데 아내가 잠자리에 드는 것을 확인한 그는 거실로 나온다.

도란거리는 소리에 그녀는 일어나 살며시 방문을 열고 내다보니 남편은 도우미와 마주앉아 건배 잔을 들면서 희희낙락이다. 거침없이 말하는 그에게 도우미는 안에서 듣기라도 하면 어쩌겠냐며 소리를 낮추라고 했지만 약을 먹어 깊이 잠들었으니 그런 걱정은 안 해도 된다고 한다. 아내가 죽으면 보험금이 5억 정도 나올 것이고, 이 집도 팔아 다른 곳으로 가서 새로운 삶의 보금자리를 마련하여 평생 행복하게 살자면서 거리낌 없이 애정행각까지 벌인다.

그런 상황을 목격한 그녀는 방문을 닫고 하염없이 눈물을 흘린다. 일부러 항암치료도 못 받게 하고 자기를 죽이려고 한 남편에 대한 배신감이 너무 크고 억울하여 뜬눈으로 밤을 지새운다.

그 이튿날 그녀는 친정어머니를 찾아가 이 모든 사실을 다 털어놓는다. 딸의 말에 노모는 이런 몹쓸 놈을 그냥 놔둬서는 안 된다며 당장 쫓아가서 요절이라도 내야 한다며 분을 삭이지 못한다. 그녀는 그런 어머니에게 섣불리 다루면 안되니 제발 조금만 참아 달라고 친정어머니를 진정시킨다. 친정어머니는 간곡하게 말리는 딸을 붙잡고 원통함을 감추지 못한다.

25년이나 생사고락을 같이 한 남편인데 본인의 새로운 인생을 위해 자신을 내팽개치는 바람에 한 가닥 실낱만큼의 희망도 없이 죽을 날만 기다려야 하는 그녀. 삶의 끝자락에 서있는 그녀는 남편의 변심이 어쩜 암보다 더 큰 아픔이었을지도 모른다.

결국 그녀는 이런 기막힌 현실을 차분하게 받아들이며 생의 마감을 준비하고는 얼마 후 한 많은 사연을 남겨두고 홀연히 저 세상으로 떠난다.

그녀가 떠나고 얼마 후 낯선 여인이 찾아와 남편에게 집세를 내라고 한다. 아무것도 모르는 남편이 내 집인데 무슨 세를 내라고 하느냐고 항의를 해보지만 소용없는 일이었다. 그의 부인이 살아 있을 때 집을 팔아 월세로 돌려놓고, 보험 수익자도 친정어머니의 이름으로 바꾸어 놓았던 것이다.

이런 사실을 뒤늦게 알게 된 남편이 장모를 찾아가서 나도 먹고 살아야 되지 않겠냐며 몇 억이라도 달라고 애원하였다. 그러나 장모는 내 딸을 생으로 죽인 놈한테 한 푼도 못 주겠고 마주치기 싫으니 더 이상 찾아오지 말라고 단호하게 내친다. 그는 돈 한 푼 만져보지 못하고 도우미마저 그를 떠나간다.

주위에는 크고 작은 사건들이 수없이 많다. 아내가 남편을 죽이기도 하고, 숨겨둔 내연녀와 같이 본처를 죽이려고 계획적으로 가파르고 낭떠러지 산으로 자기 아내를 의도적으로 데리고 가 그곳에서 손을 잡아주는 척하다가 밀어서 아래로 떨어지게 한 끔찍한 사건도 있다. 어떤 이는 한적한 바닷가에 가서 물속에 떠밀기도 하였다. 또 아이까지 낳아 딴 살림을 차리고 본처 몰래 왕래를 하던 사람은 본처는 모를 것이라 여기다가 끝내는 이혼에 이르게 된다. 자신의 쾌락을 위해 상대방의 귀한 생명을 하찮게 여기는 이들을 볼 때면 섬뜩하다.

병을 고칠 수 있었음에도 불구하고 죽음을 눈앞에 둔 그녀, 남편과 맞붙어 말다툼을 해봤자 모든 게 부질없는 짓이라 여기고는 보험금 수익자를 바꿔놓고 집도 팔아 친정어머니에게 모두 주었다. 아내의 고통은 조금도 생각하지 않고 자신의 행복만을 위해 도우미와 짜고 그녀를 죽음으로 몰고 간 파렴치한. 그녀의 남편은 보기 좋게 한방 얻어맞은 것이다.

나는 복수를 한 그녀에게 박수라도 쳐주고 싶었다. 그러한 상황을 지켜보면서 가장 가깝다는 남편에게 배신을 당하고, 씻을 수 없는 한을 안고 떠난 그녀가 너무도 안쓰러웠다. 저 세상에서나 환하게 웃을 수 있기를 빌어본다.

진실은 언제나 밝혀지는 법, 같은 그릇이라도 생선을 담으면 비린내가 나고 꽃을 담으면 향기롭듯이 무엇을 담느냐에 따라 다르다. 언제 어디서라도 사람의 기본적인 도리를 하지 않고 그 저의를 버리게 되면 혹독한 대가를 치르게 되는 것은 당연한 일이지 싶다.

복 짓는 할아버지

종이박스를 수거해가는 할아버지가 며칠째 오시지 않는다. 혹 병이라도 걸리신 게 아닌지, 아니면 무슨 사고라도 난 걸까, 머릿속은 불길한 생각으로 넘나든다. 폐지가 수북하게 쌓였는데도 오지 않는 할아버지가 궁금하기 짝이 없다. 이럴 줄 알았더라면 연락처라도 알아둘 걸 후회마저 든다.

할아버지가 종이박스를 수거해 가기 시작한 지도 수년이다. 물품을 출고시킬 때 회사에서는 도착지까지 안전하게 배송되도록 포장으로 사용하는 박스가 며칠만 지나도 수북하다.

우리 사무실에는 고물이나 종이박스를 모으러 다니는 사람들은 서로 먼저 차지하려고 새벽이고 낮이고 시도 때도 없이 와서 기웃거린다. 처음에는 누가 가져가든지 신경 쓰지 않고 누구에게 보탬이 되는 일이니 좋은 일이다 싶었다. 그런데 마음이 올곧지 않은 이들은 폐지 외에 다른 물건까지 손대는 이도 있다 보니 낯모르는 사람들이 자주 오가는 것도 신경이 쓰였다. 돈이 될 만한 것만 골라가는 사람도 있어 주변바닥이 지저분한 것도 눈에 거슬렸다.

그 노인은 어디에서 사는지 이름도 모른다. 마주치면 인사만 하는 터라 얼굴만 알뿐이다. 박스를 모아놓으면 할아버지는 리어카를 끌고 와서 차곡차곡 접어 끈으로 묶어 싣고는 잔 부스러기가 있으면 빗자루로 쓸어 말끔하게 치우고 가시곤 했다. 폐품 놓는 자리를 보면 할아버지가 다녀갔다는 것을 보지 않아도 알 수 있다. 올곧은 심성을 지닌 것을 알고부터는 다른 사람이 오면 단골이 있다고 은근히 할아버지에게 밀어 주었다. 그래서 우리 사무실에서 나오는 많은 양의 폐품을 그 노인이 독차지하는 것을 아쉬운 눈빛을 보내는 이들마저 생겼다.

얼마 전 일이다. 새벽녘에 개가 계속 짖어 웬일인가 후레쉬를 켜고 아래층으로 내려가니 사무실에 불이 켜 있고 아들 은기가 도둑을 잡아놓고 주민등록증을 카피하고 있는 중이었다. 아들이 개 짖는 소리에 나왔는데 정비공장 부근에 낯모르는 사람이 자동차를 세워놓고 물건을 실으려는 것을 못 싣게 하고는 경찰에 신고를 할까하다가 다행히 없어진 물건이 없어 신분증만 복사해놓고 타일러서 보내려던 참이란다.

복사를 끝내고 신분증을 가지고 밖으로 나가는 아들에게 혹시 흉기를 지니고 있을지도 모르는 일이니 조심하라고 이르며 뒤를 따라갔다. 세워놓은 트럭에는 모터 수십 개와 쇠붙이가 실려 있다. 분명 남의 것을 훔친 게 틀림없었다.

농민들은 비가 안 내릴 때를 대비해서 농작물에 물을 대기 위해 논밭에 모터를 설치해 놓는다. 인적이 드문 들녘이다 보니 대부분 고물을 수집하는 사람이 몰래 모터를 떼어가서 제때 물을 주지 못하여 농작물 피해를 보는 것은 물론 다시 설치하려면 경제적으로도 손실이 크다고 한다. 그들 때문에 여간 성가신 게 아니라는 말을 농민들에게 수없이 들었던 터라 그 차에 실린 것들은 모두 남의 물건을 몰래 가져온 게 분명하다 생각이 들었다. 그렇지 않고서야 야밤에 헌 모터를 그리 많이 싣고 다닐 이유가 없어 보였다.

그 이튿날 알아보니 그 사람은 하도 손버릇이 나빠 동네 주민들이 불안하여 함께 살 수 없다며 쫓아냈다고 한다. 남의 물건에 얼마나 돈을 댔으면 쫓겨나기까지 했을까. 그런데도 그는 나쁜 버릇을 버리지 못하고 여전히 남의 물건을 훔치러 다닌다. 사람은 처음부터 악한 마음을 지니고 태어나지는 않는다. 살아가면서 생활환경에 따라 성격이 달라지는데 그렇다고 몹쓸 손버릇을 길렀다니 딱하다.

세살버릇 여든까지 간다는 말과 제 버릇 남 못 준다고 하는 말은 대부분 좋지 않는 버릇이 있는 사람들에게 빗대어 하는 말이다. 그들은 나쁜 습성 때문에 주위 사람들에게 달갑지 않은 시선을 받게 된다. 걱정 없이 먹고 살만한데도 도벽이 있는 사람들이 있다. 그들의 마음속에는 늘 무언가 정서적으로 불안정하여 심리적 원인이 행동으로 옮겨지기도 하고, 마음이 풍요하지 못한데서 오는 결핍증 때문에 남의 물건에 손을 대다가 붙잡히는 사람을 여럿 보았다. 넉넉한 환경인데도 도벽 때문에 어디를 가나 따가운 눈총을 받는 것을 보면 도벽은 참 무섭다는 생각이 든다.

며칠 전 단골매장에 들렀는데 주인은 검은 봉지를 들고 나온다. 박스를 수거해가는 아저씨가 농사지어 땅에 묻어둔 무를 꺼냈는데 식구도 많지 않아 다 먹을 수 없어 이웃집에도 나누어주고 몇 개를 주고 갔다는 것이다. 그 아저씨는 오래전부터 종이박스를 모으러 다녔다고 한다. 그는 생활이 어려워서도 아니고 그냥 놀기가 심심하고 운동 삼아 걸어 다니면서 폐품을 팔아 얻은 소득은 경로당에 필요한 것을 사다 주는가 하면 불우이웃도 도와주고, 박스를 준 가게에 커피나 음료수를 사오기도 한단다. 매장 주인이 그런 것을 사오면 절대로 박스를 주지 않겠다고 엄포를 놓았는데도 그 사람은 무엇으로라도 고마움을 표현하고자 하는 마음은 여전하다고 했다. 그는 어렵게 폐지를 모아 생긴 돈을 자신을 위해 쓰는 게 아니라 보람 있게 사용하였던 거다.

그러나 가족들이 보는 눈은 그게 아니었다. 다른 사람들 보기가 창피하다는 자식들의 반대가 너무 심해 한동안 그 일을 접었다. 그는 집에 할일 없이 우두커니 있으니까 몸이 쑤시고 아파 가족들의 눈치를 보면서 다시 그 일을 시작했다는 것이다. 고물을 주우러 다닌다고 해서 모두가 생활이 어려운 것은 아니고, 겉보기에는 추해 보일지 모르지만 아저씨는 일거양득을 하고 있었던 게다. 사람은 겉모습보다는 깊은 속마음이 중요하다. 어디에서 무슨 일을 하든지 간에 자신이 어떻게 처신하느냐에 따라 돋보이게 됨은 물론 옆에서 도와주고픈 마음이 생기는 것은 인지상정일 게다.

할아버지가 저쪽에서 리어카를 끌고 오시는 게 눈에 들어온다. "할아버지다." 반가움에 나도 모르게 소리쳤다. 비록 폐지를 수거하러 다니지만 할아버지의 성실함은 내 마음을 끌리게 하였다.

같은 폐지를 수거해 가는 데도 자기 욕심만 부리는 사람은 두 번 다시 주고픈 마음이 생기지 않는 일회용이고 사람의 마음을 열게 하는 사람은 그 이상의 득을 얻게 된다. "저 사람은 복을 받게 될 거야"라고 덕담을 할 때가 있다.

복, 복이란 누가 가져다주는 게 아니라 자신이 짓는 것임을 터득해야 될 일이다.

정을 끓이며

카레를 만들기로 했다. 감자와 양파, 당근과 완두콩, 그리고 단호박과 버섯을 준비한다. 카레에 들어가는 재료는 거의 집에 있는 것이라서 마음만 먹으면 쉽게 해먹을 수 있다. 또 내가 잘할 수 있는 요리 중 하나가 카레이다.

감자와 당근을 시작으로 각종 재료를 썬다. 달궈진 팬에 올리브유를 두르고 먼저 감자와 당근을 넣고 살살 볶은 다음 양파와 호박을 넣어 볶다가 나머지 버섯을 넣는다. 이렇게 야채를 볶아둬야 나중에 부스러지지 않는다. 그런 다음 물을 붓고 재료를 완전히 익힌 뒤 카레가루를 넣고 저으면서 끓이면 된다. 고기를 좋아하는 사람은 고기를 썰어 끓는 물에 데쳐 건져놓은 다음 팬에 달달 볶아서 야채와 같이 끓이면 되고, 다이어트를 하려면 재료를 기름에 볶지 말고 끓는 물에 익히면 담백하다.

카레를 만드는 날이면 재료를 몇 개씩 더 넉넉하게 준비하고 아예 큰 냄비로 시작한다. 원래 손이 크고 나눠 먹기를 좋아하는 터라 무엇을 하더라도 많이 만들어야 내 직성이 풀린다. 냄비에서는 가득 카레 익는 소리가 보글보글, 걸쭉한 게 군침을 돌게 하고, 노란 카레에 빨간 당근과 파란 완두콩이 어우러져 색깔이 맛깔스레 보인다. 거의 완성되어 가는 카레를 나무주걱으로 젓고 있는데 마침 남편이 들어왔다.

"어이구, 어떻게 다 먹으려고 이렇게 많이 끓이누."

남편은 곱지 않은 눈초리로 바라보며 한마디 툭 던진다. 평상시에도 음식을 많이 한다고 핀잔을 주는 남편이 한 냄비 가득한 카레를 보고 좋아할 리가 없다. '걱정도 팔자라더니, 자기보고 다 먹으라는 것도 아닌데 뭔 잔소리를 한담. 많기는 뭐가 많다고, 이것도 모자라는데.' 나 혼자 중얼거린다. 남편이 그러거나 말거나 그득한 냄비를 들여다보며 여럿이 나누어 먹을 생각에 신이 난다. 어머니도 갖다 드려야 되고, 퇴근하는 아들에게도 주고, 혼자 사는 직원도 줘야 되고, 친구에게도 좀 퍼주고 나면 남는 것도 없다. 나의 깊은 속마음을 알 턱이 없는 남편의 말은 귀담아 두지 않기로 한다.

밥이 다 되었다. 김이 모락모락 나는 밥을 비벼먹기 좋은 그릇에 담아 그 위에 걸쭉한 카레를 얹었다. 상 앞에 앉아 막 먹으려는 참인데 마침 고객이 방문했다. 그에게도 한 그릇 주었더니 오랜만에 카레를 달게 잘 먹었다고 흡족해 한다. 수시로 드나드는 고객들이 끼니때에 방문하면 혼자 먹기가 좀 걸리는지라 될 수 있으면 같이 먹는다. 그러다 보니 무엇이든지 넉넉하게 만드는 게 습관이 되었다. 카레를 하는 날에는 김치 한 가지만 있어도 되므로 다른 반찬 걱정은 안 해도 된다.

카레를 만들 때면 친정어머니를 떠올린다. 어머니는 카레를 잘 만들기도 하지만 즐겨 드시는 편이다. 전에는 가끔 카레를 만들어서 가지고 오셨다.

어디 카레뿐이랴, 밑반찬이며 땀 흘려 농사지어 김장도 담가주고, 철철이 나오는 채소며 참기름, 들기름 무엇이든지 가져다 주셨다. 그렇게도 부지런하고 힘든 일을 하는 어머니를 볼 때면 어려운 일은 좀 그만 하시라고 잔소리를 하곤 했다.

그러나 일을 안 하고 편안한 것만이 좋은 것이 아니라는 것을 나 약해진 어머니를 보고서야 뒤늦게 알았다. 힘은 들어도 차라리 예전처럼 억척같이 일하던 그 시절이 어머니에게는 더 희망이 있고 삶의 재미를 느끼지 않았나 싶다. 젊었을 때는 고단해도 한숨 자고 나면 몸이 거뜬했다며 무슨 일이든 겁이 안 났는데 몸이 약해지면서 의욕도 떨어지는 것은 물론 할일이 있으면 어떻게 해야 하나, 걱정부터 앞선다고 하신다. 건강은 그 무엇과도 바꿀 수 없는 소중한 재산목록 1호이다.

요즈음 어머니는 걸음도 느려지고 조심스레 살살 걸어 목욕탕에 같이 가면 혹시라도 넘어질까 부축해드려야 한다. 눈도 어두워져 한쪽 눈은 거의 안 보이신다. 점점 쇠약해져가는 어머니의 모습을 보노라면 앞으로 얼마나 더 사시려는지 짠하게 아려온다.

전에는 카레를 어떻게 만드는 줄도 모르고 어머니가 만들어주시면 먹곤 했다. 이젠 내가 어머니께 카레를 만들어 드린다. 무엇이든지 할 줄 알면 쉬운데 모르면 어찌해야 할지 답답하다. 색다른 음식을 만들 때엔 어머니께 갖다드리려고 조금 더 재료를 준비한다. 보글보글 끓고 있는 카레를 저으면서 이걸 갖다 드리면 딸 생각하면서 맛있게 드시겠지, 전에 어머니도 지금 나처럼 자식들이 맛있게 먹을 것을 생각하면서 즐거운 마음으로 음식을 만드셨을 것이다.

음식은 바로 '정'이라는 걸 다시 느끼게 하는 순간이다. 정성껏 만든 음식을 나누어 먹을 때엔 그 누구라도 행복에 젖는다. 남편이 무어라고 하건 나는 내 생각대로 냄비에 하나 가득 정을 끓여내고 있다.

무엇보다 카레는 우리 몸에 좋은 음식이다. 치매 예방이나 기억력 향상에도 효과가 있다는 연구 결과가 있다. 또한 위장을 튼튼하게 하고 위액분비에 관해 소화를 촉진하며 혈압을 낮추기도 하고 혈액 순환을 돕고 혈관속의 덩어리진 어혈을 풀어주고 살균작용도 한다. 효소 기능을 도우며 알코올 분해를 촉진하는 효능이 있다. 또한 신진대사를 촉진하여 활력을 줄 뿐만 아니라 다양한 향신료의 효과를 얻을 수 있어 아침에 먹는 것이 좋다. 몸이 개운하지 않은 사람이나 직장인, 집중력과 뇌기능을 활성화 시키고 싶은 학생들에게는 카레를 매일 먹어도 좋은 식품이라고 한다. 이렇게 몸에 좋은 카레를 만들어 어머니께도 자주 가 뵈어야겠다.

기쁨이
두 배로

춤 공연을 보고

국립국악원의 춤 공연을 보러 갔다.

몇 년 전부터 신년 음악회나 송년음악회, 하우스콘서트, 발레, 록뮤직 등 다양한 공연장을 찾게 된다. 가까운 친구와 함께 티브이가 아닌 공연장에서 직접 연주자의 호흡을 느끼는 호사를 누리고 있다.

이번 공연에서는 한국 춤인 태평성대, 강강술래, 사랑가, 동래학춤, 설장구, 황창의 비, 부채춤과 소고춤 등이 펼쳐진다.

'태평성대' 춤이 맨 먼저 시작되었다. 태평성대는 궁중무용으로 말 그대로 태평성대 기원하는 춤이다. 화려하고 아름다운 한국의 고전미의 백미로 무희들은 북을 치고 주변을 돌며 선율미를 보여주고 모란의 우아한 여성미를 표현한 불로장생의 기원을 담았다.

다음은 '사랑가'였는데 조선시대부터 전해내려 오는 춘향전 중에 기생의 딸인 춘향과 양반 집 아들 이 도령의 사랑이야기는 모르는 사람이 없을 정도로 널리 알려진 곡이다. 이몽룡 역은 행복에 겨워있고 춘향이 역은 수줍어하는 몸짓을 그린 청춘 남녀의 사랑이 담긴 이 춤은 많은 사람들의 가슴을 두근거리게 한다.

전라도 지역에서 전해오는 '강강술래'는 팔월 한가윗날 주로 밝은 보름달 아래서 여자들이 모여 손에 손을 잡고 둥글게 원을 그리며 빙글빙글 돌면서 밤새 춤추고 노래를 부른 데서 유래했다고 한다. 강강술래는 늦은 장단과 긴 장단으로 빠르게 추면서 남생이놀이와 고사리 꺾기, 청어 엮기와 풀기, 기와밟기, 덕석몰이, 문지기놀이 등 다양한 춤이다. 한국의 무형문화재 제8호로 지정되었으며, 2009년에는 세계유네스코 인류무형 문화재로도 선정된, 우리의 소중한 문화자산이기도 하다. 남생이 놀이는 강강술래 가운데 동물을 흉내 내는 놀이로 남성성을 나타내는 남생이와 놀이 주체인 여성성이 결합된 행위를 놀이화한 것이며 놀이 요소가 갖는 흥미가 과장되면서 오늘에까지 전승되었다고 한다.

'설장구'는 장구를 어깨에 메고 장구연주와 장단에 맞는 빠른 발놀림과 멋진 동작으로 춤추는 것을 동시에 볼 수 있는 경쾌하고 발랄한 춤이다. 관람하는 사람들은 흥이 절로 나서 어깨를 들썩거리게 된다.

창작무용인 '황창의 비'는 남자무용수들이 검을 가지고 싸움을 하기도 하고 또는 기쁨을 표현하기도 하는데 전통무술에 바탕을 두고 마음속에 있는 감정을 행위로 나타내는 동작이 절도 있고 기품 있어 보여 남자의 힘과 패기도 담겨져 있는 춤이라는 걸 느낄 수 있었다.

'동래학춤'은 부산 동래지역에서 전해내려 오는 춤이라고 한다. 그 지역 한량들이 추었던 덧배기 춤을 바탕으로 발달하였다는데,

학탈을 쓰고 궁중음악에 맞춰 우아한 학의 동작을 표현하는 궁중 학춤과는 달리 동래학춤은 사물놀이의 굿거리장단에 맞추어 도포를 입고 학을 형상화하는 춤이 활달하다. 동래의 풍성한 놀이 문화와 학을 세심하게 관찰할 수 있는 자연환경이 모태가 된 작품이라고 한다.

민속무용 '부채춤'은 화려하고 우아한 의상과 한국을 대표하는 춤이고 어른 아이 할 것 없이 언제 어디서 보아도 싫증나지 않는다. 부채춤은 원래 무속에서 무녀들에 의해 이루어져 왔다고 하는데, 고운 춤동작과 굿의 신명의 절제미가 돋보이는 궁중무용의 춤사위와 결합하여 재구성된 것이다. 부채를 펴거나 접고 돌리고 뿌리면서 예쁜 꽃잎이 떨리는 것 같은 모습이며 물결치는 모양을 다양하게 표현하여 부채의 아름다운 선을 살려내는 춤이다. 부채는 주로 꽃그림과 깃털로 장식되어 더 화려하고 혼자 추는 것보다는 많은 무용수가 함께 추는 것이 더 화사하다. 화려한 의상과 부채를 이용하여 여러 기교를 부릴 때 생동감이 넘치고 경쾌한 민요반주와 어우러진 고전미는 눈과 마음이 하나 되어 감동적이고 환상적이어서 나도 모르게 힘찬 박수를 치게 된다.

마지막으로 '소고춤'이었다. 징과 장구, 꽹과리, 북, 소고 등의 타악기와 태평소를 춤추며 연주하는 놀이다. 지역에 따라 두레, 매굿, 풍물, 풍장, 굿이라는 여러 이름으로 불려오고 있으며, 특별한 장단에 맞춰 빼어난 기교가 함께하고, 풍물놀이에는 쇠춤, 장구춤, 북춤, 소고춤과 같이 악기별 개인 놀이가 있다. 소고춤은 앞면과 뒷면치기, 좌우 돌리기, 허공에서 재주를 부리는 수준 높은 고난도의 춤이다. 경남 진주 삼천포에서 소고놀이를 바탕으로 흥겨운 가락과 춤으로 재구성한 것이며 풍물가락에 맞추어 소고를 치면 장단변화에 따라 다양한 동작이 펼쳐지고, 이 춤을 토대로 한 여성적인 미적 움직임이 더할 나위 없이 아름답고 흥겨움을 안겨주었다.

국립국악원은 우리 전통의 음악과 춤을 잇고 널리 알리기 위해 설립된 우리나라의 대표적인 기관이며 신라시대부터 현시대에 이르기까지 전해 내려오고 있다. 우리 역사와 문화의 숨결이 고스란히 담겨있고, 국악의 보급과 교육에 힘쓰고, 다채로운 공연을 통해 국악이 세계인과도 함께하는 음악이 될 수 있도록 하는 최고의 음악기관이기도 하다.

음악과 춤에 대해 잘 알지 못하지만 오랜만에 한국의 춤을 보면서 나도 모르게 어깨가 들썩거려진다. 춤사위의 사뿐하고 부드러운 동작은 마치 나비처럼 보인다. 발끝에서부터 머리끝까지 춤 속에 혼신을 담아 아름다움을 전하는 무용수들, 우리의 얼이 살아 내 가슴에도 와 닿는 것 같았다.

보이지 않는 숨은 노력과 땀으로 일구어 관람객들에게 웃음과 즐거움을 선사하는 저들이 있어 우리의 얼이 담긴 문화는 이렇게 끊이지 않고 이어져 내려오고 있는 것이구나. 아낌없는 박수를 보낼 수밖에 없었다.

모처럼 한국의 춤을 관람하고 나니 마음이 차분해졌다. 가끔은 일과에서 벗어나 기분 전환하는 것이 2% 부족하던 일상이 한껏 충전돼 있음을 느낄 수 있었다.

우리의 소리

국악실내악 '희희낙락'은 젊은 국악인들의 열정과 패기로 '우리의 것이 가장 좋은 것'이라는 자부심을 가지고 관객과 함께 호흡하며 아름다운 선율의 감동을 느낄 수 있는 소통의 장을 열고자 결성되었다고 한다. 전통국악뿐만 아니라 창작곡, 합주곡 등 다양하고 새로운 곡들을 선정하여 관객들에게 제공하며, 국악에 익숙하지 않은 일반인들에게 국악문화의 활성화와 대중화를 위해 세계화에 앞장설 것이라는 자부심을 가지고 있다.

세계무형문화재에 등재된 아리랑은 언제 들어도 지루하지 않다. 대금과 소금, 해금, 가야금, 피리, 신디사이저, 타악기로 곡을 연주하였다. 은은하게 울려 퍼지는 연주를 들으니 해이하던 마음이 다소곳해진다.

음암면 탑곡리에서 오래전부터 전승되어오는 민속 인형극 〈박첨지놀이〉로 공연이 시작되었다. 무대에 오른 박첨지 놀이의 주인공들은 허리가 구부정한 분도 있고, 걸음걸이도 느릿하고 머리카락이 허연 대부분 연세가 지긋한 분들로 구성되었음을 알 수 있었다.

그랬슈, 아뉴, 그러문유, 안녕허슈, 안되유… 등 서산의 꾸밈없는 방언이라서 더 구수하고 자연스러웠다.

　첫 공연에서는 시골노인인 박첨지가 큰마누라는 집에 두고 팔도강산을 유람하다가 젊은 마누라를 얻어 돌아왔다. 그러나 본처와 첩 사이에서 곤욕을 치르던 박첨지는 두 사람에게 살림을 나눠주는데 작은마누라한테는 많이 주고 큰마누라한테는 조금 주어 마을 사람들의 조롱을 받게 되는 봉건적 가부장제도하에서의 갈등을 묘사했다.

　이어서 권력의 상징이었던 평양감사는 민생을 살피는 일은 아랑곳하지 않고 매사냥에만 시간을 허비했다. 백성들을 못살게 굴다가 끝내는 꿩고기를 잘못 먹고는 죽는다. 상여가 나가는데 그의 아들들마저 체통을 지키지 못한다.

　〈절 짓는 마당〉은 넓은 아량으로 세상을 감싸 안는 민중의식이 함축되어 있었다. 시주를 걷어 공중사라는 절을 짓고는 불우한 백성과 눈먼 소경, 모든 중생이 평안하기를 기원하면서 공연은 막을 내린다. 노인들임에도 장단에 맞춰 각기 다른 인형을 지니고 관객들에게 웃음을 선사했다.

　〈박첨지놀이〉는 고려 때부터 전해 내려왔다고 하나 기록이 없다 보니 어림잡아 그렇게 말하는 것이 아닌가 싶다. 예능보유자로 '서산 박첨지놀이 보존회'를 이끌고 있는 김동익 회장은 이 민간 인형극이 조선시대까지는 전국적으로 전승되었던 것이나 지금은 유일하게 탑곡리에만 남아있다고 했다. 그곳 사람들은 인형극놀이를 좋아하여 명절 때나 농사를 끝낸 농한기에는 매번 놀았다. 1930년대 초 유영춘이라는 남사당패 출신의 놀이꾼이 탑곡리로 이사를 오면서 당시 놀이를 주재하고 있던 마을주민들과 함께 오늘의 인형놀이를 만들었다. 일본이 우리나라를 지배했을 때 중단되었다가 광복 이후 다시 재개되어 마을 사람들이 함께 배우면서 마을 놀이로 뿌리내리게 된 것이다.

〈박첨지놀이〉는 주로 농한기나 추석명절에 크게 놀았는데 놀이를 한다는 소문이 퍼지면 구경꾼들이 몰려와 북새통을 이루었다고 한다. 한동안은 놀이판을 벌이는 횟수가 줄어들었으나 전통예술을 전공하는 학자와 젊은 학생들은 보기 드문 '민속인형극'이 전승되고 있음을 알게 되면서 방송국에서도 관심을 갖고 방영하게 되었고 다시 공연활동도 잦아졌다. 서산중앙고등학교에서 학생들이 배우게 되면서 이를 청소년민속예술축제에도 출연하는 새로운 계기를 맞아 주목받게 되었다.

현재 우리나라에 전승되고 있는 민속인형연극은 무형문화재 제3호 '남사당놀이'의 하나인 〈꼭두각시놀음〉과 인형극이 중요 무형문화재 제79호 〈발탈〉이며, 아직 무형문화재로 지정되지 않은 그림자 인형극인 〈만석중놀이〉가 있다. 〈서산박첨지놀이〉는 2000년 1월에 충남의 문화재 제26호로 지정되어 한 마을에 전승되고 있는 유일한 민속인형극으로서 각광을 받고 있는 바 우리고장에 있다는 것이 자랑스럽다.

비보이와 사물굿이 합작하여 만들어진 마패예술단 공연이 시작되었다. 비보이와 사물놀이는 젊은이들로 구성되었는데 클래식과 우리의 소리로 합작한 것이라서 어울리지 않을 것 같았으나 생각

외로 춤사위는 흥을 돋우는데 손색이 없는 마치 치즈와 된장을 섞어놓은 맛이랄까. 비보이의 춤은 대부분 고난도이기 때문에 공연이 끝나고 나면 후유증으로 병원에서 치료를 받는다고 한다. 관객들에게 즐거움을 주기 위해 최선을 다하는 단원들의 말 못할 괴로움이 숨어있었다.

암행어사의 신분을 나타내는 징표로 알려진 마패는 남사당에서 우두머리를 뜻하는 은어로 쓰인다고 한다. 국악의 예술성을 지향하는 마패예술단은 질주하는 말처럼 패기가 넘치고 진취적인 창작활동을 펼치고 있다. 최고의 마패에는 다섯 마리의 말이 그려져 있으나 마패예술단은 네 마리만이 그려져 있는데 그것은 최고의 완성을 위해 늘 노력하는 의지를 담아 타악, 기악, 무용, 성악의 서로 다른 네 가지 장르가 한데 모여서 새로운 작품을 창조해나가고자 하는 뜻이 담겨있다고 한다.

마지막으로 사물놀이가 시작되었다. 북을 두드리고, 징을 치며 장구와 함께 어우러져 나오는 소리와 상모돌리기는 보는 이들의 어깨가 절로 들썩이게 했다. 관객들은 너나할 것 없이 손뼉을 치며 발장단에 몸을 흔들면서 우리의 소리에 빠져들었다. 관객들의 환호하는 열기는 공연장에 가득 찬 나머지 천장이 금방이라도 뻥 뚫릴 것만 같았다. 단원들의 몸짓 하나하나 움직임 그 자체가 음악이고 춤이었다. 그들은 무대에서 한껏 끼를 발살 하여 우리에게 신명을 실어주었다.

공연이 끝난 후 무대 밖에서도 무대를 내려온 단원들의 사물놀이가 이어졌다. 열 두발의 상모는 머리를 돌리는 대로 길어지기도,

짧아지기도 하는 원을 그려내고, 덩더쿵, 덩더쿵 북소리는 집으로 돌아가려는 사람들의 발길을 멈추게 하고 그들과 함께 다시 덩실덩실, 으쓱으쓱 절로 흥에 젖어 하나가 되었다. 시내가 들썩거리는 이 환상의 밤, 밤새 들어도 좋을시고. 이렇듯 우리의 소리를 이어 가는데 있어서는 무엇보다 단원과 관객이 서로 공감을 갖는 일이 중요할 것이다.

우리의 사물놀이는 가락이 빠르고 생동감이 있다. 음치면서 몸치에 해당하는 나에게도 몸속으로 젖어드는 흥을 주체할 길이 없었으니 다른 사람들은 더 말할 것도 없겠다. 그것은 바로 우리의 소리와 우리의 몸짓, 우리의 놀이여서 우리 것은 언제 듣고 보아도 싫증나지 않는 매력이 있기 때문이다.

차를 타고 오면서도 동행들은 우리의 가락에 더 많은 시간을 갖지 못한 아쉬움에 자동차가 흔들릴 정도로 들썩인다. 며칠 밥을 먹지 않아도 될 정도로 마음의 힐링을 가득 담아왔다. 공연을 볼 때마다 장구나 징을 한번 배워서 한껏 쳐보고 싶은 욕망이 생긴다.

우리의 소리는 대단한 것임을 느끼는 순간이었다.

굴회

언제부턴가 매년 굴회를 만들어 영업소에 보내곤 했다.

새해를 맞이하여 대리점 회의를 개최하거나 산신제를 지내는 날이면 굴회는 이젠 단골메뉴가 되어 대리점 사장과 영업소 직원들의 입을 즐겁게 하는데 일조를 한다.

해마다 굴회를 보내주어 감사하다면서 올해도 이월 초에 청양 칠갑산에서 산신제를 지낸다고 하였다. 그때는 사돈들과 여행 중이어서 날짜를 변경하면 몰라도 이번에는 굴회를 준비하지 못할 것이라고 했다. 그냥 넘어가도 되겠다는 나의 예상은 빗나갔다. 상큼달콤한 맛을 못 본다는 게 아쉬웠던지 일정을 변경했다는 거였다. 날짜까지 조정한 걸 보면 참으로 굴회를 좋아하는구나! 싶어 웃음이 나왔다. 일 년에 한번인데 못 먹으면 서운한 감도 들겠다 싶은 것이 맛있게 먹으며 즐거워하는 얼굴들이 환하게 다가왔다.

산지에다 굴을 미리 주문하였다. 굴회는 생으로 먹는 것이기에 금방 채취한 것이어야 신선도가 높아 더 맛이 있다.

모임이 있는 날, 굴회를 만들기 위해 새벽에 일어났다. 배를 깎아 채 썰고, 마늘도 다지고, 양파와 파도 썰었다. 굴은 찬물에 씻어 건져놓고 동치미 국물과 식초와 매실청으로 간을 맞춘 다음 썰어 놓은 배와 양념을 넣고 굴이 흐트러지지 않도록 살살 버무려 아이스박스에 담았다.

세찬 바람까지 부는 추운 날씨였지만 모처럼 아들과 함께 산행도 할 겸 굴회를 실고 칠갑산으로 갔다. 만남의 광장에는 시군에서 온 사장들과 직원들이 산에 오를 채비를 하고 있었다.

산신제를 지낼 물품을 한 가지씩 나누어 각자 배낭에 넣었다. 혹여 떡이 볼품없이 일그러질까 널빤지를 이용한 간이지게에 떡시루를 등에 메고 조심스레 발길을 옮긴다. 떡시루를 지고 올라가던 은기는 얼마나 힘이 들었던지 추운데도 땀방울이 뚝뚝 떨어진다. 바턴을 넘기듯이 떡시루를 다음 사람에게 넘기고, 가다가 어려우면 서로 바꾸면서 끝까지 지고 올라갔다.

등산로에는 눈이 쌓여 꽁꽁 얼었다. 자칫 잘못하다가는 미끄러질 위험이 있어 한 발 한 발 옮길 때마다 정신을 바짝 차려야 했다. 핫팩을 주머니에 넣고 아이젠을 채우고, 스틱까지 완전무장하였기에 그 대열에서 처지지 않고 끝까지 합류할 수 있었다.

낙오자 없이 모두 정상에 올랐다. 험한 빙판과 세찬 바람을 헤치고 정상에 오르니 마치 히말라야를 오른 것처럼 느껴졌다. 길게 심호흡을 하고 주위를 둘러보았다. '칠갑산'이라 새겨 놓은 커다란 돌이 우뚝 서서 오는 이들을 반기는 듯하다.

제를 지내기 위해 가지고 간 떡이며 과일을 꺼내어 제단 위에 올려놓는다. 또 빠질 수 없는 것은 바로 돼지머리다. 산신제는 물론

액을 물리치고 좋은 일이 있기를 기원할 때나 고사를 지낼 시에도 돼지머리는 등장한다. 온화하게 웃는 돼지주둥이에 돈을 물리고 절을 하며 칠갑산의 기를 받아 올 한 해도 무탈하게 사업이 잘되게 해달라고 기원하였다.

힘들게 지고 온 시루떡, 통팥이 듬성듬성 들어있어 씹히는 맛이 구수하고 찹쌀을 넣어서인지 쫄깃하다. 썰어놓은 머리고기에 막걸리를 한 잔씩 나눠 마시며 덕담을 나눈다. 추위 속에서 행사 준비 하느라 임원진들의 수고가 많았다.

산행을 끝내고 하산하여 식당으로 갔다. 방으로 들어가니 상위에는 사골 육수를 넣은 버섯전골이 보글보글 끓는다. 뜨거운 냄비를 보니 추위에 움츠렸던 몸이 풀리는지 얼굴이 달아오르고 노근해진다.

모두들 산행에 수고했다면서 올해의 사업방향에 있어 간단하게 브리핑을 끝내고 무사하기를 바라는 마음으로 모두 건배 잔을 들었다.

은기는 가지고 간 굴회를 그릇에 담아 상마다 갖다놓았다. 사람들은 싱싱한 굴과 연하고 달콤한 배가 어우러진 굴회를 맛보는 순간 입맛을 되찾기라도 한 듯 생기가 돈다. 한 그릇을 놓고 여럿이 먹는 게 식성이 안 차는지 각기 따로 떠서 후룩후룩 먹는다. 앞에 앉은 당진 사장은 세 그릇이나 먹었더니 더는 들어갈 데가 없다고 불쑥 나온 배를 두드리며 뒤로 물러앉았다. 추위에 떨었던 터라 뜨거운 국물이 제격일 것 같은데 시원한 굴회를 더 맛나게 먹으니 보기만 해도 흐뭇했다.

논산 사장은 독일 갔을 때의 얘기를 꺼냈다. 독일로 선진지 견학 방문 때도 굴회를 만들어 보냈었다. 그곳에서 술안주로 먹다가 남았는데 깜빡 잊어버리고 못 먹었다고 한다. 독일공항에서 입국절차를 밟는데 검색원이 무엇인가 갸웃거리며 뚜껑을 열었다. 통에 가스가 차있던 터라 '펑' 하는 소리에 깜짝 놀라 기겁하고 냄새가 진동하니 얼굴을 찡그리며 그냥 쓰레기통에 넣었다고 했다. 그 먼 이국땅에서 아끼다가 못 먹고 버려서 얼마나 아깝던지, 그때의 공항직원의 얼굴표정을 떠올리면 지금도 웃음이 나온다 하였다.

해외에서 우리나라의 음식을 접할 때면 더할 나위 없이 깊은 맛에 푹 빠지게 된다. 여행지에서 굴회는 인기 만점이다. 굴은 회뿐만이 아니라 전을 부쳐도 맛있고 김치 국을 끓여도 시원하고, 굴을 넣고 요리하면 담백하다. 열량과 지방은 낮고 영양소와 단백질이 풍부하여 다이어트로도 효과적이고, 칼슘과 아미노산까지 들어있어 아이들의 성장발육과 두뇌발달에도 좋은 식품이다.

어리굴젓에 있어 어리어리하다는 말은 맵다는 뜻도 있지만 소금간을 덜하여 담근, 조금은 모자란 듯 살라는 말일 게다. 무학대사가 머물던 절터가 천하의 명당이라는 풍수담인 곳이기도 한 간월도의 어리굴젓은 예전부터 특산품으로 유명하다.

추운데도 불구하고 바다에 나가 굴을 채취하여 꼭 다문 입을 일일이 벌려 그 속에 들어있는 알갱이를 손수 한 개씩 빼내어 이물질을 제거하기까지는 많은 손길을 거친다. 젊은이들은 농어촌에 살기를 꺼려함으로 거의가 나이 많은 분들이 힘든 작업을 하고 있는 게 현실이다. 우리는 편히 앉아서 먹는 즐거움을 맘껏 누리니 그분들의 숨은 노고에 그저 고마울 뿐이다. 앞으로 점점 모자라는 일손 때문에 바다에서 나오는 자원이 풍부하다해도 이를 많이 채취할 수 없게 된다면 안타까운 일이 아닐 수 없다.

서산에서 생산되는 굴은 육질이 단단하고 작은 게 특징이며 향이 짙어 더 맛이 있다. 통영이나 다른 곳에서 나오는 굴은 대부분 커서 그냥 먹는 것보다는 찌거나 구어 먹는 게 좋다. 신선한 생선이나 해산물을 마음대로 먹을 수 있는 바다를 가까이 두고 사는 것도 복된 삶이지 싶다.

해마다 굴회를 만들어다 주어 고맙다며 내년에도 맛볼 수 있느냐고 하여 또 해주겠노라고 약속을 했다. 어느 곳에서든지 먹는 즐거움은 푸근함과 평화로움으로 이어지고, 순수한 마음에서 하는 일이니 서로 부담이 없어 편하다.

가족모임

이종들과의 모임이 있었다. 모임을 시작한 지 이십 년이 넘는다. 처음에는 여름과 겨울, 일 년에 두 번 1박2일로 만났으나 중간에 피치 못할 사정으로 중단되었다.

어느 모임이든 깨지고 나서 다시 재개한다는 건 내 경험상 쉽지 않다. 현대를 사는 사람들은 너나 할 것 없이 바쁘다 보니 애경사 외엔 서로 마주할 기회가 없다. 세월이 흐를수록 이모님들 뵐 날도 얼마 안 될 것 같아 다시 주선하여 일 년에 한 번씩 만나기로 했다. 어머니 형제분들이 살아계실 때 자리를 마련하여 정담을 나누고 아울러 이종사촌들과 친목도 도모하기 위함이었다.

다른 곳에서도 모임을 가졌으나 거의 대천해수욕장에서 모인다. 그곳은 외가이기도 하지만 큰이모가 계신 곳이고 교통도 편리하다. 또 해산물이 풍부해 먹을거리가 흔하고 또 이종사촌이 그곳에서 숙박업을 하기에 여럿이 모이기에 적합하다는 이유에서다.

어머니의 형제는 다섯이다. 대천이모가 첫째, 우리 어머니가 둘째, 그리고 셋째이모는 돌아가셨다. 넷째는 평택에서, 막내이모는 인천에 사신다. 이모들은 모두 키가 크고 인물도 훤하시다. 그래서 이종사촌들도 다 훤칠하다. 어렸을 때 외가에 가면 외할머니가 전복이며 조개, 고동을 삶아 주셔서 맛나게 먹었던 기억이 있다. 그때 외할머니 얼굴이 곱상했던 걸로 기억되어 나는 외탁을 하여 피부가 곱지 않을까 싶다. 귓불이 커서인지 큰이모는 구십이 넘었어도 정정하고 다른 이모들도 오래 사실 것 같다. 반면 아버지를 비롯하여 이모부들은 왜 그리도 세상을 빨리 저버렸는지 모두 하늘나라로 가셨다.

올해도 어김없이 대천에서 어머니를 비롯하여 세 분의 이모를 모시고 이종들이 한자리에 모였다. 각종 해물로 푸짐하게 차려진 상 앞에 둘러앉아 이모님들이 건강하게 백수하시기를 바라는 마음으로 건배주를 따랐다. 일 년 만에 보는 얼굴들, 이모님들도 여전히 건강해 보여서 다행이었다.

식사를 끝내고 숙소로 이동하였다. 다과상을 차려놓고 둘러앉아 그동안에 있었던 크고 작은 일들을 주고받다가 일찍 돌아가신 셋째이모의 생전 이야기로 이어졌다.

외할머니는 딸만 낳으셨다. 그 당시 외할아버지는 금광사업을 하였는데 전쟁 이후 연락이 끊겨 생사조차 모르게 되었다. 여러모로 수소문을 해봤지만 끝내 만날 수가 없었고, 아무리 애타게 기다려도 외할아버지는 끝내 돌아오지 않아서 외할머니 혼자서 여러 자식을 키우느라 숱한 고생을 하셨다.

셋째이모는 부유한 집안으로 시집을 갔다고 한다. 시누이들은 많고 이모의 남편은 부잣집 외아들로 자라서인지 이모가 아들까지 낳았는데도 가정을 소홀히 했고 툭하면 심한 폭행을 일삼았고, 거기다가 시어머니의 모진 시집살이는 갈수록 심하여 그곳에서 오래 살다가는 뼈도 못 추리겠다 싶어 아이를 들쳐 업고 도망치다시피 친정으로 왔다. 도저히 살 수 없으니 시댁으로 돌려보내지 말아달라고 울면서 애원하여 외할머니는 어쩔 수 없이 당신의 딸과 외손자를 받아주었다고 한다.

이모가 어린 아들과 외할머니를 도우며 살면서 두 번째 남편인 이모부를 만나게 되었다. 그는 두 아들과 아내를 이북에 두고 왔는데 38선이 가로막히면서 가족 곁으로 갈 수가 없는 분이었다. 그도 갈 곳이 없는 홀아비이고 이모도 자식 딸린 홀어미로 친정에서 얹혀사는 터에 상처 있는 사람끼리 서로 의지하는 것도 괜찮을 것이라고 주위 사람들의 주선으로 살림을 차리게 되었다.

처음에는 데리고 간 아이에게도 살갑게 대하던 이모부가 친자식을 얻고부터 태도가 확 바뀌었다. 당신 핏줄은 귀하게 여기면서 성이 다른 아이에게는 눈길조차 주지 않고, 발길로 아랫목에서 휙 밀어내는가 하면 걸핏하면 핀잔하여 차마 눈뜨고는 볼 수가 없을 정도였다. 이모에게는 배 아파 낳은 같은 자식이고, 어린것이 무슨 죄가 있다고 날이면 날마다 학대를 해대는지, 인정이라곤 손톱만치도 없이 모질게 하는 이모부 때문에 도저히 같이 살 수가 없어 그애가 여덟 살쯤에 생부에게 보내기로 결심하였다. 아무리 시어머니가 무섭고 전남편이 매정할지라도 당신네 핏줄이니 거둘 것이라 생각하고 배불리 먹고 살라고 보냈다고 한다.

셋째이모는 한 많은 사연을 가슴속에 담고 살다가 끝내 유방암이라는 사형선고를 받고 오십대 초반에 돌아가셨다. 생이별한 전 남편의 아들이 어떻게 사는지 살아생전에 한번만이라도 만났으면 여한이 없겠다고 하였으나 끝내 소원을 이루지 못하고 세상을 떠나셨다.

그런 사실을 뒤늦게 알게 된 대전의 이종동생이 어머니가 그렇게도 만나고 싶어 하던 그 이복형을 나름대로 찾아보았다는 뜻밖의 소식에 하하 호호 와자지껄하던 방안은 물을 끼얹은 듯이 조용해졌다. 이곳저곳 수소문 끝에 간신히 찾아가보니 시골에서 농사를 지으며 살더란다. 살림이 빈곤한 것을 보니 만날 용기가 나지 않아 그곳까지 갔다가 그냥 돌아왔다고 했다. 차라리 찾지나 말 것을 괜한 짓을 했다며 앞으로는 그쪽에 미련두지 않고 모르는 척 살겠다고 하였다.

우리들은 한동안 말문을 열지 못하였다. 정말 복도 지지리 못 타고 나온 사람이었다. 의붓아버지 밑에서 구박덩어리로 살다가 엄마와 생이별하고 생부에게 보내졌으나 그곳에서도 의붓어머니와 이복형제들의 곱지 않은 시선을 받아야만 했다. 외톨이가 되어 눈칫밥을 먹으면서 살았을 그를 생각하니 가슴이 아리다. 술을 얼큰하게 마신 동생은 이제 그 사람과는 상관없는 일이라 더 이상 마음에 두지 않겠노라고 했다.

나는 그래도 살고 있는 곳을 알았으니 시간을 두고 다시 생각하여 늦게나마 의좋게 지냈으면 좋겠다. 그 사람이야말로 태어난 죄밖에 없지 않느냐, 어려서부터 구박이나 받고 어디를 가나 의지할 곳이 없었으니 그보다 더한 불행을 무엇에 비교하겠느냐고 동생의 마음을 되돌리기에 바빴다.

만약 그가 재산가여서 만날 마음이 생긴다면 그건 더더욱 맞지 않는 일이라고, 어린 나이도 아니고 이제 손주까지 본 나이에 만난다 해서 누가 뭐라 할 사람도 없을뿐더러 정을 나누며 오가면 그게 더 아름다운 일이라고, 아무리 못 산다고 해도 지금에 와서 구차하게 보태달라고 할 것도 아니고 또 도와줄 수 있으면 도우며 사는 것도 바람직한 거다, 어찌되었든 형이고, 평생 자나 깨나 걱정하고 가슴앓이를 하느라 당신 건강도 챙기지 못한 어머니의 한을 풀어주어야 할 것이다. 동생은 부모의 정을 듬뿍 받고 자랐지만 그 사람은 온갖 냉대를 받고 살았지 않느냐?

이모들이나 이종들 모두가 잘 살고 못 사는 것은 염두에 두지 말고 만나서 위로를 해주는 게 도리라고 하니 그렇게도 고집을 부리던 이종동생은 그럼 다시 생각해보겠다고 하였다.

어려서부터 험난한 가시밭길을 외로움을 안고 걸어야만 했던 그 사람, 사람이 사람의 정을 못 받고 사는 것만큼 큰 불행은 없을 것이다. 늦은 감이 없지 않지만 지금이라도 이모의 핏줄을 찾을 수 있게 된 것이 다행이라 여겨진다.

다음 모임에서 이복이종이 참석할는지 지금으로는 장담할 수 없는 일이라 기대 반 우려 반이지만 만날 수 있도록 같이 노력을 해봐야겠다. 우여곡절이 많은 애달픈 이모의 한평생을 알게 된 점도 이런 자리가 있기에 가능한 일이었다.

이모님의 생은 소설 같은 이야기라서 듣는 내내 마음이 무거웠다. 깊어가는 겨울밤, 누에고치에서 실이 나오듯 얘기는 계속 이어지고 그냥 지나칠 뻔했던 이종을 기꺼이 맞아들여야 한다는 게 모두의 바람이었다. 밖에는 함박눈이 소복이 쌓이고 내년에는 그 사람도 함께 참석한다면 이모의 빈자리가 허전하지 않을 게고, 하늘에 계신 이모님도 맺힌 한을 훌훌 털어버릴 것만 같다.

사돈지간

지난 해 작은아들의 혼사가 있었다. 예식장에서 사돈과 잠깐 인사를 나누었을 뿐 왕래가 없는 편이다. 큰며느리의 부모와는 결혼 전부터 각별한 사이여서 사돈이 된 이후에도 스스럼없이 지내고 있다. 그러나 작은며느리의 부모는 상견례 때 처음 뵌 분들이어서인지 아무래도 거리감이 있었다.

나는 사돈들께서 애지중지 기른 딸을 시집보내고 얼마나 허전할까, 그분들의 마음이 헤아려지면서 사돈지간에 좀 더 가까워지기 위해 자리를 마련하였다.

'친목을 위한 단합대회'라는 명분을 앞세우고 두 며느리의 부모를 초대했다. 새해를 맞아 서로 덕담을 나누고는 음식을 차려놓은 상 앞에 빙 둘러앉았다. 딸을 예쁘게 잘 키워줘서 고맙다는 우리 부부의 인사에, 사돈들께서도 아들을 듬직하게 길러줘서 고맙다고 서로 화답하였다.

남편과 바깥사돈들이 술 한 잔씩 주고받는 사이 방안은 훈기가 돌아 보일러 온도를 높이지 않아도 될 듯했다. 술은 사람의 마음을 쉽게 열기도 하고 또 술에 이기는 장사 없다고 자칫 잘못하다가는 실수로 이어지기도 한다.

큰 사돈은 우리 부부에게 "우리 며느리 친정아버지는 술을 마시지 않아서 이따금 만나면 안부 인사를 나누고는 술 없이 밋밋한 식사만 합니다. 작은아들 결혼시켜도 그 사돈하고만 술 마시지 말고 나도 함께 불러 주십시요."라고 하셔서 웃은 적이 있다.

평소에 조용하던 사람도 술을 빌려 말을 많이 하는가 하면, 술 한 잔 얼큰하게 들어가야 서슴없이 노래도 부르고 신명나게 춤추는 것을 볼 때면 술은 사람의 용기를 돋우는 위력을 지녔음을 알 수 있다.

지난 가을, 날을 잡아 세 사돈이 주꾸미 낚시를 갔다. 작은 사돈은 낚시를 자주 다녀서 잘 잡는데 비해 큰 사돈은 주꾸미 낚시는 처음이라서 몇 마리 못 잡았는데 작은 사돈께서 큰 사돈에게 잡은 것을 나누어 주었다. 그리고 세 사돈이 잡아온 주꾸미로 라면을 넣고 끓였다. 바다에서 직접 잡아다가 먹으면 꿀맛 같다며 남편과 두 사돈은 술잔에 마음까지 담아 주거니 받거니 화기애애했다. 그들은 다음에 또 함께 낚시 갈 것을 약속하였다. 이렇게 해서 큰 사돈과 작은 사돈이 자연스레 어울리게 되었다.

세 사돈이 모여 이런저런 환담으로 방안 가득 웃음이 넘쳐 바람을 타고 아들 며느리 집으로도 배달되는 듯 했다. 이젠 애들 다 키워놨으니 우리들은 자주 만나 담소도 나누고 가끔 여행도 갔으면 좋겠다는 얘기까지 나왔다. 모두들 좋은 의견이라며 말이 나온 김에 날짜와 행선지를 정했다. 작은 사돈네는 해마다 결혼기념 때에는 여행을 다닌다고 한다. 지난해엔 딸 결혼 시키느라 못 갔는데 연초에 가기로 한 것을 취소하고 사돈들과 함께 강원도로 가면 어떻겠냐는 제안을 했다.

그렇게 함께 가게 된 강원도는 기후변화가 심한 지역이라 갑자기 폭설이라도 만나면 어쩌나 좀 걱정되었는데 다행히 눈도 내리지 않고 화창한 날씨여서 마음 편히 다닐 수 있었다.

대관령 양떼목장을 들렀다. 외국에서나 볼 수 있는 양떼들이 우리나라 목장에서 노닐고 있는 걸 보니 색달랐다. 양에게 사료를 한 줌 먹이고 털을 만져보았는데 어찌나 폭신한지 마음까지 포근해졌다.

양은 사람에게 먹을거리와 따스한 옷감을 선사해주는 이로운 동물이다. 널따랗게 조성해놓은 양떼목장은 온통 하얀 눈으로 덮여있고, 아름다운 환상의 세상을 펼쳐놓고 있었다. 걸음걸음 옮길 때마다 뽀드득뽀드득 눈 밟는 소리가 들린다. 어렸을 적, 밤사이 소복이 내린 눈을 밟으면 나던 바로 그 소리였다. 발걸음을 옮길 때마다 만들어지던 발자국, 쥐가 지나간 흔적, 참새의 발자국, 개가 뛰어다닌 자리, 새하얀 눈 위에는 여러 모양이 그대로 찍히던 겨울의 한적한 시골풍경의 발자국들이 하나씩 대관령 산자락에 그려졌다.

대관령을 둘러보고 속초 청호동에 있는 아바이 마을로 갔다. 청호동은 6·25사변 전에는 사람이 거의 살지 않던 바닷가였다. 북에서 피난 내려온 사람들이 전쟁이 끝나면 곧 고향으로 돌아가리라 여기고 38선이 가까운 그곳에서 임시로 움막형태의 집을 짓고 정착하면서 집단촌이 형성되었다고 한다. 청호동에는 함경도에서 내려온 피난민들이 많이 거주하는 까닭으로 '아버지'의 함경도 사투리인 '아바이'를 사용하여 '아바이 마을'이라고도 부르게 되었다.

대포항 수산시장에 들러 황태포와 오징어를 사고, 싱싱하고 먹음직한 대게 찜을 먹었다.

하루 일정을 마치고 숙소에서 여장을 풀었다. 우리는 작은 사돈 부부가 결혼기념 여행도 취소하고 우리와 함께 동행해 준 보답으로 깜짝 이벤트를 벌이기로 했다. 큰 사돈이 케이크를 준비하고 남편이 샴페인을 샀다. 전등불을 끄고 케이크에 촛불을 켜니 방안이 한층 더 아늑해 보인다. 샴페인을 따라 축배의 잔을 들었다. 케이크는 아이스크림이라서 후끈하던 차에 속이 시원했다. 소중한 인연으로 만나 이렇게 함께 여행까지 오고 보니 더 감회가 크다며 모두가 흐뭇해했다. 더도 말고 덜도 말고 항상 오늘만 같았으면 싶은 게 이보다 더 좋을 수는 없을 것이라는 생각이 들었다.

이튿날, 설악산으로 갔다. 케이블카를 타고 울산바위와 설악산의 설경을 구경한 후 정동진으로 이동했다. 정동진은 해돋이로 유명한 곳이고 겨울연가 촬영장소이기도 하다. 또한 선크루즈리조트가 있어 주변이 더 돋보이고 관광 명소로도 각광을 받고 있었다.

제일 어려운 관계가 사돈지간이라고들 한다. 격식을 차리려고 들면 한이 없고 불편한 어려운 사이일 것이지만 달리 생각해 보면 자식을 나눠 가졌으니 제일 가까운 사이도 사돈일 게다. 고정관념을 깨고 편하게 대하면 되는 일, 주위에는 사돈끼리 서로 험담하는 이들도 종종 있다. 그 화살은 바로 자식들에게 돌아가게 마련이다. 그로인하여 불행의 불씨가 시작되므로 될 수 있으면 듣기 거북한 말은 안하는 게 바람직한 일이다.

우리는 이곳저곳 다니며 구경도 하고 그 지역의 특색 있는 음식을 맛보면서 마음의 문을 활짝 열고 돈독한 시간을 가졌다. 장시간 운전하느라 고생한 작은 사돈은 다음에도 또 기사노릇을 하겠다고 자청하였다. 작은 사돈과는 십여 년 나이차가 나는데 연배보다는 젊은 기를 받을 수 있어 더 좋다고 하여 웃었다.

앞으로는 해마다 사돈들과 함께 여행을 가기로 하고 아쉬워하며 헤어졌다.

"엄마! 아빠! 즐겁게 잘 다녀오셨어요?"

"어머님! 아버님! 부모님들이 같이 여행 다니시는 것 정말 보기 좋아요. 예쁘게 잘 살게요."

아들 며느리들이 더 좋아하는 모습을 보니 어른들이 돈독하게 지내는 것이야말로 자식들에게 '잘 살'라고 열 마디 하는 것보다 더 효과가 크다는 걸 새삼 깨달았다.

와~와!

사돈들과 여행을 갔다. 지난번에는 동해안으로 갔었는데 이번에는 남해안으로 정했다.

큰며느리의 친정아버지는 공직에 몸담았으나 집안사정으로 농사일을 하게 되었고, 작은며느리 아버지도 사업을 그만 두고 지금은 현대간척지에서 벼농사를 짓고 있다. 남편은 사업을 하면서 벼농사도 짓고 시간이 날 때에는 채소도 심어 정성껏 가꾸는 재미에 푹 빠져 산다. 이렇듯 사돈들 모두 곡식을 심고 가꾸어 열매를 맺는 걸 즐기면서 자연과 벗하고픈 마음까지 일치하니 이것도 인연이지 싶다.

해남의 땅끝마을은 나에게 언젠가 꼭 여행하고 싶은 곳이었다. 이번 주목적지는 땅끝마을이었다.

바다와 육지로 갈라진, 한쪽은 바닷물로 꽉차있고 그 반대편으로는 흙이 쌓여있는 육지, 그곳이 바로 땅끝이다. 하늘과 바다와 땅의 정기가 모인 깨끗한 물과 햇빛 아래 넓고 비옥한 간척지가 어우러져 많은 쌀이 생산되고, 거기에 여러 가지 수산물도 나오는 먹을거리 풍부한 곳임을 알 수 있었다.

　이곳은 한반도의 최남단으로 해남군 송지면 갈두산 사자봉 땅끝이다. '신증동국여지승람' 한국경위도에서는 우리나라 전도(全圖) 남쪽 기점을 이곳 땅끝 해남현에 잡고 북으로는 함경북도 은성부에 이른다 하고, 육당 최남선의 '조선상식문답'에서는 해남 땅끝에서 서울까지 천리, 서울에서 함경북도 은성까지를 이천 리로 잡아 우리나라를 삼천리금수강산이라고 하였다.

　오래 전 대륙으로부터 뻗어 내려온 우리 민족이 이곳에서 발을 멈추고 한겨레를 이루니 역사 이래 동아시아 삼국 문화의 이동로이자 해양문화의 요충지라고 할 수 있는 곳이다. 우리나라를 삼천리금수강산이라고 하는 말을 실감하게 되었다.

　땅끝마을에서 나와 완도로 갔다. 이곳은 전복과 김, 미역이며 해산물이 많이 나오는 곳이다. 완도에서 여장을 풀기로 하고 먼저 숙소를 정하였다. 전복이 많이 나오는 곳에 와서 그냥 지나치면 서운할 것 같아 저녁식사로 전복 코스요리를 먹기로 하였다. 전복 찜이며, 회무침, 죽 등 다양하게 나오는 요리에 소주 한잔씩 마시면서 이런저런 얘기로 시간가는 줄 몰랐다.

　저녁식사를 마치고 소화도 시킬 겸 완도의 밤거리를 구경하기로 했다. 제일 먼저 눈에 띄는 것은 등대였다. 어둠속에서도 배들이 길을 잃지 않게 하는 고마운 불빛이다. 항과 해변공원에는 '완도국제 해조류 박람회'를 개최하기 위한 준비 작업이 한창이었다. 우리나라의 해조류 박람회가 성공적으로 이루어지기를 바라며 숙소로 돌아왔다.

이튿날 일찍 잠에서 깼다. 일어나면 곧바로 목욕탕에 가는 습관이 된 터라 그냥 누워있기도 그렇고 사우나나 다녀오자며 안사돈들과 함께 자리에서 일어났다. 아직 날이 밝지 않은 터라 거리는 어두웠지만 그리 멀지않은 곳에 목욕탕이 보였다. 안으로 들어가 샤워를 한 다음 사우나실에 앉아 있으니 주르르 땀이 흐른다. 따뜻한 쑥차를 한잔씩 건네면서 다른 사람들은 사돈이 어렵다고 만나지도 않으려고 한다는데 우리는 실오라기 하나 걸치지 않고 있으니 이게 웬일이냐고 너스레를 떨었더니 모두가 까르르 웃는다. 우리는 이렇듯 목욕탕에도 자주 다니면서 격식의 칸막이를 걷어내고 허물없이 지낸다.

완도에서 이동하여 이번에는 경상남도 하동 평사리 박경리 소설 〈토지〉의 주무대인 최참판댁으로 갔다. 평사리 논길을 따라 들어가다 보면 소나무 두 그루가 우뚝 서 있고, 지리산 능선의 완만한 자락 위에 있는 섬진강의 물줄기를 따라 넓게 펼쳐진 평야는 앞마당 같은 넉넉함이 있는 아름다운 곳이다.

소설무대를 현실로 옮겨놓은 최참판댁 주위는 마치 병풍을 쳐놓은 듯 산으로 빙둘러있으며 대문에는 '입춘대길' 문구가 붙어있고 사랑채 마루에 서서 내려다보면 들판이 시야에 꽉 찬다. 바라만 보아도 흐뭇하고 먹지 않아도 배가 부른 것 같은 넓은 대지는 최참판댁이 만석꾼이었음을 금방 알아차리게 한다. 흉년이 들었을 때에는 땅을 구입하지 않았고, 가난하게 사는 사람들에게 베풀고 살았다는 소설 속 최참판, 금방이라도 노인이 뒷짐 쥐고 나와 서서 쩌렁쩌렁 호통 칠 것 같은, 고래 등 같은 기와집이 고풍스럽다.

어렵다고 하는 사돈들과 함께 여행 다니는 것을 주위에서 부러워한다는 말을 작은며느리 친정아버지는 몇 번이고 하셨다. 어른들이 잘 지내면 애들도 더 열심히 살지 않겠느냐는 생각은 모두 같았다. 사돈지간이라도 자주 만나다보면 문턱이 야트막해지기 마련이니 이 또한 마음먹기에 달려있다고 생각된다.

여행은 언제나 설렘으로 다가온다. 지역마다 다른 유적이라든지 전해내려 오는 전설을 접하면서 발품 팔아 얻는 영감과 새로운 지식을 얻기도 한다. 무엇보다 복잡한 일상생활에서 잠시 해방된다는 자체만으로도 즐거운 일이 바로 여행이지 싶다.

집에 도착하니 이번 여행은 어떠셨느냐고 애들이 묻는다. 이런저런 얘기를 늘어놓으려다가 "내년에는 제주도로 정했다."고 했더니 "와~와! 우리 부모님들 멋지시다. 더욱 더 행복하게 사셔요."

아들, 며느리들은 신바람 난 듯 활짝 웃는다.

기쁨이 두 배로

직원들과 그의 가족 그리고 우리 아들과 며느리, 손주들까지 함께 여행을 가기로 했다.

언젠가 장가계를 가기 위해 홍교공항에서 비행기를 타고 이동하려 했으나 잦은 기체고장으로 목적지는 가보지도 못하고 영원한 추억의 이름으로 남길 뻔하고 그냥 돌아온 적이 있었다. 사람이 태어나 장가계를 가보지 않았다면 백세가 되어도 어찌 늙었다고 할 수 있겠는가! 라는 말이 있을 정도로 한번은 꼭 가봐야 한다는 곳인지라 기회가 되면 다녀와야겠다고 별렀지만 그게 쉽지가 않았다. 중국의 민항기에 대한 불신이 아직도 남아있는 터여서 이번에는 인천공항에서 아시아나 항공기를 타고 장사공항으로 직항하기로 했다.

2017년 1월 9일 우리는 모든 일손을 뒤로 미루고 홀가분한 마음으로 여행길에 올랐다. 큰아들네는 공항에서 만났고, 출국수속을 밟고는 장사공항으로 떠났다. 인천공항에서 장사까지는 2시간 40분 정도 소요되었고, 장사에서 장가계까지는 버스를 타고 5시간 정도 가야 했다.

장가계는 호남성 서북부에 위치한 중국 최초의 국가삼림공원으로 보기 드문 자연경관을 지니고 있다. 기이한 형상의 봉우리와 용암동굴, 원시상태에 가까운 아열대 경치와 생물, 천혜의 자연환경을 고스란히 보존하고 있는 곳이다. 약 4억 년 전에는 바다였으나 지구의 지각변동으로 육지로 솟아올라 오랜 시간을 침수와 자연붕괴 등을 겪으며 현재와 같은 깊은 협곡과 우뚝 솟은 봉우리와 맑은 계곡의 절경을 빚어냈다고 한다.

장가계의 혼이라 불리는 천문산은 장가계 시내에서 1,500m 지점에 위치하는데 전망대까지 연결한 케이블카가 세계에서 제일 길다. 케이블카를 타고 산꼭대기까지 올라갔다가 내려오면서 아찔한 절벽이며 우뚝 솟아오른 봉우리를 바라보노라니 가슴이 철렁이기도 하고 현기증에 눈을 질끈 감으면서도 지나가면 못 보는 아쉬움에 다시 눈을 뜨고 둘러보곤 했다.

천문산은 신기하고 독특한 지질과 형상, 역사가 유구한 종교문화, 이채를 띠고 있는 인문유적, 풍부하고 귀한 자연자원 등 일체 둔 관광휴가 승지이며, 해발 1,517.9m로 옛 이름은 숭량산(嵩梁山)이었고, 장가계(張家界)에서 가장 먼저 역사책에 기록된 명산으로 장가계의 혼(魂) 또는 샹시의 최고 신산(神山)이라고 불린다. 삼국시대인 263년 절벽이 무너지면서 천문동이 생겨났는데 오왕 손휴가 이를 길조로 여겨 '천문산'이라는 이름을 하사했다고 한다.

이번에는 귀신들도 다니기 어렵다고 하는 귀곡잔도로 갔다. 천문산 정상에서 천문산사로 이어지는 길인데 바닥은 유리로 깔아놓았기 때문에 고소공포증이 있는 사람들은 한 걸음 내디딜 때마다 온몸에 소름이 끼치고 눈을 제대로 뜰 수가 없다. 몇 백 미터의 아래를 내려다보면 현기증이 일고 간이 콩알만 해지는 것 같았다.

원가계의 풍경을 보노라면 '와~와~' 소리가 저절로 나올 정도로 어느 쪽을 둘러봐도 신기하고 경이롭기만 하다.

천하제일교는 1400년의 세월의 흐름 속에 여러 차례의 지각변동과 기후의 영양을 받아 형성된 천연석교이다. 300m의 바위 둘을 너비 2m, 길이 20m의 돌판을 잇고 있는데 깎아지른 절벽에 놓여있어 쳐다보기조차 아찔하고 어떻게 저리 되었을까 하는 감탄이 저절로 나오게 했다.

미혼대는 너무나 아름다워 풍경을 보는 이의 넋을 빼놓는다 하여 미혼대라고 했단다. 골짜기 건너편에 마구 솟아오른 암벽덩어리들, 장엄한 풍경들의 각기 다른 모양을 보고 있노라면 정말 혼이 빠져나가는 것 같았다. 미혼대 꼭대기에는 나무 가지마다 설꽃이 피어 있었는데 실로 장관을 이룬다. 천하절경이라더니, 보고 또 보아도 감탄의 소리는 저절로 나왔다.

대리점을 개설한 지가 35년째로 접어든다. 지금 함께 일하는 직원들은 적게는 10년에서 30여 년을 근속하였으니 가족이나 진배없다. 우리 대리점을 거쳐 간 사람도 많다. 어렵다고 그만 두고, 다른 곳에서 돈 몇 푼 더 준다고 하면 뒤도 안 돌아보고 나가기도 하고, 손버릇이 나빠서 같이 일할 수 없던 사람도 있었고, 제 할 일은 안하고 남들에게 전가하고 또 말로만 때우려는 사람도 있었다.

지금껏 같이 근무하는 직원들은 다들 성실하고 진국들이다. 좀 내키지 않아도 한 발짝 물러나 업주의 입장을 헤아려 주어서 오늘이 있는 것이다. 직원들 입장에서는 사업주가 다 맘에 들지는 않았을 터이고, 때로는 이곳에서 떠나고 싶은 마음인들 왜 없었으랴. 그럼에도 비가 오나 바람이 부나 늘 함께 동고동락해 주었으니 이 얼마나 고마운 일이던가. 어느 땐 동생 같기도 하고 때로는 자식 같이 생각되는 사람들이어서 그 보답으로 여행을 주선한 것이다.

언젠가는 가족여행을 가야겠다고 벼르던 참이었는데 이번에 직원들과 아들, 며느리 온 가족이 모두 동참하게 되어 흡족했다. 사업에 신경을 쓰다 보면 늘 시간에 얽매여 여유로운 마음을 가질 수가 없었다.

함께 한 20여 명이 서로서로를 챙기면서 화기애애하게 아무런 사고 없이 잘 다녀왔다.

그동안 받은 만큼 돌려줘야 한다는 생각으로 즐거움을 선사하는 일을 자주 만들어야겠다고 마음에 여유를 부리니 기쁨이 두 배로 늘어나는 것 같다. 베푼다는 것은 언제나 넉넉해지는 노릇이다.

두 번 피는 꽃

오랜만에 목화를 보았다.

태항산을 둘러보고 호텔로 돌아오는 길이었다. 며칠 동안 차창 밖으로 보이는 것은 옥수수 밭뿐이었고, 어쩌다 집 근처에 배추와 무, 상추로 보이는 채소를 조금씩 심은 것 외에는 어느 곳을 둘러보아도 푸른 옥수수는 가도 가도 끝이 나지 않을 정도였다.

우리나라의 99배나 된다는 넓은 면적을 지닌 중국, 인구가 너무 많아 제대로 관리할 수 없어 결혼하면 아이를 한 명 이상 낳지 못하도록 법적으로 규제돼 있어 여러 명의 자식을 두어도 한 명 외엔 호적에 올리지 못한다고 한다. 그럼에도 호적에 등록된 인구는 10억 정도 되고 등록되지 않은 인구는 3억에서 5억가량 된다고 한다. 전 세계의 60억 중에 4분의 1을 차지하는 중국은 과히 대국이란 말이 실감난다.

인구는 막강한 국력이다.

분단된 우리나라는 남북이 함께 손잡고 힘을 모아도 따라갈 수 없고, 늘 긴장 속에서 사는 현실이 너무 답답하다. 정치를 하는 이들은 일은 제대로 안 하면서 서로 흠집내기에만 혈안이 돼있는 걸 보면 나라의 앞날이 환하게만 느껴지지 않는다.

끝없이 펼쳐진 땅, 마치 바다처럼 보인다. 부러움으로 차창 밖을 내다보고 있노라니 옥수수가 아닌 다른 작물이 심겨져 있는 것이 눈에 확 들어온다. 제게 뭐지? 며칠을 푸르디푸른 옥수수만 봐왔기에 눈동자의 초점마저 흐려져 있어서다. 반가움에 눈이 번쩍 뜨인다. 드문드문 피어있는 하얀 꽃, 그것은 바로 목화 솜털이었다. 얼마 만에 보는 꽃인가, 목화를 이곳에서 보다니 원산지는 바로 중국인데도 왠지 우리나라가 목화의 고향인 것처럼 생각되는 것은 어려서부터 목화를 보고 자랐기 때문이다.

목화는 고려시대 문익점이 중국 원나라에 사신으로 갔다가 귀국할 때 목화씨를 붓 뚜껑 속에 몰래 숨겨 가지고 와서 재배하기 시작하였다. 변변한 옷감이 없어 헐벗고 추위에 떨고 사는 국민을 위해 귀한 선물을 들여온 것이다. 목화씨를 몰래 가져 오기까지 숱한 나날을 혼자 가슴조이며 얼마나 많은 고심을 했을까, '목화' 하면 문익점 선생님이고, 나라를 사랑하는 것을 몸소 실천한 이 얘기는 언제 들어도 가슴이 찡하다. 그 덕분에 솜털을 넣어 바지나 저고리를 만들어 입고 버선에도 두툼하게 넣어 신었으니 추운 겨울도 잘 견딜 수 있었던 게다.

어렸을 적 친정집에서는 밭에 목화를 재배했었다. 우리 집뿐만 아니라 농촌에서는 거의가 목화를 심었다. 어머니는 목화씨를 물을 묻혀 재를 섞어 놓았다가 밭에 파종했던 것이 기억 속에 떠오른다.

목화 꽃은 처음에는 흰색이다가 꽃이 지면 열매가 달리고 열매가 익으면서 씨가 포함된 솜이 생성된다. 꽃이 피었다가 열매로 변신하고 다시 솜꽃으로 피어나는 것을 보고 목화는 두 번 꽃이 핀다고 한다.

목화는 아욱과에 속하는데 섬유 식물의 종자이고, 온대지방에서는 일년생으로 재배되지만 열대지방에서는 다년생으로 자란다. 목화는 따뜻하고 습한 기후를 좋아하며 물이 잘 빠지는 모래 토양에서 잘 자란다고 한다. 다래가 익어 따는 시기는 건조하고 따뜻해지면 다물었던 입이 네 갈래로 벌어진다. 이때 하얀 솜털은 마치 꽃이 핀 듯하다.

다래가 익어 팝콘처럼 팍 터지면 솜털을 빼낸다. 한가한 겨울이면 시아를 돌려 목화솜을 앗았는데 나도 그 일을 도왔다. 두 개의 나무가락으로 맞물리게 만든 시아를 돌리면서 목화를 넣으면 솜털은 빠져나가고 씨는 고스란히 밑으로 떨어진다. 한참 돌리다보면 빡빡해지고 삐걱거리는 소리가 난다. 그럴 때엔 양쪽 가장자리에 기름을 발라야 하는데 기름칠하면 다시 살갑게 잘 돌아간다.

목화솜은 깃털처럼 가벼우면서 하얗고 따뜻하다. 솜털을 손으로 만져보고 가만히 얼굴에 대보면 아기가 엄마 품에 안기어 잠을 자는 듯 포근하다.

친정어머니는 직접 재배한 목화솜으로 내가 시집올 때 두툼하게 솜이불을 해주셨다.

예전에는 난방시설이나 의복이 부실하여 춥게 지내던 시기여서 솜을 두텁게 두어 이불을 만들었는데 요즈음은 난방시설이 잘돼 있어 이불 두께가 얇아졌다. 어머니가 만들어 주신 이불솜을 타서 얇게 다시 만들었다. 좋은 이부자리가 많은 요즈음에도 순목화솜으로 만든 것은 고가로 여긴다. 그만큼 목화가 우리 몸에 좋음을 인정하고 있다는 것이고, 목화솜 이불을 덮고 자면 잠자리도 편안하다.

조선시대 4군 6진 때에도 목화씨부터 챙겼을 정도라고 하니 목화는 영토를 확장하는 데도 큰 역할을 한 것임에 틀림없다. 지금까지도 우리 실생활과 떨어질 수 없는 것은 바느질할 때 사용하는 실이다. 목화대는 땔감으로 사용하였고, 펄프의 원료로서 종이를 만들기도 하였으며, 면실유는 식용으로도 쓰고 빨래나 비누로도 사용했다고 하는 목화는 어느 부분 하나 버릴 것이 없이 여러모로 유용하게 사용되었다.

우리 민족이 백의민족으로 불리게 된 배경은 하얀 무명으로 만들어 입었기에 민족의 대표적인 옷이고, 무명저고리는 어머니의 상징이기도 하다. 목화솜은 이불로도 사용하고, 겉옷은 물론 겨울에는 지금으로는 오리털 대신 솜으로 보온재로 사용한다.

그뿐인가 꽃이 지고 나서 열매가 열리면 아이들은 어른들 몰래 따서 먹었다. 덜 여문 알맹이를 지근지근 씹으면 달착지근하다. 이것 또한 목화에 대한 어릴 적 추억속의 달달한 기억이다. 목화 꽃이 지고 다래가 여물어 목화솜을 터트리는 자태는 실속 있고 값어치 있는 꽃이다. 조선시대 과거를 볼 때에도 두 번 피는 꽃이 무엇인가에 대한 문제가 있을 정도였다고 하니 우리 생활에 목화는 그만큼 없어서는 안 될 큰 비중을 차지하고 있었음을 말해주는 것이 아닌가.

1960년대부터 화학섬유가 생산되면서 면직물이 줄어 그 빛이 점점 사라졌지만 그래도 면제품은 우리 피부에 가장 좋은 옷감임에 틀림없다. 두 번 꽃이 피어 우리에게 아름다움을 보여주고, 우리 몸을 보호해주는 목화야말로 예나 지금이나 귀중한 식물이다.

우공이산

인천공항에서 비행기를 타고 제남공항까지는 불과 한 시간 이십 분이면 도착한다. 그런데 공항에서 숙소까지 여섯 시간이상이 소요되었고 저녁식사를 하고 호텔로 들어갈 즈음 어둠이 짙게 깔려 있었다.

그 이튿날, 숙소에서 나와 호텔 주위를 둘러보았다. 어둠으로 가려졌던 어젯밤과는 달리 인공폭포며 아기자기 심어놓은 꽃과 나무가 이슬을 머금어 더없이 싱그러웠다. 수천 명을 한꺼번에 투숙할 수 있다는 넓은 건물 뒤로 보이는 산은 마치 병풍을 둘러놓은 것 같았다.

웅장하게 펼쳐진 절벽이 푸르른 나무와 조화를 이룬 아름다움으로 에워싸인 것을 보면서 바로 태항산임을 실감하였다.

아침을 먹고 난 후, 구련산으로 이동하였다. 태항대협곡 남주에 위치한 구련산은 아홉 개의 연화가 피어오르는 모습과 같다하여 구련산이라 불리고 있다. 백이십 미터나 되는 천호폭포와 웅장한 하늘의 문과 같은 천문구가 조화를 이루고 서련촌 계곡을 따라 폭포가 이어지는 선지협곡은 곳곳에 절경이 펼쳐져 있었다.

구련산에서 천계산 운봉화랑은 풍경이 너무 아름다워 백리화랑이라고 불린다. 마을주민이 징과 망치로 만든 길을 지나게 되었다.

태항산의 강한 사나이로 알려진 장영쇄는 사비를 들어 해발 1천 미터 부근의 천계산 절벽에 수년에 걸쳐 천이백 미터의 터널을 뚫어 길을 냈다고 한다. 돌산을 어떻게 징과 망치만으로 터널을 뚫었는지 손으로 하였다는 게 믿기지 않는다. 사람의 손은 참으로 위대하다는 생각을 다시 한 번 하게 되었다. 그는 그곳에 사는 사람들을 위해 헌신적으로 봉사를 한 인물로 알려지면서 2002년에는 중국의 십대의 감동인물로 선정되었다고 한다. 그의 헌신적 희생정신이 있었기에 우리는 그곳을 전동차로 쉽게 구경할 수가 있었다.

왕망령은 태항산 협곡에서 아름다운 일출과 운해를 관망하기에 가장 적합한 곳이며 오십여 개의 봉우리가 있다. 중국의 그랜드캐넌이라 불리는 태항산 대협곡은 몽고 초원 아래 산서성 북부에서 시작하여 산서성과 하북성, 하남성 경계에 남북과 동서로 달하는 광대한 협곡이다.

나이 구십 세가 넘는 우공이 둘레 칠백 리가 넘는 태항산의 흙을 퍼서 발해만까지 한 번 운반하는데 일 년이나 걸리는 것을 본 사람들이 그를 비웃었다고 한다. 그러나 우공은 자손 대대로 이어 흙을 퍼 나르다 보면 언젠가는 산을 옮길 수 있으리라는 믿음으로 그 일을 계속하였다. 이에 옥황상제가 감동을 받은 나머지 산을 옮겨주었다는 우공이산의 전설이 담긴 곳이다. 그러고 보면 지성이면 감천이라는 우리 속담과 같은 이치다.

산서성 주변은 험한 산악지대인데다가 물이 적어 예로부터 농작물 경작과 운송수단으로 당나귀를 이용하였기에 당나귀를 중요시하였다. 태항 당나귀는 체형이 매우 작고 체질이 튼튼하여 하루에 팔십 킬로의 짐을 싣고 먼 길도 거뜬하게 이동할 수 있다고 한다. 특히 사지가 강하고 힘이 좋은데 비해 사료도 적게 먹고 물도 조금 먹고 배고픔도 잘 참는 성정마저 온순하다고 한다. 질병에 강하고 허기나 갈증을 참는 능력이 뛰어나 험한 산악지대에서 사용하기는 안성맞춤이기에 귀중한 가축으로 사랑을 받던 동물이다. 산서성의 당나귀란 그곳에서 적소적재로 잘 이용하였다는 뜻일 게다.

서련사는 한나라 때 창건되어 당나라 때는 흥했고 명·청 때는 성흥했다고 한다. 이곳에는 신령도 많고 신의 권위도 높았으며 아울러 신령도 영하다 하여 매년 수십만 명의 신도들이 참배를 올리고, 뭇 신도들에게는 극락세계로 불릴 정도라고 한다. 지금도 민간신앙과 풍습을 지키고 있다는 것을 원주민들이 서련사로 모여드는 것을 보고 짐작할 수 있었다. 중국에서 보기 드문 원시문화인 셈이었다.

왕상암은 상나라왕인 무정이 피난하여 은거생활을 하던 중 노예를 만나 서로 문무를 가르치고 후에 왕이 된 후 노예를 재상으로 삼았다는 전설에서 나온 이름이라고 한다. 풍수지리적으로 명당자리에 해당하는 장소다. 명인들이 은거생활을 해서 유명해진 협곡은 깊고 절벽이 깎아지른 듯 가파르고 험준하며 나무가 울창한 곳이다. 산봉우리와 폭포 협곡이 어우러져 장관을 이루며 그 웅장함과 우아한 풍경 때문에 태양의 혼이라는 별칭을 가지고 있으며 미국의 그랜드캐넌에 비교될만한 협곡이라고 한다.

도화곡왕상암 전망대는 투명유리로 만들어져 있었다. 유리를 밟으면 금방이라도 깨져 내 몸이 아래로 툭 떨어질 것만 같아 심장이 약한 나는 전망대에 들어가지 않았다. 꼭대기에서 둘러보는 태항산의 산자락은 그야말로 환상적이다. 반면, 우리가 전동차를 타고 왔던 길 위에서 아래를 내려다보니 현기증이 날 정도로 가파르고 험해 아찔하였다.

도화곡은 엄동설한에도 복숭아꽃이 피는 곳이라 하여 도화곡이라 불리게 되었다고 한다. 수억만 년 전 지질형성 중에 유수의 침식으로 인하여 홍석암이 씻겨 나타난 깊은 골짜기이며 협곡의 가장 좁은 곳은 2미터 정도다. 맑은 물이 흘러 폭포를 형성하고 흘러내린 폭포수가 연못을 이루는 자연의 조화는 한 폭의 그림이었다.

모택동이 태항산을 이용하여 군사를 키웠기에 태항산이 더 유명해졌고, 산새가 험해서 전쟁이 일어난 지도 몰랐다고 한다. 중국인들은 식량 자급자족이 가능하기 때문에 중일전쟁이 일어났을 때에도 태항산만은 전쟁의 피해를 입지 않았다고 한다.

수십억 년을 거치는 동안 형성되어온 지층의 변화, 거대한 산위에서부터 산 밑으로 이어진 풍경을 보면서 대자연의 힘에 압도되는 듯 했다. 층층이 쌓인 절벽, 가파른 계단과 험준한 길이라서 항상 조심해야만 했다.

버스를 타고 이동하는 중, 어느 시골을 지나는데 이색적인 광경이 눈에 들어왔다. 나무로 만든 쟁기로 뒤에서는 손잡이를 잡고 따라가고 앞에서는 끈을 매어 양쪽으로 두 사람씩 끌고 가면서 밭을 갔았다. 좀처럼 보기 드문 인력으로 하는 밭갈이였는데 버스를 타고 지나는 바람에 그 장면을 카메라에 담지 못하여 내내 아쉬웠다.

태항산은 관광지로 개발하는 중이라서 도로공사를 하고 있었다. 우리나라에서는 도로공사를 하여도 차는 다닐 수 있도록 배려를 해주며 불편을 끼쳐드려 죄송하다는 안내판을 세우는데 중국에서는 길을 막아 놓은 채 작업하였다. 그 바람에 소형차로 갈아타고 다른 길로 돌아가느라 한나절이나 아까운 시간을 소비했다. 나라마다 서로 문화가 다르다지만 사람을 배려하는 생각이 아예 없는 듯 했다. 우리나라라면 아마도 기자들이 몰려들고 통행인들의 항의로 난리가 났을 일이다.

여행을 하다보면 지리공부를 할 수 있는 계기가 되고 곳곳의 흥미로운 전설이라든가 실제 상황이었던 이야기를 많이 들을 수 있다. 직접 눈으로 보는 것과 안 보고 상상하는 것과는 와 닿는 느낌이 다르다.

전에 잦은 비행기 고장으로 장가계는 구경도 못하고 그냥 돌아온 적이 있다. 태항산은 장가계와 비슷하다고 하니 머릿속으로 그려보기로 한다.

잠시 일을 접어두고 홀가분하게 집을 떠나 마음을 충전하는 것도 좋다. 다음은 어느 곳으로 발품을 팔러 갈 것인지 계획을 세워봐야겠다. 각기 다른 사람들, 볼거리도 많고 먹을거리도 많은 세상, 살아간다는 게 즐겁고 감사하다.

여행, 마음의 재충전

　인천공항에서 호주 시드니까지는 10시간 20분 정도 소요되었고 시차는 두 시간 빠르다. 호주입국절차는 동남아에 비해 까다로워 과일이나 육류, 김치 같은 음식물 반입이 안 되고 인스턴트식품도 세관 신고 후 반입이 가능했다.

　시드니공항에서 간편한 옷으로 갈아입고는 가이드의 안내에 따라 버스를 타고 호주 최대의 파충류 파크로 이동하였다. 캥거루는 호주의 상징이다. 주머니에 아기 캥거루를 넣고 다니는 어미 캥거루 모습이 눈에 들어온다. 그곳에는 코알라, 악어, 뱀, 거미 같은 각종 파충류가 전시되어 있고, 타조와 비둘기는 사람들이 가까이 있어도 피하지 않고 먹이를 먹으면서 유유히 노닐고 있었다.

　다양한 종류의 와인을 시음할 수 있는 와이너리를 방문했다. 넓은 농장에는 많은 포도가 심겨져 있고, 포도 알이 마치 머루처럼 작았지만 당도가 아주 높았다. 각국에서 온 관광객들은 식사도 하고 와인과 음료수를 마시며 생음악을 들으면서 즐거운 시간을 보내고 있었다. 시음 장소에서는 관광객들에게 술을 조금씩 따라 주면서 어느 것이 더 맛이 있는지 음미해 보라며 여러 종류의 와인을 맛보게 했다. 술을 좋아하는 사람들은 취향에 맞는 것을 사기도 했다.

호주의 와인은 해양성 기후와 신선하고 풍부한 지하수와 시원한 바닷바람의 영양으로 진한 맛을 지녀 세계적으로 많은 미식가들로부터 사랑을 받고 있다고 한다.

시드니에서 한 시간 반 정도 자동차로 이동하면 사막이 있다. 시드니에 무슨 사막이 있을까 의아했는데 해변가의 모래가 바람에 날리어 모래언덕이 만들어졌다는 말 그대로 해변의 사막지대였다.

나는 모래언덕의 경사가 70도 정도라서 모래썰매를 탈 때는 좀 겁도 났지만 내려 달리는 스릴 때문에 함성을 질렀다. 반대편 바다에서는 서핑보트를 타고 사막에서는 모래썰매를 체험하는 하얀 모래사막과 푸른 해변이 공존하는 스탁톤 비치였다.

그 이튿날, 돌핀크루즈에 탑승하여 넓은 바다로 나갔다. 야생상태의 돌고래를 관찰하는 것인데 가까이는 볼 수 없고 어쩌다가 저만치서 고래가 꼬리 흔드는 것과 머리를 잠깐씩 보게 되는데 그곳은 투자하지 않고도 자연 그대로가 관광 사업이 되었다.

포트스테판에서 시드니로 왔다. 큰 규모와 다양한 시설로 문화를 엿볼 수 있는 시드니올림픽공원이었다. 시드니는 공원 안에 건물이 지어졌기 때문에 도심 속 밀림 사이로 넓은 공간과 녹지가 곳곳에 어우러져 있어 눈이 피곤하지 않는 아름다운 도시였다.

시드니 시내가 한눈에 들어오는 더들리 페이지에서 동부지역 관광에 나섰다. 갭팍은 더들리 페이지에서 조금 내려간 곳인데 아름다운 남태평양의 거대한 물줄기가 시드니항만으로 굽이치는 절경을 내려다 볼 수 있고, 절벽 틈새로 보이는 멋진 바다경치가 좋다고 하여 갭팍이라고 붙여졌다고 한다.

본다이 비치, 본다이는 호주 원주민 언어로 '부서지는 흰 파도'라는 뜻이다. 파도가 높아서 서핑의 명소로 유명하며 젊은이들이 항상 붐비는 해변인데 해변 가에는 일광욕을 즐기는 사람들이 많고, 일정기간에는 누드 비치로도 활용되기도 한다. 전체적인 분위기가 자연스러워 사람들이 비키니를 입고 다녀도 어색하지 않고 휴식을 즐기는 그들이 자유스러워 보였다.

미항의 도시 시드니는 호주에서 오랜 역사를 가진 도시로 호주 개척의 출발점이 된 뉴 사우스 웨일스 주의 도시다. 세계에서 가장 아름다운 항구에 세워진 시드니는 2000년 시드니올림픽을 개최하면서 국제적인 도시로 발돋움하고 있으며 호주의 경제 문화의 중심지로 위치하고 있다.

세계 3대 항만인 시드니항은 코발트빛 바다와 어디에 견주어도 손색이 없는 아름다운 오페라하우스, 하버브릿지로 세계적인 명소가 되었다. 아름다움의 최고의 절경을 이루는 미항이다. 세계의 사진작가들이 제일 많이 찾아와서 사진을 찍는다는 시드니항이다.

하버브릿지는 용접을 하지 않고 만들어진 다리라서 더 유명하다고 한다. 시드니항의 오페라하우스 내부에는 콘서트 홀 및 연극관이 일천여 개의 방이 있으며, 가장 큰 콘서트홀은 이천칠백여 명의 관객을 수용할 수 있고, 일천육백 관객을 수용하는 오페라 극장도 있어 일 년 내내 음악회와 공연이 열린다고 한다. 그곳까지 가서 공연을 관람하지 못하고 겉모습만 보고 와서 아쉬웠다. 오페라하우스는 밤이 되면 조명등을 설치해서 더욱더 화려하다고 한다.

불루마운틴은 시드니에서 서북쪽으로 백여 킬로미터쯤 떨어진 곳에 있다. 유칼립투스에서 발산되는 휘발성 물질이 태양에 반사되어 환상의 푸른빛을 띤다고 하며 크기만도 한국의 세 배나 되는 큰 산이다. 블루마운틴의 명물인 세 자매 바위는 영주의 예쁜 딸을 빼앗기 위해 마왕이 쳐들어온다는 소식에 영주가 주술사에게 부탁을 해서 잠시 바위로 만들었는데 마왕이 주술사를 죽이는 바람에 바위로 남았다는 슬픈 전설이 있는 바위이다. 우리 일행은 탄광에서 석탄을 캐서 실어 나르던 모노레일을 타고 원시림 속으로 내려가서 산책하고 다시 모노레일을 타고 올라왔다. 이곳은 석탄이 많이 생산되는 지하자원이 풍부한 나라이기도 하다.

호주는 우리나라의 칠십 배도 넘는 땅을 소유하고 있으며 인구는 오천 만 명이라고 한다. 전봇대는 나무로 사용하였고 호주에서 생산되는 것은 값이 싸다고 한다. 추울 때는 영하 5도까지 내려가는데 눈은 내리지 않고, 우리나라가 겨울이면 호주는 여름이다. 한낮에 햇볕을 쬐고 있으면 땀이 날 정도로 서늘하여 초가을 같았다. 그들의 평균 수명은 팔십구 세이고 의료비와 교육비가 저렴한 복지시설이 잘 돼 있는 나라라고 한다.

육십오 세 이상 되는 사람들은 대부분 전원생활을 하는데 시드니 중심가 외의 주택들이 대부분 단층으로 지어져 있었다. 대문 앞에는 잔디밭 또는 나무를 심어 가꾸었으며, 집 앞은 좁아 보이는데 뒤쪽으로 꽤 넓었다. 정원이며 수영장, 차고라든가 남이 보이지 않는 곳에 생활 편리시설을 갖추고 있었다. 우리나라는 마당이며 정원이 앞에 설계되어 있고 빨래도 주욱 널어놓아 보기에도 안 좋은데 이런 점은 우리도 집을 지을 때 참고할 점이라는 생각이 들었다.

호주는 밤 문화가 별로 없어 중심가 외에는 가게도 없고 저녁이면 일찍 문을 닫았다. 우리나라처럼 슈퍼마켓이 곳곳에 있는 것이 아니라서 한번 장을 보려면 멀리 가서 한꺼번에 구입해야 한다.

시드니에서 이박삼일은 가야 논밭이 있다고 했다. 한 사람이 오십 만평 이상 대규모 농사를 지을 수 있고, 소는 보통 육만 마리 정도를 기른다고 하니 소고기 값이 쌀 수밖에, 우리와는 감히 경쟁할 수 없는 수치이다.

인구정책으로는 애를 낳으면 열일곱 살까지는 교육비가 무료고 아이를 많이 낳을수록 정부에서 주는 혜택이 많아 한 가정에 보통 서너 명은 낳는다고 한다. 아이들은 열두 살 때부터 아르바이트를 하여 자립심을 기르고 스스로가 자신의 길을 찾는다고 한다. 한국인이 운영하는 식당에서 아르바이트를 하는 학생은 하루에 십만원정도 받는다며 공부하면서 돈을 벌 수 있어 살기가 좋다고 했다. 그곳 사람들은 높은 보수가 뒤따르므로 자식들에게 억지로 공부를 시키지 않는다고 했다. 용접이나 전기공, 자동차 정비하는 기술자들이 사무직보다 보수가 월등히 많고 대우를 받게 되는 노동법이 잘 되어 있었다.

노인 인구가 많은데 은퇴 이후에도 다양한 사회활동을 통해 부업이나 평생프로그램 수강을 지속적으로 하며 패션이나 미용, 취미활동을 하면서 우아하게 노년을 즐긴다고 한다. 건강에 많은 관심을 가지고 있는 것 또한 부유한 나라여서 가능한 일이라 생각되었다. 거기다가 태풍이 없는 곳이 호주라고 하는데 바다를 바라보면 마치 호수 같다는 생각이 들어 평온한 나라임을 느낄 수 있어 청정지역 시드니에서 살고픈 충동이 잠시 일기도 했다.

넓은 땅을 소유하고 평온한 나라를 방문할 때면 부럽기도 하고 분단된 남북이 빨리 하나로 합쳐졌으면 하는 마음이 간절해진다.

나에게 가끔은 여행이 필요하다. 일상생활에서 잡다한 모든 것을 잠시 접어두고 홀가분하게 어디론가 떠날 수 있다는 것, 상상만해도 기분이 환해진다. 더구나 여자들은 모처럼만에 집안일에서 해방되니 집을 떠난다는 그 자체만으로도 신나는 일이다. 다른 나라의 문화와 실생활을 보면서 우리의 삶과 비교도 되고, 듣는 것보다는 직접 눈으로 보는 것이 실감나고 오래 기억되는 것 같다.

'열심히 일한 당신은 여행을 떠나라! 여행은 사치가 아니다'라고 언젠가 TV를 시청하다가 그 말이 귓가에 오래 머문 적이 있다. 여행은 사치가 아니니 떠나라는 말이 맞는 것 같아서였다.

언젠가는 꼭 한 번 가보고 싶었던 곳이 바로 시드니였는데 사진으로만 보던 세계적인 명소, 바다 위에 지어진 오페라하우스와 하버브릿지의 신비스런 절경은 내 마음속에 지워지지 않는 영상이 될 것이다.

여행은 삶의 재충전의 기회이기에 다음 여행 계획을 세워보련다.

지곡 문화유적 답사기

내가 태어난 곳은 지곡면이었으나 생활권은 성연면이었다. 때문에 지곡의 땅은 낯선 동네 같은 거리감을 두고 살아왔던 터라 어디에 무엇이 있는지조차 모르고 살았다고 해도 과언이 아니다. 고향을 제대로 알지 못하면서 지역에서 문학회 활동을 한다는 것이 마음에 걸려 언젠가 유충식 회장께 시간이 허락할 때 지곡의 문화유적지를 안내를 해주십사 하는 부탁을 드린 적이 있었다.

2016년 4월 10일, 마침 청양에서 오신 선비 명노천 님, 이지원 님, 이철영 님, 김현수님 등 전에 오랜 공직을 역임하신 네 분과 함께 지곡문화유적을 탐방하게 되었다.

이은우 선생께서 청양에서 오신 분들과 늘푸른오스카빌에서 만나서 그곳을 둘러보고는 유충식 회님장과 나는 지곡면 소재지 안견기념관에서 만나기로 하고, 청양에서 오신 선비님들은 이은우 선생과 합승하여 안내를 맡기로 했고, 나는 유충식 회장님과 차를 나누어 타기로 했다.

지곡면 무장리의 유적지

오스카빌은 지곡면 무장4구 마을이다. 이곳은 서산산업화단지 조성을 위하여 개발하면서부터 분청사기요지 및 백자요기와 토기요지, 탄요에서 당나라 개원통보(開元通寶)가 출토되었다. 이것은 621년(당 고종4년, 백제무왕 22년)에 만들어진 것이며, 또 송(宋)나라 경덕원보(景德元寶, 1004-1007년, 고려목종 7-10년), 상부통보(祥符通寶, 1008-1016, 고려 목종 11-현종 7), 가우원보(嘉祐元寶, 1053-1056년, 고려 문종 7-10년), 치평원보(治平元寶, 1064-1067년)에 사용하던 동전을 발굴한 것을 보면 이 유적은 닻개에서 2km 동남방에 위치한 것으로 백제 때에 닻개에서 백제의 당시 왕도인 사비성과 왕래하던 사신행로변에 위치해 있는 것으로 추정한다. 무장리에서 토기와 분청사기, 백자를 굽던 요지였으며, 중국문물이 유입되었던 지역이었고, 또한 유적지였던 것임을 입증할 만하다고 본다.

안견기념관(安堅記念館)

'안견기념관(安堅記念館)'은 지곡면 안견관길(화천 2리)에 있으며 안견의 예술혼을 널리 알리고자 1991년에 안견기념관을 건립하였다. 기념관 내부에는 안견(安堅)의 대표작인 〈몽유도원도(夢遊桃源圖)〉 모사본이 전시되어 있는데, 원작은 일본 천리대학 중앙도서관에 소장되어 있다. 안견은 조선초기의 대표적인 적벽도, 사시팔경도 8점, 소상팔경도 8점과 안견 선생 관련 기록이 나오는 '조선왕조실록', '용재총화', '보한재집', '죽계사적', '호산록'의 문헌을 전시하고 있다. 안견은 조선초기의 대표적인 화가로 본관은 지곡(地谷), 호는 현동자(玄洞子)와 주경(朱耕)이라 했다. 주로 세종 때에 화원으로 많은 작품을 창출하였으며 신라의 솔거, 고려의 이녕과 함께 우리나라 삼대가(三大家)로 손꼽히는 화성(畵聖)이다. 특히 산수화에 뛰어났으며 대표작으로는 몽유도원도, 사시팔경도, 소상팔경도, 적벽도 등이 있다.

1619년(광해군 11)에 이조정랑 한여현(韓汝賢)에 의하여 쓰여진 서산읍지 [호산록]에 안견선생이 지곡출신이라는 기록에 따라 서산 출신으로 알려져 있다.

몽유도원도는 세종대왕의 셋째왕자인 안평대군이 꿈속에서 거닌 도원(桃園)을 묘사한 것인데 1447년(세종29년, 음력 4월20일)에 그리기 시작하여 3일 만에 완성하였다고 한다. 그림의 왼쪽에는 현실세계를 묘사하였고, 오른쪽에는 꿈속의 도원을 배치하였으며, 왼쪽은 정면에서 본 것을 묘사하였고, 오른쪽은 높은 곳에서 내려다본 조감도법으로 처리하여 넓게 펼쳐진 도원을 강조하였다. 당시 뛰어난 그림에 감탄하여 서예와 문학에 조예가 깊던 안평대군과 성삼문, 박팽년, 최항 등 당시 최고의 문사 21인이 각기 친필로 찬시를 지어 시, 서, 화 삼절(三絶)을 이룬 당대 최고의 걸작이다.

몽유도원도의 사본을 보면서 이것이 원본이었다면 하는 아쉬운 생각만이 머릿속에 꽉 차 있었다. 안견기념관을 관람하고 나오니 그림 속의 산골짜기에 복숭아꽃이 피어 더 화사하게 보였듯이 기념관 주변에는 분홍빛 복숭아꽃이 개화 시기라서 몽유도원의 그림과 매치가 잘 된 듯하였다.

안견선생기념비는 기념관 경내에 세워졌는데 이는 안견선생의 위업을 기리고 전통문화의 계승발전을 도모하기 위하여 전서산군민들의 정성을 모아 기념비를 세웠다고 한다.

황산 이종린(凰山 李鍾麟) 문학기념비

'황산 이종린(凰山 李鍾麟) 문학기념비'는 안견 선생의 기념비 바로 아래에 자리하고 있다. 이종린 선생은 1883년 2월 12일 지곡면 화천1리 674번지 샘골에서 출생하였다.

어려서부터 한문을 배웠으며, 문장과 경학을 배운 후 성균관에 들어가 성균관 박사가 되었다. 1910년 민족종교인 천도교에 입교하여 항일운동과 민족계몽운동을 위한 문필활동과 언론인, 종교인으로 크게 활약했는데 박학다식하고 언변이 좋아 우리나라 3대 웅변가이기도 했단다. 3·1운동 때에는 조선독립신문 주필과 발행인으로 독립선언의 취지를 널리 알리고 고취시키다가 피검되어 3년 간의 옥고를 치르기도 하였다.

우리나라 최초의 종합잡지인 '개벽(開闢)'지의 사장으로 여명기의 문학발전에 크게 기여했을 뿐 아니라 민족의식 함양을 위한 종교 활동과 어린이를 위한 잡지 '새별'을 창간하여 자라나는 어린이들에게 꿈을 심어 주었다.

광복 후 제헌국회의원으로 당선되어 교통, 체신, 외교, 국방위원장을 역임하고 제2대 국회위원으로 피선되어 활동 중 6·25때 피랍되어 가던 중 병사하였다. 저서로는 '황산집'과 문장의 기초를 다지는 문장체법, 그리고 시조집, '언문풍월'이 있다. 최초로 단편 소설 '모란봉' '가련홍' '감추풍우별정우' '일성천계' 등이 있고, 장편 소설 '사몽촌' '홍루지' '연산홍' '만간홍'이 있다. 400여 편의 항시와 신문에 수십 편의 논설이 있는 언론인, 정치인이었는데 문인으로 큰 업적을 남긴 분이다.

시조 3편의 옥중 作

일년삼백예순날에 봄이 가장 좋다것만
절반은 바람이요 또 절반은 구진비라
꽃피여 비바람 빼고 보면 몇 날이나

지는 달 비인산에 홀로 우는 불여귀
밤마다 간다하며 어이하여 못 가느냐
두어라 닭울고 동트거든 날과 함께

동구재 한허리에 즘짓머믄 저 반달아
옥중에 외론 나를 네가 오즉 사랑하랴
서창에 은근한 그림자 더듸더듸

위 시조는 이종린 선생이 옥중에서 쓴 작품이며, 그의 문학발전에 이바지한 공로를 기리기 위해 유충식 지곡문학회장이 추진하여 2004년 2월 28일 '황산이종린문학기념비'가 세워졌다.

안견출생지 마을의 유래비

다음 코스는 '안견출생지 마을의 유래비'다. 화천 3리 화동으로 가는 길가와 산에는 여기저기 벚꽃이 화사하게 피어 마음까지 환해졌다. 화동은 1759년(영조35년)에 발간된 '여지도서(輿地圖書)'에 의하면 '흑점리(黑店理)'라 기록되어 있으며, 이 마을은 73가구에 200여명의 인구가 살았다고 한다. 관내에서는 가장 큰 마을이었다고 하는데 이는 토기요지의 규모가 커서 이곳에 종사하는 기술자가 많이 거주했기 때문이라고 한다.

조선 후기 추사(秋史) 김정희(金正喜)의 재종형으로 양천현감(陽川縣監)을 지낸 김돈희(金敦喜) 선비가 이곳에 살았는데 봄이면 복사꽃, 진달래, 살구꽃, 야생화가 어우러져 선경을 이루어 이에 어울리는 화동(花洞)이라고 마을 이름을 바꾸어 부르게 하였다고 전한다. 안견(安堅)은 지곡의 흑점리 출신이기 때문에 검은 마을 아들이라는 뜻의 현동자(玄洞子)라는 아호를 얻었고, 어려서 많은 복사꽃의 기억으로 몽유도원도(夢遊桃源圖)를 그릴 수 있었을 게다. 안견 생가는 지곡면 화천 3리 1082번지 유병렬 집터로 추정됨은 옛날부터 그 집은 그림을 잘 그리는 사람이 살았다고 전해내려 왔고, 화동마을은 예전부터 안씨(安氏)들이 끊이지 않고 살아왔다고 한다.

효자 임영주 정려

효자 임영주 정려는 지곡면 화천3리 1267번지에 서일고등학교 남서쪽으로 도로를 따라 골짜기 안쪽으로 2.5km 지점에 위치에

세워져 있다. 그 안에는,

孝子贈朝奉大夫童蒙教官 林榮周之門(효자증조 봉대부동몽교관 임
영주지문) 上之二九年(상지 29년) 壬辰(임진) 四月(4월) 日命旌(일
명정)

이라고 새겨진 정려현판이고, 효행의 내력을 적은 '증조봉대부 동
몽교관 효자임공정려기(贈朝奉大夫 童蒙教官 孝子林公旌閭記)'는
1905년 이종림이 기록한 현판과 2009년 8월에 건립된 정려건축기
를 유충식이 기록한 현판이 계판 되었다.

그곳 임영주 정려문에 도착하니 후손의 며느리인 사촌동서끼리
오순도순 풀을 뽑으며 주위를 깨끗하게 관리하고 있었다. 그분들
의 노고에 감사한 마음이 들었다. 효란 사람에 있어 기본적인 도리
임을 다시 한 번 느끼게 했다. 요즈음은 돈에 눈이 멀어 부모를 학
대하고 어느 자식은 부모를 버리기도 한다는 뉴스를 볼 때엔 가슴
이 먹먹해진다. 후손들은 선친이 효행을 하여 정문이 세워졌다는
자부심은 남다를 것 같았다.

충효열삼강정려(忠孝烈三綱旌閭)

지곡 산성1리 솔대박이 소도(蘇塗)에 있는 충효열삼강정려(忠孝
烈三綱旌閭)로 갔다. 율암 최몽양은 1617년 문과병과에 급제하여
벼슬길에 나가 1627년 정묘호란 때 의주판관으로 적과 싸우다 전
사하여 충의공 시호와 충신정려가 내려졌다. 충의공 10대손 최호

주의 효행(孝行)으로 1902년 효자 정려되었고 최호주의 아우 최호문의 처 나주 정씨의 열행이 있어 1920년 정려되어 한 문중에서 충효열 삼강정려(忠孝烈三綱旌閭)가 세워진 것은 전국에서도 보기 드문 유적으로 우리 지역의 자랑거리가 아닐 수 없다. 나라를 위해 목숨을 바치고, 부모에게 효를 게을리 하지 않았던 우리 선조들의 거룩한 뜻을 받들어야 될 것 같다.

부성산성

이번에는 부성산성으로 발길을 옮겼다. 청양에서 오신 선비님들이나 이은우 선생께서는 연세가 지긋함에도 불구하고 가파른 곳에도 꿋꿋하게 다니시는 걸 보면서 지역문화에 관심이 많으며 열정이 넘쳐 힘든 줄도 모르는 것 같다는 생각이 들었다.

'부성산성'은 산성리 산86-3번지에 위치한 부성산에 축성된 천혜적으로 만들어진 산성이다. 서산은 삼한시대 마한(馬韓)의 54개국 중의 하나인 치리국국(致利鞠國)로 비정되는 곳인데 부성산성은 치리국국의 왕도(王都)가 위치해 있었다. 치리국국이 백제에 복속되는 시기를 4세기 초라는 정설이고, 서산지방이 백제의 기군(基郡)이 있는데 이는 성의 이름이 터성에서 연유한 것이고 부성산성은 통일신라 경덕왕 때 기군을 부성군으로 고쳐 부르면서 성의 이름도 부성산성이라 했고 자연스럽게 기군의 치소도 그대로 이어졌다. 이것은 다른 부족국가 시대(部族國家 時代) 소왕도(小王都)들이 읍락으로 변하는 과정과 같은 맥락이다.

백제 웅진(熊津), 사비시대에는 기군의 치소와 백제의 최북단에 위치한 관방의 역할을 하게 되고, 부성산성은 관방이며 백제의 대당문호였다. 또한 '삼국사기(三國史記)'에 기록된 평이현지류(平夷縣知留)는 지곡을 말하는 것으로 661-663년까지 백제유민(百濟遺民)들이 풍왕자(豊王子)를 중심으로 백제부흥운동을 하다가 최후로 패망한 곳이 지곡이라는 학설이 밝혀짐에 따라 부성산성은 백제의 제4왕도이었을 가능성이 높은 곳이라는 것을 성(城) 밑에 망군말이 위치해 있음이 이를 뒷받침하는 것이다.

부성산성은 해발 118m로 낮고 성 둘레가 529m로 작은 산인데 올라가보면 인력으로 터를 닦아놓은 듯 평평하다. 멀리 가로림만도 보이고 서산북쪽인 대산반도 중간에 위치해 해안이 한눈에 내려다보임은 물론 사방이 탁 트여 조망이 좋다. 성에서 1km지점에 위치해 있는 닻개는 범선의 접안에 좋은 조건을 두루 갖춘 곳이어서 기군의 외항이 되어 중국과 대당교역의 중심기능을 했던 곳이며, 이는 통일신라시대까지 계속되었다.

신라시대 당나라에서 유학을 마치고 돌아온 고운 최치원(孤雲 崔致遠) 선생이 이곳에서 887-893년까지 7년간이나 부성태수(富城太守)로 재임했던 것이 그 증거이다.

그 후 고려시대에도 부성현(富城縣)의 치소로 있다가 1182년 현위가 현령을 핍박하는 하극상의 일이 일어나면서 부성현이란 관호가 없어지면서 치소기능은 소멸되고 서산지방은 청주, 공주, 홍주 등의 월경지로 전락하면서 부성산성의 중심기능도 소멸되었다. 서산지방은 관호 없이 102년을 지나서야 양렬공, 정인경의 공로로 1284년(충렬왕 10) 지군사(知郡事), 1308년(충렬왕 34)에 서주목(瑞

州牧) 등으로 관호가 붙여져 복군되면서 치소는 현 읍내동으로 옮겨갔다.

그동안 부성산성은 800여년이 지나면서도 전문적인 자료조사가 이루어지지 않아 어느 시대에 축조했는지 알지 못했음이 안타까웠으나 당시 백제와 중국의 교섭내용을 입증할 수 있는 중요한 유적으로, 문화재적·학술적 가치가 매우 높은 것은 사실이다. 너무 오랜 세월을 방치해 두어 성의 원형을 파악하기 어려울 만큼 심하게 붕괴되었다. 더 이상의 훼손을 막기 위해서라도 발굴조사와 함께 복원하여 보존하는 방안이 시급한 문제라고 유충식 회장과 이은우 선생도 같은 생각이었다.

오현영시각

'오현영시각'은 서산군 제64대 김대덕 군수가 서산과 관련이 깊은 오현으로 부성태수 고운 최치원 선생, 중국 송나라가 망하자 뗏목을 타고 망망대해를 건너 간월도에 상륙했던 원외랑 정신보 선생과 그 아들인 고려조 공이 커서 중찬(문하시중)에 오르고 102년간 관호가 폐하였던 이 고장을 복군케 한 서산 정씨 시조 양열공 정인경 선생, 고려말 문신인 문희공 사암 유숙 선생, 서산군수로 선정을 베풀었고 임진란 중 의병을 이끌고 금산전투에서 전사한 제봉 고경명 선생 등의 절의 충효, 도덕, 문장 등을 찬양하는 시를 지어 판각 서산 관아문 위에 게판했던 것이 풍마우세로 원형이 없어져서 1887년 서옥순 군수가 재판각 다시 달았던 것을, 1913년 최익순, 최민규, 최동연 등이 권익채 군수에게 건의, 이곳 부성산성 내에 오현각을 건립, 계판하였던 바 그 후 노후 퇴락되어 1993년 이수원 군수가 재건립하고 1997년 7월 유충식이 주선하여 영시판을 재판각하여 계판하였다고 건립기에 기록되어 있다. 잘 보존한다면 이 또한 훌륭한 문화유산이 되겠더라.

산성2리의 부성사

'부성사'는 산성 2리 645-2번지에 세워진 사우로 신라 말 한문학의 개산시조인 고운 최치원 선생이 7년 동안 부성태수로 역임한 것이 인연되어 조선 선조 때에 유림들에 의하여 고운 선생을 기리고저 사우를 건립하였던 바 대원군에 의해 훼철되었던 것을 1907년 후손들의 지극정성으로 복원, 도충사라 명명하였다가 1924년 옛 고을 이름인 부성사로 고치고 현 위치로 사우를 이건하고 유림들이 선생의 학문과 도덕, 사상을 추모하고 이를 이어받고자 제향을 받들고 있다.

문창후(文昌後) 고운 최치원 선생 유허비

'문창후(文昌後) 고운 최치원 선생 유허비'는 지곡면 산성리 부성사 경내에 서산시 지원으로 유충식 회장의 추진으로 2008년에 세워졌는데 가는 곳마다 지역을 사랑하는 유 회장의 깊은 애정이 묻어있음을 알 수 있었다.

최치원은 신라 헌안왕 1년에 사량부 사람 견일의 아들로 출생하였다. 12살에 상선을 타고 중국으로 유학 갈 적에 아버지가 훈계하기를 10년 안에 과거에 급제하지 못하면 나의 아들이라 하지 말라는 아버지의 엄훈을 잊지 않고 졸리면 머리카락을 높은 데에 매어 달고, 송곳으로 정강이를 찌르면서 남이 열 번하면 자기는 백번을 더 노력을 했다고 한다.

그리하여 조국을 떠난 지 6년 만에 빈공과에 장원으로 급제하여 스무 살에 남경 근처의 율수현위가 되었으며, 스물네 살에는 제도 행영병마도통인 고변의 휘하로 들어가 종사관이 되어 그의 나이 이십오 세에 토황소격문을 지었다. 황소가 격문을 보고 상에서 떨어져 전의를 상실하여 십년에 걸친 황소의 난이 종식되었다. 이리하여 천하에 문명을 날리게 되었다. 당나라의 고운 나은 등 여러 문인과 사귀어 그의 글재주는 더욱 유명하게 되었으며 이때의 글을 정선하여 〈계원필경(桂苑筆耕)〉20권 〈사륙집(四六集)〉1권을 성책하였다. 이로 인해 당서 예문지에 그의 저서명이 수록되었다.

고국을 떠난 지 16년 만에 영주 귀국할 것을 당황제에게 고하니 사신의 자격으로 가도록 허락하여 영주 귀국하니 헌강왕이 '시독 겸 한림학사 수병부시랑 지서서감'을 제수하였다.

그는 당나라에 보내는 외교문서 작성과 외국사절에 대한 접대업무를 맡았으며, 비문(碑文), 기(記), 찬(讚) 외교문서 등을 지었다. 현강왕에 당에서 제작한 사육병려문 금체시 5수 1권, 오언칠언금 체시 100수 1권, 잡시부 30수, 중산복궤집 1부 5권과 계원필경집 1부 20권 등 총 28권을 왕에게 올렸다. 〈제왕연대력〉을 저술하는 등 이외에도 많은 명문을 남겼다. 고운은 당에서 익힌 경륜을 펼쳐 왕권을 군건히 하려 할 때 진골, 성골의 시기에 부딪혀 외직으로 나가 대산(大山)태수 1년, 부성태수 7년, 천령태수 1년을 하면서 38

세 때에 나라의 혼란에 당장 실천할 필요가 있는 정책인 시무십여 조를 진성왕에게 올린다. 진성여왕은 기꺼이 받아들이고자 하여 그에게 6두품의 최고 벼슬인 아찬직을 제수하였으나 진골의 반대 가 심하여 벼슬의 뜻을 버리고 40초반의 나이에 퇴관하고 명산대 찰 명승지를 다니며 농시 휘모로 울적한 심정을 달랬고, '왕건이 있 는 개성은 푸르른 소나무요, 신라는 누르스름한 낙엽이다', 즉 '곡 령청송(鵠嶺靑松) 계림황엽(鷄林黃葉)'이라 풍간하였다.

고운 최치원 선생은 이심전심, 불립문자의 선은 오묘함이 문학 보다 지극한 경지이지만 문자가 아니면 전달할 수 없다하여 문학 의 중요성과 기능을 밝히고 문학에 말을 꾸며서 찬미만 하면 진리 에 어긋난다고 했으며, 뜻을 바로 하여 참된 것을 구하면 오래 갈 수 있다고 했을 정도로 문학에 깊은 관심을 기울였듯이 우리의 정 체성과 사상을 밝히어 국학의 시조이자 문종으로서 큰 공을 세운 민족의 대표적인 인물이 아닐 수 없다.

닻개포

'닻개포'는 백제, 신라 때는 물론 일본 강점기까지 서산에 25개 포구가 있었다. 그러나 유일하게 이곳 포구에서만이 중국과 끊임 없이 교류를 했다고 한다. 백제나 신라는 대 중국교류를 닻개를 통 하여 이루어졌고 무역의 관문 역할로 배가 정박했던 곳이다. 백제 와 당나라에서 오가는 사신(使臣)행렬이 이곳에서부터 시작하여 웅진성(熊進成)과 사비성(泗比城)으로 내왕했던 곳으로 사료된다. 1926년에 '서산군지'에 수록된 것을 보면 최근까지 중국 상선이 비단과 호염을 싣고 와서 교역했다는 것이고, 서산 시내에는 일제부터 최근까지 중국인들이 50여 가구가 살았고, 화교초등학교가 있었다는 점들을 미루어 볼 때 닻개포를 이용하여 중국인들이 많이 드나들었다는 예이다.

지금의 닻개포는 옛 정취는 찾아볼 수가 없다. 1970년대에 개풍농장 간척지로 매립되어 바닷물이 들어올 수가 없고 닻개포였다는 표지판만이 둑가에 서 있을 뿐이다. 다행히 닻개문화제를 백승일이라는 젊은 연극인이 매년 5월에 대대적으로 사신행렬을 개최한다고 한다. 이를 복원하려면 매립되어 농토가 된 땅을 다시 파내어 바다와 육지를 연결하여 썰물과 밀물이 드나들도록 하여 배를 띄우면 될 것 같으나 그 일이 쉽게 이루어지지 않음이니 아쉬움이 컸다.

서산갯마을 노래비

우리 일행은 중왕 2리 왕산포(王山浦)에 있는 '서산갯마을 노래비'를 답사하고 그곳에서 점심을 먹기로 하였다. 중왕리에 들어서자 도로가에는 벚꽃이 만개하여 화사함은 눈을 즐겁게 했고 마음에 평화로움까지 안겨 주었다.

왕산포 횟집에 박속낙지탕을 시켜놓고 '서산갯마을 노래비'가 세워진 곳으로 걸어갔다. 노래비는 2010년 6월 25일에 왕산포구에 건립되었으며 조미미의 노래가사를 새겨 놓은 비와 옆에서 범선이 바람을 받아 운행하던 돛폭의 형태를 조각한 조형물이 같이 세워졌다. 뒤편 언덕배기에는 팔각 정자가 건립되어 바닷물이 만조 시의 풍경은 언제 보아도 천하일품으로 여겨진다.

청양에서 오신 분들은 유적답사를 하느라 전국을 돌아다녔음에
도 박속낙지탕을 처음 먹어본다며 담백하면서 맛이 있다고 하였
다. 청양군은 바다가 없어 낙지를 맛볼 기회가 없었을지도 모른다
는 생각이 들었다. 식대는 내가 계산하려고 했는데 이은우 선생께
서 초대한 분들이라고 극구 사양하셔서 본의 아니게 신세를 지게
되어 송구스러웠다.

이곳 중왕리는 낙지와 굴, 바지락을 채취하여 얻는 소득이 많으
므로 유일하게 젊은이들이 외지로 나가지 않는 마을이다. 고향을
지키면서 사는 젊은이들이 있어 더욱 든든하였다.

효자 최달제 정려

식사 후 장현 2리 독주동 671번지 '효자 최달제 정려'로 갔다. 효
자 최달제(崔達悌)는 본관이 경주이고, 부 극관(棘寬), 모 경주김씨
(慶州金氏) 사이의 아들로 영조 기유생으로 성품이 효성스럽고 학
문이 탁월했으며, 부친이 병을 얻어 백약으로도 효험이 없자 하늘
에 기도하여 꿈에 현몽 지초 두 뿌리를 얻어 복용케 하여 고질병을
치유했고, 부모상을 당하여 3년 동안 호곡하며 애통해 하였다고
한다. 1893년 국가로부터 증동몽교관 조봉대부 교지가 내렸는데
사정이 여의치 못해 정려 건립을 못 하다가 유충식 문학회장의 추
진으로 2010년 건립되었다. 사람의 본연은 효에서부터 나온다는
것을 다시금 깨닫게 되었다.

연화리 미륵불(蓮化理 彌勒佛)

'연화리 미륵불(蓮化理 彌勒佛)'은 그심이재를 넘기 전 산 밑 길 옆에 위치해 있다. 미륵불은 지곡면 연화리 산 54번지에 있으며, 교통수단이 발달하기 이전에는 아무리 먼 길도 주로 걸어서 다녔다. 더구나 지곡이나 대산에 주거하는 주민들은 팔봉이나 태안을 오갈 때엔 반드시 이곳 그심이재를 넘어야 했는데 그 길이 지름길이었던 것이다. 미륵불의 조성연대는 고려시대로 학계에서 발표하고 있고 둘레 1.2m, 높이 2m, 이며 광복 전후까지만 해도 한 무속인이 극진히 모셔왔다고 한다. 이 미륵불에 기원하면 영험이 커서 외지에서도 많은 사람들이 끊임없이 찾아와서 소원을 비는 치성이 있었으며, 또한 눈과 코를 만지면 소원이 이뤄진다는 설 때문에 미륵의 눈코는 닳아 반들반들 하였다.

어느 누군가의 무지한 소행 때문에 한쪽 어깨부위가 파손되어 원형보존이 제대로 되지 않은 채 서있는 미륵불을 보면서 안타까운 일이 아닐 수 없었다. 2006년부터 연화리 주민들이 모여 문화재 보호 차원과 마을의 무사 안녕함을 기원하는 미륵 제(祭享)을 매년 음력 1월 14일에 지낸다고 한다.

그심이재란 말을 처음 듣게 된 것은 내가 결혼해서 팔봉 흑석리 시댁으로 가서였다. 그 곳을 지나려면 등줄에 땀이 날 정도로 으스스하였다는 것을 이번 답사를 통해서 알 수 있었다. 후미진 곳이라 무서웠을 것이라는 짐작과 미륵이 있어 사람들의 마음이 좀 위안이 되지 않았나 하는 생각도 들었다.

효정공 김유경 신도비(孝貞公 金有慶 神道碑)

미륵불을 보고 나서 '효정공 김유경 신도비(孝貞公 金有慶 神道碑)'로 발길을 옮겼다. 이 신도비는 연화리 여화부수형국의 묘소 언덕 아래에 세워져 있다. 효정공 김유경 공은 조선 영조 때의 문신이다. 김유경은 25세 되던 1693년(숙종 19년)에 사마시진사(司馬試進士)에 급제했고, 42세가 되던 해에는 증광문과(增廣文科) 병과(丙科)에 급제한 후 김천찰방(金泉察訪)으로 지냈다. 북도어사와 진안현감과 의주부윤이 되어서는 성곽과 보루를 크게 수선하여 그 면목을 새롭게 만드는데 헌신하였으며, 52세에는 황해도 관찰사가 되어 병사들의 윤번제를 만들어 전시에 대비하기도 했다.

그러나 1722년에는 무고를 당하여 숙천으로 유배되었다가 홍주로 옮겨졌으며 1725년에 사면되어 함경감사로 승진하였다. 그 후로 종2품을 오르고 여러 참판을 거치면서 정2품 정헌대부(定憲大夫)가 되고, 대사간이며, 대사헌 등 1748년(영조24년)에는 정1품 숭록대부(崇錄大夫)에 올랐다. 공은 이렇듯 16차례를 바꿔가며 육조참판을 역임하였고, 두 차례의 판서 한성판윤, 의정부 좌찬성, 황해 평안감사를 역임하였다. 여러 공로가 많은 효정공 김유경의 신도비이다. 비문은 3,820자로 정1품 대광보국숭록대부(正一品大匡輔國崇錄大夫) 영의정 유척기(俞拓基)가 지어 세운 비이다. 글씨는 종1품 숭정대부 이조판서 윤변이 썼다. 서산지방에서는 이비가 가장 큰 신도비라고 한다. 평생을 높은 관직에서 일을 하면서도 일편단심 옳고 그름을 판단하여 영조에게 십 수차의 상소를 올려 때로 왕의 노여움을 사서 먼 곳으로 유배를 가기도 했으나 상소의 본의

가 충의와 정도의 길을 지적한 것으로 이해하여 곧 풀려나 국정을 담당하게 했다. 이 같이 꼿꼿한 선비가 있어 우리나라가 지금까지 이어오지 않았나 싶고, 현재 우리네 삶속에서도 옳고 그름을 가릴 줄 아는 대쪽 같은 사람들이 많았으면 하는 바람이 새록새록 들었다.

칠지도 야철지

'칠지도 야철지'인 지곡 도성 3리로 갔다. 도성회관 주변 철동이라는 쇠팽이 마을의 야철지는 옛날부터 철을 캐내어 야철을 했던 곳이며, 전해오는 전설과 현장에서 발견되는 쇠똥으로도 알 수 있다.

칠지도는 백제 근초고왕 252년(고이왕 5년)에 왜왕에게 하사한 것으로 도신 양 옆에 세 개씩 가지 날이 있어 칠지도라고 하였고 이 칠지도 앞뒤에 62자의 글씨가 새겨서 금으로 상감한 것인데 일본의 국보가 된 유명한 칼이다. 칠지도의 제작지역이 일본서기(日本書紀)에 자세하게 언급되고 있는데 백제의 서울에서 서쪽으로 하(河)가 있고, 7일간 가야만 도착할 수 있는 곡나(谷那)라는 지방의 맑은 물이 솟아나는 철산에서 만들어 졌다고 쓰여 있다고 한다.

조선조 태종 대왕이 강무(講武)를 위하여 1416년 2월 2일 서울을 출발하여 2월 8일에 서산에 도착하였다는 '조선왕조실록(朝鮮王朝實錄)'의 기록으로 보아 서울에서 하를 건너 7일간이 소요되는 곡나 지명의 철산(鐵山)은 바로 지곡(地谷)의 쇠팽이 철산에서 만들었음에 틀림이 없다고 한다.

'칠지도제작야철지기념비'가 지곡 도성 3리 회관 주변에 세워졌다. 이곳에는 옛날부터 철을 다루는 훌륭한 기술자들이 많았다고 전해오고 있으며, 1926년 '서산군지'에 쇠를 다루는 기술자인 단연공이 지곡에서만 4명이나 있었던 것을 보아도 칠지도와 관련이 있다 할 것이다. 사철(沙鐵)은 모래 속에 있는 쇠를 긁어모아 녹여서 만든 것으로 강철이 된다고 하며 또한 은이 나오는 곳에는 금도 나온다고 한다. 여러모로 보아 칠지도는 도성리에서 만들어진 것이라 추정되어 2010년 7월 19일 비문은 이은우가 짓고 비를 세운 것은 도성리 주민들과 추진위원들의 정성과 이를 기리기 위해 이루어진 것이다.

충민공 김홍익 신도비(忠愍公金弘翼神道碑)

칠지도기념비를 본 후 도성리 해변도로를 따라 선착장 부근에 차를 주차하고 선배 마을에 있는 충민공 김홍익 신도비(忠愍公金弘翼神道碑)를 답사하러 갔다. 선착장에서 논두렁을 지나 산으로 올라가 김홍익 신도비만 보고 묘소는 가지 않았다. 나이 드신 분들이라서 묘소까지는 무리할 것 같아서였다.

이 비는 충민공 김홍익이 연산현감에 재임 중 1636년 병자호란을 당하여 인조대왕이 남한산성(南漢山城)에 몽진 중일 때 에워싸고 있는 적청병들을 물리치고자 충청감사 정세규와 같이 근왕병을 이끌고 남한산성을 향하여 광주, 험천까지 갔을 때 적병인 청군들이 꽉 차있었고, 또 날이 저물었으므로 병력을 정돈하여 그곳에 주둔시켰다. 다음날 아침이 되자 적병들이 높은 곳으로부터 쳐내려

와서 격전이 벌어졌는데 그 세가 심하고 급하여 곁에 여러 병사들이 일시에 무너져 시체가 겹겹이 괴이고 쌓였다고 한다.

공은 군복을 입고 앞에서 칼을 잡고 군량위에서 싸움을 지시하였다. 손을 더 쉽게 움직이기 위하여 소매의 옷을 잘라내고 용맹을 다하여 적을 섬멸시키려 최선을 다하였으나, 이때에 적군들이 바람처럼 순식간에 달려들어 우리 군사를 공격해 와서 우리 군사들이 놀래고 밟히는 수난을 겪게 된다. 이를 본 관찰사 정세규는 벼랑 밑으로 떨어지면서 스스로 탈출하는 것을 본 공은 나라를 위해 죽음으로 받쳐야 된다고 소리쳤으나 정세규는 어디론가 도주했다고 한다. 공은 병사들에게 한발자국도 뒤로 후퇴해서는 안 되며, 적군들에게 대항해서 싸울 것을 명하였다. 적병들은 공이 독전으로 지휘하는 것을 보아 그를 집중적으로 둘러싸며 공격하여 칼로 찌르고 덤볐다. 그때 공이 칼로 쳐서 100여 명의 적병을 죽였는데 애석하게도 칼이 부러지는 바람에 날아든 화살에 맞아 땅에 떨어져 절명하였다. 바로 이때가 1636년 12월 27일이며 57살의 아까운 나이였다.

남포헌감 이경선이 공과 같이 싸우다 동시에 장렬히 전사했는데 그의 형 이경춘의 집이 용인에 있었으므로 힘천과는 거리가 멀지 않아 다음 해에 이경선의 시신을 찾아갈 때에 공의 옷가지와 시신도 수습하여 낙생촌 민가 근처에 묻었다가 난이 평정된 후에 넷째 아우인 문정공 홍욱文貞公 弘郁이 상소하여 공의 시신을 수습하여 모시고 고향으로 내려와 4월에 현재 위치에 장례를 지냈다. 1741년 영조, 청백과 대쪽 같은 충절을 기려 나라에 충신으로 정려되고

1756년부터는 나라에서 예관을 파견, 매년 제사를 지내주었다. 1790년에 중직 정2품 이조판서(正二品吏曹判書)를 제수하고 충민(忠愍)이란 시호를 내렸다고 한다. 나라를 위해 혼신을 다해 목숨을 바친 선조들의 깊은 정신은 후대에 와서도 머리 숙이게 되었다.

진충사(振忠祠)

마지막 답사지인 대요 1리에 있는 '진충사(振忠祠)'로 갔다. 진충사는 조선중기의 명장으로 이괄(李适)의 난을 진압하는데 큰 공을 세워 충무공(忠武公)이라는 시호(諡號)를 받았고 금남군(錦南君)이라는 군호까지 받은 정충신(鄭忠信)장군의 사당이다.

전남 광주에서 1575년 12월 29일에 출생했다. 1592년 정충신 장군은 17살 때 임진왜란 시 광주목사 권율 장군 밑에 있었는데 전라도를 쳐들어오는 왜군을 맞아 '이치전투'에서 권율 장군이 크게 이기고 이 정황을 평안도 의주에 몽진 중인 선조대왕에게 적진을 뚫고 올라가 전달한 공이 있다. 그로 인하여 선조대왕이 크게 안도한 공로가 커서 병조판서 백사 이항복이 휘하에 두고 글과 무예를 가르쳐 무과를 보게 한 결과 이해무과에 급제 만호진 첨사, 안주목사, 방어사 등을 지냈다. 이괄의 난, 정묘호란, 유흥치란 등 공을 세운 공로로 진무공신에 책훈되고 오위도총독부도 총관하면서 병마절도사를 역임한 인물이다.

1636년 5월 4일 61세로 별세, 지곡면 대요리 마힐산에 예장하고 대요1리 669번지 진충사에 영정 위패를 모시고 유림들이 매년 4월 25일에 제향한다고 한다.

진충사에는 현재 후손이 관리사에 거주하면서 관리를 하고 있으며 바쁜 와중에도 내왕하는 사람들에게 친절히 안내를 해주었다. 정충신은 오직 나라를 위해 충성을 다한 분이었다.

나라를 위하는 일이라면 목숨을 내놓는 것도 서슴지 않았고, 부모에게는 효를 중하게 여기며, 나를 위하기보다는 나라와 민생을 챙기느라 온 힘을 기울였던 청렴한 선비들의 정신이야말로 높이 우러러 공경할 일이다. 또 우리 지역에 문학에 있어 최치원의 시가 있으며, 조존서, 김대덕 태수 오영현 시, 정충신의 시조 및 시가 12편이 있고, 황산 이종린의 옥중 시조 및 단편소설 효시 〈모란봉〉과 〈해당화하몽천옹〉을 꼽을 수 있다.

이번 우리 고장을 답사하면서 그동안 제대로 모르고 지나쳤던 유적지며, 연관된 인물이 많이 있었다는 사실을 알게 되었는데 이는 곧 지곡의 자산이자 자랑거리다. 마음으로부터 멀리했던 고향을 늦게나마 돌아보게 되어 다행스런 일이고, 짐을 풀어놓지 못하고 늘 등에 멘 것처럼 무거운 마음이었는데 이제야 좀 가벼워진 것 같다.

이면 단위에서 문학단체가 있어 매년 동인지를 발간하고 있는 걸 보면 지곡은 분명 선조들의 정기를 받아서 그런 게 아닌가하는 생각을 가져본다. 바쁘신 와중에도 이은우 선생과 유충식 회장의 배려로 지곡면에 있는 여러 곳을 답사할 수 있게 되어 감사하다는 인사를 거듭 드린다.

무언의
힘

고사상의 돼지처럼

자동차 고사를 지냈다.

새로 구입한 5톤 화물차를 정비공장 앞에 세워놓고 자리를 깔았다. 고사상 위에는 돼지머리와 시루떡, 요즘 제철인 큼지막한 수박과 북어포, 쌀 한 양푼 담아 양초에 무명실을 감아놓았다. 고사에 쓰이는 돼지얼굴은 언제 보아도 빙그레 웃는 모습이다.

남편은 돼지주둥이에 돈을 물리고 막걸리를 한 잔 따르고는 "사고 없이 사업 번성하여 돈 많이 벌게 해주십시오."라며 큰절을 한다. 그리고는 무탈하게 잘 돌아가라고 타이어 바퀴마다 술을 조금씩 부었다. 은기와 상무도 절을 하고 직원들 모두 무사고를 기원하면서 파리도 미끄러질 정도로 반들거리는 새 차를 이리저리 둘러본다. 돼지 입에 물려놓은 만 원짜리 한 장을 북어 아가리에 넣고는 실로 동동 감아 차안에 매어두고, 떡을 담은 접시에 고기 한 점 얹어 시트 위에 올려놓았다.

한창 바쁜 모내기철이었다. 정비공장에서는 여섯 명의 기사가 고장 난 농기계를 수리하는데도 일손이 모자란다. 기계를 수리해

놓으면 농민들은 급한 나머지 빨리 운반해줄 것을 요구한다. 정비 공장에서는 수리하느라 분주하여 배달이 늦어지는 것을 본 남편은 몇 군데 배달해 주겠다며 트랙터를 싣고 나갔다. 첫날은 잘 다녀왔는데 그 이튿날 트랙터를 내려주고 나오다가 그만 사고가 났다고 한다. 마주오던 차와 충돌하는 바람에 운전석이 밀려 차에서 나오지를 못한다며 전화가 왔다. 119에 구급요청을 하고 견인차를 보내 달라고 보험회사로 연락하였다. 문짝과 운전대 사이로 다리가 끼어 꼼짝 못한다니 남편의 다리가 온전할 리가 없겠다 싶었다.

두 다리 멀쩡하게 걸어 나간 남편은 왼쪽 다리에 붕대를 칭칭 감아 반 깁스를 하고 아들의 부축을 받으며 들어왔다. 의사의 진단 결과 뼈에는 이상 없고 타박상과 몇 군데 유리에 찔려 상처가 났을 뿐이라고 한다. 차는 너무 많이 망가져 아예 폐차시킨다는데 사람은 그만하니 천만다행이었다. 차는 우리 생활에 없어서는 안 될 편리한 반면에 단 몇 초라도 한눈팔면 위험하기 이를 데 없고 자칫하면 대형사고로 이어진다.

언젠가는 은기가 콤바인을 싣고 나갔다가 그만 사다리가 떨어지는 바람에 기계는 못 쓰게 되었고, 아들은 뛰어내려 다치지는 않았지만 그 날 일을 생각하면 지금도 간담이 서늘해진다. 그때 자동차는 부분적으로 수리해서 사용했지만 망가진 콤바인 값으로 몇 천만 원 배상해 주었다. 그래도 은기가 멀쩡하니 천만다행하다.

차를 운행하다보면 크고 작은 사고가 나기 마련이고 그래도 인사사고가 아니면 마음이 놓인다. 차는 다시 구입하면 되지만 사람이 다치기라도 하면 평생 불편함을 안고 살아가야 한다. 의술이 제 아무리 발달하였다 해도 부모가 물려 준대로는 되지 않는다.

돼지는 왕성한 번식력과 성장력을 가지고 있기에 우리의 민속신앙인 고사를 지낼 때 돼지머리를 신에게 바치면서 횡액을 막아줄 것이라고 믿어왔다. 복권에 당첨된 사람들을 보면 대부분 꿈에 돼지가 나왔다는 말을 하고, 돼지를 보고 나면 뜻하지 않는 횡재를 얻는 것으로 전해온다. 또한 돼지는 음양으로 볼 때 음에 속하는데 음의 속성은 받아들이는 것이므로 재물 등이 밖으로 나가기보다는 받아들인다는 의미를 갖고 있다고 한다. 돼지는 재물을 얻는 동물이라 여기는 그런 무엇 때문에 복돼지라 부르기도 하고 돼지꿈을 꾸면 하루 종일 즐거운 마음으로 지내는 것 같다.

기공식이나 착공식을 할 때 또한 개업식, 또는 무속들이 굿판을 벌일 때도 돼지머리는 어김없이 상에 오른다. 돼지는 살아생전보다는 죽어서 웃는 모습으로 바뀌어 고사상에 오르는 게 아닌가 싶다. 만약 소머리가 고사상에 오른다고 하면 소는 돼지처럼 웃는 모습이 아니라서 돈을 물리고 절을 하고 싶은 마음이 생기지 않을 것 같다. 소는 새끼를 일 년에 한 마리 낳고 배란기간도 280여 일이나 걸리는데 비해 돼지는 한 번에 보통 여덟 마리 이상 새끼를 낳으며 임신기간도 짧다. 그래서 고사상에 번식력이 강한 돼지가 올라가고 돼지처럼 사업이나 집안이 번창하기를 기원하는 것일 게다. 사람이나 동물의 웃는 모습은 언제 어디서 보든지 간에 보는 이들의 마음을 평온하게 만든다.

고사를 마치고 고객과 직원들은 넓게 깔아놓은 자리에 빙 둘러 앉았다. 머리고기를 썰고 떡도 떼어 접시에 담아 낸다. 수박을 쪼

개니 발갛게 잘 익어 당도가 높다. 돼지고기와 궁합이 잘 맞는 것은 무와 배, 양배추며, 또 한 가지 빼놓을 수 없는 것은 새우젓이다. 새우젓은 고기의 누린내를 없애고 소화에도 도움을 준다. 풋고추를 썰어 통깨와 섞은 새우젓에 머리고기와 곁들이니 맛이 그만이다. 갓 꺼내온 김장김치는 잘 익어 아삭하고 상큼한 게 입맛을 돋운다. 매일 먹어도 물리지 않는 김치는 우리의 소중한 문화 자산이며 먹을거리이자 자손대대로 이어져갈 반찬이다. 떡 방앗간에서 금방 쪄 온 시루떡은 통팥이 듬성듬성 들어있어 씹히는 맛이 더 구수하다.

남편과 사람들은 술을 따라 건배하며 정담을 나누느라 웃음소리가 끊이지 않는다. 출출한 저녁시간이라 입안으로 꿀꺽꿀꺽 넘어가는 소리가 예서제서 들리고 여럿이 먹을 때는 운달아 입맛이 더 당기게 마련이다.

새로 구입한 자동차 덕분에 오늘은 기쁨이 두 배로 늘어나고 상위에 온화하게 웃는 돼지 얼굴같이 이곳에 있는 사람들 모두 평온해 보인다. 살짝 부는 바람은 웃음소리와 함께 덩실덩실 춤을 추는 듯하다.

고사는 사고 없이 무탈하기를 바라는 마음에서 지내기도 하지만 그보다는 음식을 장만하여 여럿이 나누어 먹는데 더 의미가 있다고 본다. 요즈음 먹을거리가 지천이어서 골라 먹는 세상을 살고 있지만 그래도 뭐니 뭐니 해도 먹는 즐거움이 크다. 음식을 준비하는 일은 번거로움이 따를지라도 사람들의 온화하고 둥글둥글한 어울림이 있어 흐뭇하다.

새 자동차를 구입할 때라든가 뜻있는 행사를 치룰 적엔 가끔 고사를 지낸다. 무슨 의식을 차리기 위해서가 아니라 삭막한 세대를 살아가고 있는 요즈음 부담 없이 모여 앉아 음식을 나누어 먹으면서 이야기꽃을 피우는 쏠쏠함이 있어서다.

새로 구입한 차가 폐차되었지만 남편이 크게 다치지 않았으니 이보다 더 큰 행운이 어디 있겠는가.

다음에는 무슨 일로 고사를 지내게 될는지 기다려 보며 빙그레 웃는 돼지처럼 나도 불쑥 웃어본다.

서산의 맛 자랑

서태안 근교에서는 쉽게 바다를 접할 수 있고, 비교적 넓은 농토가 있어 먹을거리가 풍부하다.

대호지와 천수만 간척지에서는 많은 쌀이 생산되고, 팔봉지역은 주로 감자와 양배추를 재배한다. 배추와 무를 비롯한 각종 채소가 풍부하며 인삼도 금산을 능가하게 재배하며, 한우와 양계사육 단지도 골고루 분포해 있다.

생길포에서는 우럭 축제를 개최하고, 중왕리에서는 봄엔 바지락, 가을에는 낙지 축제를 열어 볼거리 먹을거리를 제공한다. 태안의 안흥항과 신진도에서는 꽃게와 오징어, 대하 같은 싱싱한 해산물이 나오기 때문에 미식가들의 발길이 끊이질 않는다.

굴은 국을 끓여도 시원하고, 나물 볶는데 넣어도 담백하다. 굴전은 입맛을 돋우고, 배를 썰어 넣고 식초 몇 방울 떨어뜨려 굴과 함께 버무리면 새콤달콤한 굴회가 되는데 술안주에 그만이다. 바다에서 나오는 인삼이라고 할 만큼 영양가도 높다.

어리굴젓을 밥에 얹어먹으면 밥도둑이 따로 없다. 어리굴젓은 곱게 빻은 고춧가루로 양념을 해서 만든 매운 굴젓을 이른다. '맵다'는 뜻을 가진 '어리어리하다'에서 나온 지역 방언이다. 계절과 상관없이 먹을 수 있는 어리굴젓은 오래전부터 우리 밥상에 오르던 것으로 서산의 명물이다.

첫 수필집을 낼 때였다. 출판사 사장이 직접 작품을 가지러 서산에 왔다. 아무래도 점심대접은 해야 될 것 같아 한정식 전문식당인 B회관에서 만나기로 했다. 서울에서 사장과 편집장이 함께 왔고 나는 선배와 같이 나갔다. 서로 인사를 나눈 뒤 원고를 넘기고 출간할 작품집에 대한 계약서를 작성하고는 상에 올라오는 음식을 먹기 시작했다.

생선회 초밥이며 샐러드, 금방 무친 얼갈이김치는 입안을 개운하게 하고, 숙성된 생선회를 양념된장에 찍어먹으니 쫀득했다. 입안에서 살살 녹는 것 같은 연한 소고기육회, 한우갈비찜, 그리고 내장이 노랗게 꽉 찬 꽃게장은 밥 한 공기를 뚝딱 비우게 한다. 조선 태종 때부터 임금님 수라상에 올랐다는 알싸한 어리굴젓에, 바다에서 금방 건져 올린 듯한 새우튀김을 입안에 넣고 씹는 순간 아삭한 식감이 살아난다. 전복, 해삼, 멍게가 신선하다. 홍어회와 참치구이, 낙지볶음, 가짓수를 헤아릴 수 없을 정도로 해물과 육류, 채소로 만든 요리가 다양하게 나왔다.

출판사에서 나온 분들은 각기 다른 음식을 음미할 때마다 이렇게 맛있는 것은 처음 먹어본다면서 먹는 즐거움에 푹 빠진 듯했다. 서울에는 더 굉장한 음식이 많을 텐데, 처음에는 듣기 좋으라고 하는 말이려니 싶었다. 식사가 끝날 무렵 밥도 맛있다면서 남은 건

싸가지고 가야겠다고 하는 것을 보고 빈말이 아니라는 걸 알았다.

그 후 출판사 사장은 그날 먹었던 음식이 너무 맛있어서 잊을 수가 없다고 몇 번이고 그때 얘기를 하였다. 다른 사람들도 서산 음식이 맛깔스럽고 입맛에 척척 감긴다는 말을 자주 하는 걸 보면 우리 고장 음식이 정말 그 정도인가 싶어지면서 자부심을 가져도 되겠다는 생각이 든다.

B회관 내부에 들어서면 아늑한 한옥의 분위기에 방도 여러 개 있어서 상견례나 특별한 행사가 있을 때 이용한다. 특선은 가격이 저렴하고 '김영란 법'에 맞춘 요리도 있다. 코스요리나 특정식은 좀 비싼 편이지만 상황에 따라 메뉴를 선택하면 부담을 덜 수 있다. 철따라 생산되는 질 좋은 재료를 선정하여 정갈하게 정성껏 만들어 우리 입맛에 맞는 한식을 푸짐하게 제공하므로 마음 놓고 먹을 수 있다.

가까운 곳에 바다가 있으니 싱싱한 해산물을 사계절 접할 수 있고 여러 가지 식재료가 풍부하게 생산되는 서산, 육쪽마늘과 생강은 맵지 않고 향이 좋기로 예전부터 유명하다. 음식은 뭐니 뭐니 해도 식재료의 신선함에 따라 맛이 달라지는데 서산의 특산물인 양념류까지 가세하니 맛의 격이 한층 더 올라간다.

예전부터 우리는 음식을 중요하게 생각했다. 배고픈 설움이 제일 크다고 할 정도로 예전에는 끼니 걱정에 바빴으나 이젠 골라 먹는 시대로 바뀌었다. 많은 사람들이 서산 음식이 맛있다는 말을 아끼지 않으니 서산에서 나고 자란 것이 선택받은 일이라는 생각을 자주 한다.

서글픈 인생

가사조정위원으로서 지방법원에 갔다.

가사조정은 대부분 이혼문제인데 거기에 따른 위자료와 재산 분할, 그리고 자식은 누가 친권행사를 할 것인가와 양육비를 다루는 일이다.

이혼소장을 제기한 쪽은 거의가 여자다. 소장을 내고 법정까지 갈 정도면 결혼 생활은 더 이상 유지 할 수 없는 상황까지 이른 것이고, 이혼에 이르기까지 경위를 살펴보면 배우자의 부정한 외도와 폭력, 방탕한 생활과 경제적인 무능력이 주된 이유였다.

남자들이 쉽게 접하는 곳은 유흥주점이다. 그런 곳에 자주 드나들면서 도우미를 만나게 되는데 그런 쪽에는 돈을 아깝지 않게 쓰고 정작 집안 살림에 필요한 생활비는 제대로 주지 않아 가족들은 이중으로 고통을 받았다. 업소에서는 물론 매상을 많이 올려주는 고객한테 최선을 다한다. 봉사료를 받기 위해 도우미들은 고객에게 서비스를 하게 되는데 어떤 사람은 업소를 자주 드나들다가 도우미와 부적절한 관계에 빠지는 경우가 있다. 잠시 눈이 먼 그는 본처와 이혼하고 새로운 삶을 시작한다.

그러나 유흥업소 룸 안에서와 실생활은 다르다는 것을 얼마 안 가서 알아차리게 된다. 유흥업소에서 돈을 펑펑 쓰는 사람은 가정에서는 전혀 도움이 안 되는 사람이다. 엉뚱한 곳에 낭비하여 집안 경제부터 난처하게 만들어 놓는 그런 남편을 좋아할 아내는 없다. 나긋나긋 상냥하게 웃던 예전에 도우미가 새로운 아내가 되어 생활비가 모자라면 남편한테 바가지 긁게 마련이다. 그런 일로 입씨름이 잦아지면서 얼마 못 가서 또 그 가정도 깨지는 것이다.

아파서 누워있는 아내한테 발로 툭툭 차며 죽을 병 안 들었으면 일어나서 밥을 달라고 했다는 사람도 있다. 세상에 사람이 어찌 그럴 수가 있을까 싶을 정도로 가정폭력은 사건마다 심각하다.

법원에 온 이들은 마음이 격할 대로 격해져 있는지라 조정하는 과정에서도 언성이 높아져 진정시켜야 했고 더 이상 부부관계를 유지하라고 권할 수조차 없는 사람들이 많다. 부부가 아닌 남남끼리 소장을 써도 다시 만나는 것을 꺼려하는데 부부였던 그들의 태도는 살벌함이 따르기도 한다. 위자료라도 넉넉히 받으면 그래도 다행인데 재산이 없어 위자료를 제대로 받지 못하는 경우도 있다. 생활하면서 잘못을 되풀이하지 않을 때 비로소 신뢰가 생기는데 반성은커녕 가정을 돌보지 않고 방탕한 생활을 계속하다보면 결국 가족 모두에게 지을 수 없는 상처만 남게 된다.

이혼하는 경우 아이들은 대개 엄마가 양육하겠다고 나섰는데 그 또한 양육비가 문제였다. 평소에 가정생활에 충실했던 사람이라면 이런 일로 법정에까지 오지 않았을 텐데 방탕한 생활을 일삼던 사람이 자식 양육비는 제대로 대어줄까 의문이었다. 서류상에는 아이가 성년이 될 때까지 매달 양육비를 보내주겠다고 했지만 보내지 않을 건 불문가지이다.

원고는 피고와 재결합 의사는 추호도 없는데 피고는 당신을 사랑한다며 이혼은 죽어도 못해 준다고 사정을 해도 원고는 더 이상 들을 것도 없다고 하는 사례도 있다. 피고는 답답한 나머지 원고와 얘기할 것이 있다면서 둘만의 시간을 갖고 싶어 하지만 원고는 마지막 기회마저도 들어주지 않는다. 그래도 한때는 살을 맞대고 지낸 남편인데 어쩌면 저렇듯 모질까 싶을 정도로 냉정하다.

또 다른 사건은 피고가 사업을 한다는 핑계로 자주 술을 마시고 외박이 잦아 결국은 가정 파탄에 이르게 된 사례이다. 진작 술버릇을 고쳤더라면 가족과 헤어지는 일은 없었을 텐데 안타깝다.

살면서 싸우지 않고 사는 부부는 없을 게다. 혼인 생활은 애정을 바탕으로 공동생활을 하는 두 남녀의 결합이다. 부부는 서로 협조하는, 무엇보다 애정과 신뢰가 바탕이 되어야 하나 외박과 폭행을 일삼으며 배우자를 부당하게 대하다 보면 혼인 생활은 깨지게 마련이다.

조강지처에게 잘못하면 벌을 받는다는 말도 있으나 옛말이 된 것 같다. 쉽게 만났다가 헤어지는 것을 보면 사랑이란 믿을 수 없는 바람 같은 게 아닌가 싶다. 삶은 누가 대신 살아주지 않는 자신이 만들어 가는 것임을 가사사건조정을 하면서 느끼는 부분이다.

누구 탓할 일도 아닌 본인들이 잘못된 행동에서 얻어진 결과다. 한 이불 덮고 같이 살 때는 촌수도 없는 부부라지만 등 돌리면 남이 된다. 여자들은 가사를 돌보고 애를 키우다보면 직업을 가지고 싶어도 가질 수가 없는 경우가 많다. 일을 할 수 없는 상황에서 이혼하게 되면 경제적인 문제가 큰 비중을 차지한다. 언제 어떤 일이 일어날지 모르고 사는 우리 인생이고 보면 평소에 자기 계발을 게을리 하지 말고 무엇인가 한 가지라도 대비해 두는 게 좋겠다.

예전부터 결혼 얘기가 오갈 때엔 그 집안 환경과 내력을 살펴보았다. 부모가 바르게 살았다면 그의 자식들은 보지 않아도 됨됨이가 부모를 닮았을 것이라고 믿어서다. 돈이 우선이라고 하는 사람도 많지만 삶에 기본적인 자세는 가정교육에서부터 이루어지고 사회질서를 바로 잡을 수 있는 중요한 역할도 바로 가족 간의 사랑이리라.

가사조정은 이혼하려는 사람들의 마음에 상처를 덜 받도록 도와주는 일이다. 서로의 갈등에서 일어나는 것이라 양쪽의 말을 충분히 들어줘야 한다.

오늘 다룬 몇 건의 사건 중 위자료와 재산 분할, 그리고 자녀의 양육비는 매달 입금하기로 합의시킨 건 있었다. 그래도 좋은 결과로 조정성립이 되어 마음이 가벼웠다.

끝내 이혼 서류에 서명하고 나가는 그들의 뒷모습은 쓸쓸해 보인다. 그런 날은 조정을 마치고 법원에서 나오는 내 발걸음조차 왠지 모를 서글픔이 쉽게 가라앉지 않았다.

며느리와 시어머니

우체국에서 택배가 왔다. 며느리가 보내온 포장지를 뜯어보니 발이 편하게 생긴 여름 신발과 등에 메는 가방, 그리고 목베개와 편지도 한 통이 들어 있다.

어머님! 이렇게 편지로 인사드리는 것 처음이네요.

저희가 결혼한 지도 벌써 칠 년이나 되었고, 어머님이 환갑이시라니 눈만 몇 번 감았다가 뜬 것 같은데 이렇게 시간이 많이 흘렀다는 게 실감이 안 날 정도예요.

결혼할 때 아들만 둘인 어머님께 딸처럼 살갑게 잘해드려야지 야무진 생각을 했는데 막상 살다 보니 딸처럼은커녕 며느리 노릇도 제대로 못하고 살았네요. 제가 부족한 점이 많아서 그렇겠지만요. 그래도 저희들이 행복하게 잘사는 모습을 보여드려 어머님을 기쁘게 해드리고 싶은 마음이랍니다. 어머님은 제가 결혼할 때와 지금과 비교해도 크게 달라진 것은 없는데 이제 앞에 숫자가 6으로 시작하는 변환점이 생겼네요. 인생은 육십부터라는 말이 있잖아요. 소녀 같은 감성으로 아기자기

한 글도 많이 쓰시고 운동도 열심히 하여 지금처럼 우아하고 멋진 모습을 잘 유지하셨으면 좋겠어요. 오랜만에 쓰는 편지라서 두서가 없는데 그래도 애교로 예쁘게 봐주세요. 그리고 호주여행 즐겁게 잘 다녀오세요.

어머님! 사랑합니다.

여행을 앞둔 내게 며느리가 보내온 편지다. 딸이 없는 나에게 며느리가 여행 가는데 필요한 것들을 사서 보내왔던 게다. 며느리의 편지를 읽고 나서 답장을 편지로 쓸까 하다가 요즘 쉽게 주고받는 스마트폰 메일로 보냈다.

보내준 선물 잘 받았고 편지도 읽었다. 벌써 내 집에 온 지가 칠 년째라니 참으로 세월이 빠르구나. 내 며느리가 되어주어 고맙고 무뚝뚝한 시어미지만 그래도 잘 따라주어 예쁘고, 내 아들과 오순도순 살아주어 고맙구나. 그리고 여행 잘 다녀올게.

사랑한다.

어머님 답장 받고 코끝이 시큰했어요. 감사해요 어머님!

저도 어머님 많이많이 사랑합니다.

사람의 인연이란 어디서 어떻게 만날지 아무도 모르는 일이다. 며느리는 남편의 고등학교 동창생 딸이다. 가끔 그 댁에 가보면 언제나 화기애애한 분위기라서 저런 댁에서 자란 아이라면 더 볼 것이 없겠구나 싶어 얼굴은 보지도 않고 딸을 달라고 하여 얻은 며느리다. 며느리는 가정교육을 잘 받고 자라서인지 표정이 맑다. 지금은 아이 둘을 낳고 한 가정의 안주인으로 살고 있다.

어느 집 고부간의 일이다. 시어머니는 며느리와 서로 허물없이 잘 지낸다고 생각하며 살았다. 그러던 어느 날 시어머니는 며느리에게 무슨 말이라도 좋으니 꼭 하고 싶은 얘기가 있으면 해 보라고 하였다. 며느리는 할 말이 없다고 머뭇거렸는데, 우리 사이에 못할 말이 무엇이 있겠느냐며 어떤 말을 하여도 괜찮으니 해 보라는 시어머니의 성화에 며느리가 "앞으로는 저희 집에 자주 오지 않았으면 좋겠다."고 하였다. 그 말을 들은 시어머니는 충격을 받아 병원에 입원하였다고 한다. 시어머니는 며느리와 스스럼없이 잘 지낸다고 생각하고 며느리가 무슨 말을 하여도 아무렇지 않게 이해하려고 마음먹었는데 아들집에 자주 오지 말라고 한 그 말 때문에 마음에 상처를 받았던 것이다.

아들도 결혼시켜 내보내면 손님이나 마찬가지인데 하물며 시도 때도 없이 며느리 집에 드나들면 며느리로서는 반갑기는커녕 사생활을 침해 받는다고 느낄 수도 있겠다. 아무튼 아무리 사이가 좋은 고부간이라고 해도 서로 적당한 거리를 두고 사는 것이 좋을 것 같고, 내가 좋아하니까 상대방도 나를 좋아할 것이라고 나의 잣대로 생각해서는 안 될 일이다.

내 집에 와서 나름대로 잘 살아주는 며느리가 대견하다. 자식이라고 해도 간섭은 될 수 있는 한 하지 말아야 하며, 서로 격려하고 힘들 때 보듬어주며 사는 것이 끈끈한 정으로 이어지는 길이 아닐까 생각해본다.

인(忍)이라는 글자를 품고

    핸드폰 없이는 단 하루도 생활할 수 없을 정도가 되었다. 이제 핸드폰은 우리 일상에서 큰 비중을 차지한다. 요즘은 거의가 스마트폰의 카톡으로 문자로 쉽게 연락을 주고받으며 일상사를 나눈다. 반면 쓸데없는 스팸 때문에 통신공해도 뒤따르지만 현대를 살아가면서 카톡을 안 할 수도 없는 일이다.

    어떤 주부가 춤을 열심히 배워서 드디어 카바레에 가게 되었다. 그동안 집에서 혼자 연습하다가 낯선 남자에게 안겨 춤을 추려니까 너무 떨려서 스텝이 꼬이고 진땀이 났다. 그것이 안쓰러운 파트너가 귀에 대고 "긴장했나 봐요?"라고 했더니 그녀는 어색하게 웃으며 "올해는 김장을 삼십 포기 담갔다."고 동문서답을 했다는 우스갯소리를 절친한 아우가 카톡으로 보내왔다. 그럼 아우도 춤을 배워서 한 번 가보라고 했더니, 부지런히 배워서 물 좋은 거 어디에 있나 찾아봐야겠다며 형님도 같이 가자고 하여 웃었다.

    이튿날 '물 좋은 건 못 만나고 웬수를 만났다.'고 엊저녁에 꾼 꿈을 아우에게 카톡으로 보냈다. "웬수라니 그게 무슨 소리냐."며 되묻는다. "그런 게 있다."며 웃었더니 그제야 "아, 형부가 성님을 너무 사랑해서 꿈속에까지 감시하러 따라간 거라고" 킬킬댄다. 웬수는 외나무다리에서 만난다더니 거기서 만날 게 뭐냐고, 꿈속에서나 멋진 파트너를 만났으면 싶었는데 생각지도 않은 남편이 나타나서 분위기 잡쳤다며 꿈 얘기를 하면서 우리는 배꼽이 빠지도록 한바탕 웃었다.

결혼하기 전, 선을 보러 나가기 전날이면 지금의 남편이 꿈에 나타나곤 했다. 그때 남편과 정혼한 것도 아니면서 더 좋다는 혼처가 있어도 썩 마음이 내키지가 않았다. 그렇다고 그 사람을 생각하면서 잠자리에 들었던 것도 아닌데 왜 자꾸 꿈에 나타나는지 모를 일이었다. 다른 사람과 여러 번 선을 보았으나 연분이 따로 있는 건지 결국 그와 결혼하게 되었다. 가진 재산이라고는 아무것도 없어서 고생할 걸 불 보듯 뻔히 보이는데도 내가 선택한 사람이니 누구를 원망할 일도 아니었다. 고생 안하고 사는 사람이 얼마나 있으랴만 어쩌다가 이 사람을 만났는지 뒤늦은 후회가 되기도 했다.

순간순간 어디론가 떠나고 싶은 마음이 들었지만 고비를 잘 넘긴 지난날들이 영화의 한 장면처럼 스쳐지나간다. 참을 '인(忍)' 자 셋이면 살인도 면한다고 했다. 참을 '인' 자는 칼 '도(刀)' 자 밑에 마음 '심(心)' 자가 놓여있는데 가슴에 칼을 얹고 있다는 뜻이다. 시퍼런 칼이 가슴위에 놓여있어 잘못하다가는 칼에 찔릴지도 모를 상황이라 누가 짜증나게 한다고 움직일 수가 있나 자리를 박차고 일어날 수가 있나, 움직여봤자 자신만 상하게 된다. 이렇듯 참을 '인' 자는 일이 생기고 감정이 북받쳐도 죽은 듯이 가만히 기다려야 한다는 것과 참지 못하는 자에게 가장 먼저 피해가 일어날 수 있다는 뜻도 담고 있다. 사람의 마음속에는 죽순처럼 솟아오르는 것들이 있는데 미움과 증오, 분노, 탐욕이 솟아오를 때마다 마음에 있는 칼로 잘라버리라는 것이다. 이렇듯 인내에는 아픔과 결단력이 필요하다.

참을 '인'자를 생각하면 여자와 어머니라는 단어가 생각난다. 여자는 젊어서는 곱지만 어머니는 영원히 아름답다. 여자는 자신을 돋보이려고 하지만 어머니는 자식이 돋보이게 하고, 여자의 마음은 꽃바람에도 흔들리지만 어머니의 마음은 태풍에도 견뎌낸다. 여자가 못하는 일을 어머니는 능히 해내며, 여자의 마음은 사랑받을 때 행복하지만 어머니의 마음은 사랑을 베풀 때가 더 행복하다. 여자는 제 마음에 안 들면 헤어지려 하지만 어머니의 마음은 자식 마음에 맞추려 하고, 여자는 수없이 많아도 어머니는 오직 하나다. 여자는 약해도 어머니는 강하다는 말과 같이 자식 일이라면 그 모든 것을 감내할 수 있는 힘을 지닌 존재가 또한 어머니가 아닌가 싶다.

아들 형제를 다 키워 결혼시키고 홀가분하게 손주들의 재롱을 보고 있자니 앞뒤 생각 없이 내 한 몸 편한 길을 택했더라면 지금의 평온함이 있을까 싶다. 이젠 내 시간을 가져도 되는 여유가 있으니 이 또한 감사한 일이다. 오늘이 있기까지 참을 '인'자의 덕을 톡톡히 본 셈이니 그 의미를 한 번 더 생각하게 된다.

하얀 피부는 나의 가림막

갑자기 허리가 아프다. 무거운 것을 든 것도 아니고 무리하게 힘을 가하지도 않았는데 허리뼈가 내려앉는 것 같은 고통이 엄습한다. 숨이 콱 막혀 구부릴 수도 한 발짝 옮길 수 없는 상황이라 싱크대를 잡고 꾸부정 서 있었다.

심상치 않은 낌새를 챈 남편이 휘둥그레 다가와 부축한다. 나에게 마음대로 움직일 수 없는 딱한 처지가 눈 깜빡할 사이에 일어난 것이다. 다리를 질질 끌다시피 하여 간신히 자리에 누웠다. 긴 호흡을 하면서 옆으로 돌아누워 보려고 안간힘을 써보지만 바닥에 붙여놓기라도 한 듯 떨어지지 않는다. 움직일 때마다 아악! 아~아 얏, 소리가 삐져나온다.

도저히 견딜 수가 없어 엉거주춤한 자세로 병원에 갔다. X레이를 찍었는데 다행히 디스크는 아니고 퇴행성 관절염기가 있다고 한다. 컴퓨터에 전송돼 있는 화면을 들여다보던 의사는 빼낼 수도 없고 효과도 없는 금침을 왜 맞았느냐고, 현대 의학에 맞지 않는 행위라면서 퉁명스럽게 내뱉는다.

저것을 몸속에 지니고 살았다니 내가 봐도 이건 아니었지 싶다. 목 주위와 허리부분에는 마치 밤 가시를 부수어 뿌려놓은 것처럼 여기저기 수두룩하다. 촘촘히 박혀있는 뿌연 침은 마치 촌충의 서식지 같다는 생각이 들며 갑자기 등골이 오싹해지며 온몸이 스멀거리는 듯하였다.

한방에서는 진맥을 보고 나면 대부분 침을 놓거나 한약을 먹으라고 한다. 웬만하면 참고 병원에 가지 않는데 내 몸속의 침을 보니 그때도 오늘만큼이나 아팠었나보다.

주사를 맞고 물리치료실로 갔다. 간호사는 찜질팩을 허리에 넣어주고 뜨거우면 스위치를 누르라면서 스르륵 커튼으로 나를 가두었다. 간신히 한 사람 정도 들락거릴 수 있는 공간이다. 겨울에는 바늘귀만한 틈새만 있어도 황소바람이 들어온다는 것을 실감하듯 하필이면 가장자리라서 문틈에서 나오는 찬바람이 몸을 더 움츠리게 한다. 찜질이 끝나고 교정 받는 곳으로 나를 옮겼다. 가슴과 허리에 끈으로 묶는 순간 망자를 관속에 넣기 전, 수의를 입혀 꽁꽁 묶는 장면이 연상되니 마치 내가 저승사자 앞에 누워있는 것 같은 묘한 기분이 들었다.

그동안 왜 그리 내 자신을 돌보지 않았는지. 한심하고 처량하기도 했다. 허술한 칸막이 사이로 환자들의 고통소리가 여기저기서 새어나온다. 삐걱거리는 신체가 원활하기를 바라는 사람들로 침대며 커튼과 벽면에는 아픔의 흔적들이 덕지덕지 묻어있다. 여기에 오가는 많은 사람들은 고통을 지니고 살다가 언젠가는 이 세상 모든 것을 뒤로 하고 다시는 돌아올 수 없는 강을 건널 것이라는 생각이 미치자 문득 천상병 시인의 '귀천'이 떠올랐다.

　　나 하늘로 돌아가리라
　　새벽빛 와 닿으면 스러지는
　　이슬 더불어 손에 손을 잡고

　　나 하늘로 돌아가리라
　　노을빛 함께 단 둘이서
　　기슭에서 놀다가 구름 손짓하면은

　　나 하늘로 돌아가리라
　　아름다운 이 세상 소풍 끝내는 날
　　가서 아름다웠더라고 말하리라
　　　　　　－천상병 <귀천> 전문

　어떻게 살았든 간에 누구나 한번 태어나서 죽게 마련이다. 사는 동안 얼마나 건강하게 어떤 삶을 살았느냐가 중요한데 자신의 마음먹기에 따라 삶의 만족도는 행복과 불행으로 나누어지겠고, 지나고 보면 괴로움도, 기쁨도 생에 있어 한 편의 소중한 추억으로 남게 된다. 그래도 삶이 존재할 때가 가장 행복한 시간이 될 것이다. "이 세상 소풍 끝내는 날 가서 아름다웠다고 말하리라" 천상병 시인의 시구가 절절하게 마음에 와 닿는다.
　지난 연말, 동인지를 출간하고 자축하는 날이었다. 회원 한 사람씩 호명하면 평소에 궁금했던 것을 무엇이든지 질문하고 답하는 순서가 있었다. 같은 회원이라고 해도 내면을 세세히 알 수 없기에 어떤 궁금증을 캐낼지 귀를 쫑긋 세우고 듣노라 정신이 없었다.

내 차례가 되었다. 어느 분이 관리를 어떻게 하여 고운 피부를 유지하고 있는지, 화장품은 얼마나 비싼 것을 사용하며 마사지는 자주 하느냐는 질문을 했다.

사람들은 나에게 피부 관리에 많이 신경 쓸 것이라고 생각하는데 사실은 전혀 그렇지 않다. 화장품은 며느리나 다른 사람에게서 선물을 받을 때 외엔 고가의 화장품은 사지 않는다. 피부과에서 특별한 관리를 받는 것도 아니고 얼굴에 팩도 자주 안한다. 하루 종일 일하고 나면 피곤하여 쉬고 싶을 뿐이다. 화장품 코너에 가면 판매원은 스킨에서부터 여러 가지를 발라야 피부가 탄력이 생긴다고 권유하여도 나는 기초 몇 가지만 있으면 되므로 그이상은 구입하지 않는다. 값진 것을 사용하면 피부가 더 좋아질지 모르나 어느 제품을 사용해도 부작용이 없는 걸 보면 피부는 선천적으로 타고난 것 같다.

수없이 나열된 금침, 지나온 내 생을 대변이라도 해주듯 콕콕 박혀 있는 그것은 무엇을 말하는 걸까. 누구나 속내를 파헤쳐보면 무엇인가 지워지지 않은 상처가 있기 마련, 자의든 타의든 날카로운 가시에 찔리어 가슴앓이를 하면서 살아온 삶을 X레이를 통해 다시 보는 것 같았다.

내가 아무리 힘들게 살았다 하여도 섣불리 그런 말을 했다가는 엉뚱한 오해나 살 일이라 싶어 될 수 있는 한 꺼내지 않는다. 남들

보기에 얼굴빛이 거무칙칙하다면 그것도 기분 좋은 일이 아니므로 타고난 피부 덕을 보는 것 또한 부모님께 감사하다. 늘 긍정적인 마음으로 생활하다보니 남들보다 조금은 젊게 보이나 보다. 흙먼지를 하얀 눈이 덮듯이 나의 얼룩진 삶도 하얀 피부로 살짝 가려 맑게 해주니 고마운 일이다.

　사람들은 나에게 고생을 안 하고 살아온 것 같다고 하고, 아무런 걱정이 없어 보인다고도 한다. 그래서인지 크게 성공하였다기보다는 그래도 이만큼 경지를 이뤘다는 자부심이 드는 것은 고운 피부 덕분에 내 얼굴이 환하여 복이 따라준 것이 아닌가 하는 생각이 든다.

무언의 힘

둘째아들이 병원에 입원하여서 남편과 함께 가기로 했는데 갑자기 볼일이 생겼다면서 혼자 다녀오라고 한다. 함께 갈 것을 예상하고 싸놓은 짐이 더 무겁게 보인다. 복잡하기 이를 데 없는 서울거리를 손수 운전하는 것은 엄두도 못낼 일이기에 꾸려놓은 짐을 줄이는 수밖에 별도리가 없었다.

며느리에게 무엇을 가져가면 좋겠냐 물어보니 제 남편이 소갈비가 먹고 싶다고 한단다. 지난여름에는 유난히도 무더운 날씨여서 움직이기만 해도 땀이 줄줄 흐르는 터라 식당에서 사주려고 마음먹었다. 그러나 그 병원에서는 입원중인 환자들은 외식은 물론 외출도 금지시키니 번거로워도 갈비를 직접 만들어 가기로 했다.

우선 갈비를 사다가 손질하여 피를 제거하기 위해 물에 담가 놓고, 양파와 배도 썰고, 마늘과 생강도 좀 넣고 믹서에 갈았다. 핏물을 뺀 고기를 한번 끓여서 찬물에 헹구고 갈아놓은 것을 간장과 후추, 그리고 밤과 대추를 넣고 잰 뒤 끓였다. 갈비를 만들려면 시간이 많이 걸린다. 무슨 음식이든 간이 맞아야 제 맛이 나는 법이나 주방에서 늘 하는 일인데도 간맞추기가 쉬운 게 아니라서 음식 잘 하는 사람들을 보면 존경스럽기까지 하다.

며느리는 둘째를 가졌기에 색다른 것이 입에 당길 것 같고, 병원에서는 환자에 맞는 식사를 제공해주지만 아무래도 집밥 같지는 않을 것 같아 이것저것 챙기다보니 보따리가 늘어난 것이다. 평소에도 팔에 힘이 없어 무리하지 않으려고 하는데 이번엔 무거운 것도 감수해야 했다. 손에 드는 것보다는 메는 게 나을 것 같아 등산용 가방에 순대 속을 채우듯 차곡차곡 넣고, 나머지는 종이 백에 담아 버스터미널로 갔다.

버스를 타고 가는 동안 머릿속은 이런저런 생각으로 꽉 차 있다. 더 악화되지는 않았는지 다른 곳도 아닌 얼굴이라서 신경이 쓰였다. 은기는 제 가족과 여름휴가를 제주도로 갔다. 가족과 함께 단란한 시간을 보내려 했을 것인데 도착하자마자 불미스런 일이 생겼다. 얼굴에 감각이 없어 병원에 가니 구안와사가 왔다고 했다. 구안와사는 에어컨을 세게 틀어놓고 오래 쏘인다거나 찬 곳에서 잠을 자도 걸릴 수가 있고, 스트레스를 많이 받거나 혈압이 있어도 걸릴 확률이 높다고 한다.

지난 봄철에는 손자 녀석이 얼굴에 화상을 입어 대전에서 입원 치료를 받았었다. 한창 바쁜 시기라서 낮에는 쉴 새도 없이 일을 하고 저녁에는 병원에 가서 아들을 돌보느라 잠을 제대로 자지 못하고 새벽에 일어나 출근을 하곤 했다. 그렇게 몇 개월을 서산에서 대전으로 반복한 아들이 피로가 누적되어 그리된 것 같다.

제주도에서 하루빨리 집으로 와서 치료를 받아야 하는데 한창

휴가철이라서 비행기표를 구할 수가 없어 거기서 며칠을 머물러야 했다. 은기는 제 나름대로 전문이라고 하는 서울의 모 병원으로 입원을 한 후 뒤늦게 연락을 했다. 그때 제주도에서 우리에게 바로 전화를 했더라면 처음부터 한방병원으로 가라고 알려주었을 텐데, 일반병원에서 치료받노라 더 늦어졌다.

　구안와사는 침을 맞아야 더 신속하다고 하는데 한방에 대한 상식이 부족한 터라서 한의원보다는 일반병원으로 택했던 것이다. 열이 높아 경기가 하던가, 구안와사가 오거나, 삐끗했을 때 침과 양학과 겸하여 치료하면 더 빨리 나을 수도 있고, 그 외에도 한방으로 도움이 되는 경우도 많다.

　서울고속터미널에 도착하였다. 지하철을 타려면 지하도로 내려가서 한참동안 걸어가야 한다. 등에 멘 가방 때문에 바로 서려고 해도 자꾸만 앞으로 구부러진다. 손에 든 짐도 왼손과 오른손으로 번갈아가며 발길을 재촉해보지만 어깨는 뻐근하고 팔은 얼얼하였다. 거리에는 많은 사람들이 오가지만 낯모를 이들뿐이라서 도움을 청할 수도 없는 노릇, 이럴 줄 알았더라면 좀 더 꺼내놓고 올 것을 후회도 해본다.

　버스터미널에서 내려 지하철3호선을 타고 옥수역에서 내렸다. 1호선으로 갈아타는 구간은 왜 그리도 길던지, 계단으로 올라가서 다시 내려오고 에스컬레이터를 타고 오를 때는 손에 든 것을 계단에 내려놓고 끈만 잡는 호사도 잠시, 다시 내려서 걸어야 했다. 간신히 전철을 갈아타고 몇 정거장 지나니 목적지인 회기역이었다.

　며느리에게 도착했다고 전화하니 1번 출구로 나와서 마을버스를 타면 된다고 한다. 역 근처에 바로 병원이 있는 줄 알았는데 버스를 타야 한다는 말을 들으니 다리에 힘이 쭉 빠지는 듯하다. 택시를 타는 게 편할까 싶어 찾느라 두리번거리노라니 바로 옆에 마을버스가 대기 중이어서 얼른 올라탔다. 요금을 내지 않고 자리에 덥석 앉은 나를 본 기사는 교통카드를 찍으라면서 빤히 쳐다본다. 카드가 없다고 하니 천원을 내란다. 대중교통에 익숙하지 않은 탓도 있지만 버거운 짐에 신경 쓰느라 깜빡 잊었던 건데 차 안에 있는 사람들의 시선이 나에게로 집중되는 것 같아 좀 멋쩍었다.

버스가 병원 앞에 도착하니 며느리가 기다리고 있었다. 손에 든 보따리를 받아들고는 "어휴! 이렇게 무거운 것을 어떻게 가지고 오셨어요. 어머니는 참 대단하세요."

"얘, 그건 아무것도 아니다. 등에 멘 것은 얼마나 무겁던지 허리가 다 휜 것 같다."

라면서 어깨에 멘 짐을 내려놓았다. 전에 작은오빠는 허구한 날 지게를 지고 일을 많이 해서 자기만 키가 크지 않았다고 가끔 불만을 털어놓곤 하였다. 불과 몇 시간 정도 등에 가방을 메었을 뿐인데도 등이 짓눌려 굽어진 것 같았으니 오빠가 왜 그런 말을 했는지 이제야 알 것 같다.

병원에 도착하여 며느리를 따라 아들이 입원한 병실로 갔다. 힘없이 앉아있는 은기를 보니 나도 덩달아 맥이 빠진다. 다른 곳도 아닌 얼굴이라 정상으로 돌아오지 않으면 어쩌나 하는 근심이 역력하다. 구안와사는 금방 회복되는 것이 아니라 몇 개월, 심한 사람은 몇 년이 지나야 낫는다고 한다. 시간이 흘러야 회복되는 것이니 지루해도 너무 상심하지 말고 편안한 마음을 갖고 잘 치료를 받으면 원래모습으로 돌아올 것이니 조급해 하지 말라고 했다.

가방을 열고 꺼내니 이것저것 즐비하다. 펼쳐놓은 갈비찜을 아들과 며느리가 맛있게 먹는 걸 보니 비척거리며 올 때와는 달리 그동안의 고생이 한순간에 날아간다. 여러 그릇에 나누어 담아 온 갈비찜을 냉장고에 넣어두고 먹고 싶을 때 전자레인지에 데워 먹으라 하고, 병실에서 필요한 물품과 행여 치료에 조금이라도 도움이 될까 싶어 가지고 온 것도 잘 일렀다.

여러 짐을 가지고 다니는 사람들은 젊은이는 별로 없고, 대부분 나이 지긋한 할머니나 어머니들이다. 보따리를 들고 가다가 힘에 겨우면 잠시 앉아 긴 숨을 몰아쉬곤 다시 발길을 재촉하던 할머니들, 그들은 어려서부터 없는 살림살이를 하느라 아끼며 살아온 것이 몸에 배어 택시도 선뜻 타지 않는다. 이렇듯 당신 자신은 힘겹게 살지라도 자식 집에 갈 때는 무엇이든 양손 가득 들어야만 직성이 풀리는 모양이다. 보따리를 들고 걸음걸음 옮기는 모습을 볼 때엔 왜 저리 힘들게 사는지, 옆에서 보기에도 안쓰럽기도 하고 촌스럽게 보여 저 나이가 되면 나는 절대로 저리하지 않을 것이라 하곤 했다. 그러나 이순이 넘은 지금 나도 별반 다르지 않게 저들 대열에 끼어 있음을 부정할 수가 없다.

자식의 일이라면 아무리 어려운 일도 서슴없이 하게 됨은 물론, 자다가도 벌떡 일어나지니 말이다. 누가 시켜서 하는 것은 결코 아니고, 이 모든 것들은 인류를 끊임없이 이어가게 하는 끈이다. 모성에서 나오는 무언의 힘이 계속 흐르기에 가능한 일이다.

기도와 손버릇

대중목욕탕은 새벽에 사람도 많지 않고 물도 깨끗하다. 새벽 시간에 목욕탕에 오는 사람은 거의 같은 사람들이라서 매일 만나다시피 한다. 머리 감고 샤워를 한 다음 온탕으로 들어가 있노라면 그 무엇도 부럽지 않을 정도로 마음이 편안하다. 따뜻한 물은 사람을 푸근하게 만드는 마력을 지닌 것 같다.

물속에 앉아 있는데 영민 엄마와 이웃 언니가 들어온다. 그들은 앉자마자 그런 줄 몰랐는데 남의 물건을 몰래 가져가다니, 사람 속은 알다가도 모를 일이라며 수군거린다. 영민 엄마는 클렌징크림을 사용하고 거울 앞에 놔두고 잠깐 화장실에 다녀와 보니 온데간데없더란다. 금방 사용한 것이 보이지 않아 두리번거리며 찾는데 마침 이를 본 정희 엄마가 바로 저 여자가 자기 가방에 넣었다며 그의 가방에서 꺼내 주더라는 것이었다. 클렌징크림은 그리 비싼 것도 아니다. 그럼에도 그녀는 남의 물건에 손을 대어 사람들의 곱지 않은 시선을 받게 되었다.

그녀는 새벽기도를 빠짐없이 다닌다고 한다. 교회에 가서 열심히 기도하는 것을 가끔 자랑삼아 얘기한다. 그렇게 교회를 열심히 다니면서 남의 물건에 손대는 그녀를 두고 이해가 안 간다고들 한다. 정희 엄마는 그녀 앞에서 지난번에 누가 샴푸를 훔쳐가서 이렇게 표를 해가지고 다닌다며 용기마다 그려놓은 별모양을 일부러 보여주었다.

그런데 더 기가 막힌 건 그녀가 "남의 물건을 훔쳐 가는 사람이 나쁘다. 자기 물건은 자신이 잘 챙기는 수밖에 없다."고 아무런 거리낌 없이 큰소리로 말했다. 그녀가 하루도 빼놓지 않고 하는 기도는 무엇인지 사람들은 궁금하게 여긴다. 저런 사람들 때문에 선량한 교인들까지 색안경을 끼고 보게 되니 엉뚱한 피해를 입기도 한다.

목욕탕을 다니다보면 사용하던 목욕용품이라든가 화장품 담는 백을 두고 올 때가 있다. 간혹 챙겨 났다 주는 고마운 사람도 있지만 대부분 못 찾고 만다. 깜박하고 두고 오는 물건이야 어쩔 수 없다지만 일부러 남의 물건에 손대는 이가 있어 문제고, 전문적으로 목욕탕을 돌며 금품을 훔쳐가는 사람도 있다고 하니, 그녀 말마따나 내 물건은 내가 잘 챙기는 수밖에 없을 듯하다.

초등학교 시절, 우리 반에 순옥이라는 아이가 있었다. 어느 날 반에서 한 친구가 돈을 잃어버린 사건이 일어났다. 선생님은 모두 눈을 감으라고 했다. 눈을 감는 순간 교실 안은 쥐 죽은 듯이 조용해졌다. 아무도 보는 사람이 없으니 돈을 가져간 학생은 조용히 손을 들라고 하였다. 자수하는 학생은 돈을 훔쳤더라도 용서해줄 것이며 비밀을 지키겠다고 했지만 그 누구도 손을 들지 않았다. 선생님은 셋을 셀 동안 한 번 더 기회를 주겠다고 하였지만 그래도 아무런 반응이 없었다. 화가 잔뜩 난 선생님은 우리 반에서 이런 불미스런 일이 일어난 것을 그냥 넘어갈 수 없다면서 돈을 찾을 때까지 조사할 것이라고 하였다. 그리고 쉬는 시간에 교문밖에 나갔다 온 학생은 앞으로 나오라고 하였다. 순옥이를 따라 갔다 온 죄로 나는 선생님 앞으로 불려 나갔다. 가슴은 두근두근 콩닥콩닥, 다리는 후들후들, 도둑누명을 쓸지도 모른다는 불안감으로 가슴이 터질 듯 답답했고, 나는 겁에 질린 채 고개를 푹 숙이고 있었다. 선생님은 상점에서 무얼 샀느냐고 물어보았다. 나는 그냥 순옥이가 같이 가자고 하여 갔다 왔을 뿐, 돈은 절대로 훔치지 않았다고 기어들어가는 목소리로 간신히 말했다. 다음은 순옥이에게 물어봤지만 그 애도 돈은 본 일도 없고 훔치지 않았다고 하였다. 선생님이 재차 물어봤지만 순옥이는 여전히 같은 대답만 하였다. 그때였다.

"선생님 순옥이 한쪽 다리가 이상허유, 한번 확인해보세유."

지켜보던 누군가 말했다. 그 말을 들은 나는 고개를 들지도 못한 채 눈동자를 돌려 순옥이의 다리를 쳐다보았다. 순옥이는 내복 바지 한쪽은 내려져 있고 한쪽은 걷어 올려 치마로 가려져 있었다. 선생님은 순옥이에게 걷어 올린 옷을 내리라고 했다. 순옥이는 다리를 비비꼬면서 머뭇거리는데 선생님의 호통에 눈을 동그랗게 뜨더니 바짓단을 천천히 내리기 시작했다. 모두 숨죽이고 오직 순옥이의 다리에 시선이 집중되었다. 순옥이의 내복이 장딴지께 내리질 즈음 그 속에서 꼬깃꼬깃 접은 돈이 교실바닥으로 툭 떨어졌다.

순간 나는 후우, 안도의 한숨을 내쉬었다. 긴 터널에서 빠져나온

심정이랄까, 자칫 도둑으로 몰릴 뻔 했던 사건은 그렇게 마무리되었다. 그 일이 있은 후로 될 수 있으면 교문밖에 나가지 않았고 순옥이와는 가까이 지내지 않았다. 순옥이는 학교에서 뿐만 아니라 동네에서도 손이 거칠다고 소문이 나 있었다. 그애는 어떻게나 남의 물건을 훔치는지 순옥이를 아는 사람들은 그애를 곱게 보지 않고 멀리 하였다.

순옥이는 어머니를 일찍 여의고 아버지와 함께 살았다. 엄마도 없는 그애가 안쓰러웠는데 손버릇이 안 좋으니 그애와 같이 놀기를 꺼렸던 거다.

졸업하고 순옥이는 시집을 일찍 갔다. 아마 스무 살도 채 안 된 걸로 기억되는데 애기를 낳아 친정에 왔다하여 친구들과 한번 가보았다. 아기를 안고 젖을 먹이는 모습이 신기하여 우리는 킬킬대며 웃었다. 그의 아버지도 다른 곳으로 이사 가는 바람에 그 후로는 어디에서 사는지 모른다. 지금은 머리카락이 희끗희끗한 할머니가 됐을 텐데 남의 손가락질을 받지 않고 살았으면 좋겠다는 생각이 든다.

주위에는 생각 외로 남의 물건을 가져가는 사람들이 많다. 생활이 어려워서 그런 짓을 하는 것이 아닌데도 잘못 길들여진 습성을 나이가 들어도 버리지 못하여 눈총을 받는다. 항공기나 호텔, 공공장소에 있는 비매품을 슬쩍하는 경우가 많다고 한다. 그 중 비행기에서 기내용으로 쓰는 담요를 몰래 가지고 나오는 승객이 제일 많은데 촉감이 좋은데다가 부피도 작아 실용성이 있어서 성수기 때에는 만여 장 정도가 사라진단다. 항공사가 한 달이면 담요 대금으로 팔천여 만 원 상당의 피해를 본다고 하니 많이도 들고 가는구나 싶다. 이런 것쯤이야 하고 무심결에 하는 행동이 자칫 물건 값을 변제하는 것은 물론 벌금까지 내야하는 결과를 낳는다. 그로 인해 본인의 이미지도 손상되고 집안과 때로는 나라 망신까지 시키기도 한다.

엄마의 정을 못 느끼고 살던 순옥이는 마음 한구석 채워지지 않는 허전함을 남의 물건을 자기 손에 넣으면서 채웠던 건 아닐까 싶기도 하다. 잦은 손버릇 때문에 따가운 눈총을 받는 것은 기분 좋은 일은 아닐 게다. 목욕탕에서 클렌징크림을 훔쳐간 그녀가 매일 두 손 모아 기도를 할 때 그녀의 하나님은 나쁜 일을 하지 않도록 손을 꼬집어서라도 좋은 일로 인도하였더라면 좋았을 것을, 머리서부터 발끝까지 매일 씻어 몸은 깨끗할지 모르지만 검디검은 속마음은 씻어낼 줄 모르는 그녀, 멀리 있는 하나님에게 매달리지 말고 가까운 이웃에게 아름다운 손길로 다가가면 어떨까. 겉만 닦아내지 말고 때 묻은 손과 내면을 샤워기로 맑게 씻어냈더라면 교회에 가서 기도하는 것보다 더 보기 좋았을 것 같다.

그러고도 그녀는 아무렇지도 않게 매일 목욕탕에 다닌다. 오늘도 보이는 곳만 열심히 씻고 또 씻는다.

친구의 남자친구

　친구 모임에 빠지지 않고 참석하던 미정이가 나오지 않았다. 궁금하여 그녀와 가깝게 지내는 옥희에게 물어보았다. 내용인즉 그녀의 남자친구가 예전처럼 자주 들르지 않는데 그래서 그녀 머리가 복잡해서 그런 것 같다는 것이었다.

　미정의 남편은 몇 년 전 교통사고로 세상을 등졌다. 슬하에 남매가 모두 외지에 있고, 그녀 홀로 많지 않은 농사를 짓고 있다. 또 그녀는 분재와 야생화를 잘 가꾸는데 그 방면에 손재주가 뛰어났다. 이따금 자신이 가꾼 분재와 야생화 전시회도 연다. 집안 곳곳에는 그녀가 정성들여 매만져 놓은 작품들이 즐비하다.

　그녀는 남편을 잃은 허전함을 달래기 위한 방편인 듯 특별한 일이 없는 한 우리 모임에 참석하곤 했다.

　그런 그녀에게 남자친구가 생겼다. 요즈음 애인이 없으면 장애 중에 첫 번째 장애인이라고까지 한다는 웃지 못할 신종어가 생긴 세상이니 홀로된 그녀에게 남자친구가 생긴 것은 어쩜 당연한 일인지도 모른다. 옥희에게 자세한 내막은 묻지 않았다. 그저 미정의 남자친구가 사람 됨됨이도 괜찮고 경제적으로도 넉넉한 사람이기를 바랄 뿐이었다.

그 후 풍문으로 미정이 땅을 처분하려고 부동산에 내놓는 등 가산을 정리하고 있다고 한다. 그녀 아들에게서 가져다 쓴 돈을 돌려주고 남는 돈으로 어느 시골의 빈 집을 사서 수리하여 그 남자와 살림을 차릴 계획이란다.

그 남자에게는 아들이 하나 있고 본처와는 사별했다고 한다. 그 사람의 명의로 된 아파트는 그의 아들한테 주고 그녀가 사는 시골 집으로 와서 함께 지낼 것이라고 한다. 집을 팔지 말고 수리하여 사는 것이 더 좋지 않겠느냐고 해도 그녀의 생각은 달랐다. 그곳으로 이사 온 지 몇 년 안 되어 남편이 죽고 보니 그 집에서 살기가 싫어졌고 또 농촌생활은 사사건건 동네 사람들의 입방아에 오르내리는 것도 불편하다는 것이었다.

그래도 집을 팔면서까지 그와 동거할 이유가 있을까 의아심이 들었다. 그러나 그녀는 자신의 건강도 좋지 않고 없는 사람끼리 노년을 서로 의지하며 사는 것도 괜찮을 것 같아 그렇게 하기로 했단다. 땅을 팔기는 쉬워도 다시 구입하기는 어려운 것이니 그냥 놔두는 것이 좋겠다고 주위 사람들이 권고를 해봐도 그녀는 듣지 않았다.

남녀 사이란 나이가 적든 많든 처음 만날 때는 그 사람 아니면 못 살 것 같은 생각이 들지만 쉽게 변하는 것이 남녀 관계인 세상이다.

그녀가 땅을 처분한 후로 자주 오던 그 남자가 잘 오지 않는다고 한다. 그 남자의 봉급은 혼자 쓰기도 빠듯하다고 한다. 미정이의 병원비며 생활비가 만만찮게 지출될 것을 우려했는지 아니면 재산이 많은 줄 알았는데 그게 아니란 것을 알고 마음이 변한 건 아닐까 싶기도 했다.

주위에서 재혼하는 조건 중 재산을 요구하는 사례가 많다고 한다. 얼마간의 돈을 받고나서야 결정하는 것을 보면 정작 재혼은 사랑이라는 비중은 얼마나 차지할까?

한 번 상처를 안고 사는 사람들이 누군가를 만나 다시 반려자를 선택하려면 더 신중해야 될 일이다. 잠시 허전함을 달래기 위해 마음을 주다보면 잘못되는 경우도 있는 게 사실이다. 처음에는 온 정성을 들이지만 시간이 지나면서 본성이 드러나기 마련, 더구나 재혼일 경우는 더 신중해야 하지 않겠는가. 나이 들수록 경제적인 능력이 있어야 되는데 그렇지 못하다면 서로간의 의지만으로는 오래 지속하기 어려울 것 같은 생각이 들었다.

땅을 팔기 전에는 자주 오가던 그 남자는 미정이가 많은 재산이 없음을 알고부터는 만나는 것을 꺼려하는 눈치였다. 없는 사람끼리 서로 의지하며 살 것이라는 그녀의 순수한 마음에 찬물을 끼얹은 것이다. 몸도 성치 않은 그녀가 이제는 마음을 잘 다스려 다시 기운을 차렸으면 한다. 사랑이란 잠시 불어대는 바람과도 같은 것이라고 비유하지 않던가.

그 남자가 진정으로 미정과 노년을 함께 할 마음이었다면 집을 아들한테 넘기지 말고 그녀를 맞아들이는 게 옳은 일이었을 것이다.

내가 미정이의 형편이었다면 나는 어땠을까 생각해 본다. 돈 없고 건강하지 않으면 아무리 가까운 사람도 멀어지는 게 세상사다. 각자 인생 중반을 살아온 남남인데 경제적으로도 넉넉하지 않고 더구나 건강하지 못한 사람을 반려자로 선택하려 할까? 내가 돈이 있어 남들한테 베풀고 건강할 때 사람도 따르는 게 세상인심이 아니던가.

이제 노년을 앞두고 사는 우리 세대들은 누구를 믿고 의지한다는 것은 신중하게 생각할 일이다. 내 건강부터 챙기고 알뜰살뜰 경제력도 키울 일이다. 그리고 취미 생활이라든지 인생을 즐겁게 살아가는 게 올바른 삶의 방향인 것 같다.

생판 다르게 살아왔고 가치관과 생각이 다른 양쪽 가족이 모여서 맞춰가며 살아야 하는 게 재혼이다. 나에게는 생각만으로도 머리가 지근지근 아파지려고 한다. 늘그막에 매여 살 이유가 있을까.

나를 위해 남은 생을 편안하게 해줄 사람이 어디 있을까? 그런 사람이 혹 있다 해도 벌써 누군가가 차지했을 게다. 누구한테 의지하기보다는 나 자신 스스로 살아갈 길을 찾을 일이다.

익어가는 거라고

책상 위에 화분이 놓여있다. 누가 보낸 거지? 금방이라도 날갯짓을 할 것 같은 나비 자태의 호접란의 꽃잎, 화분에 꽂힌 리본을 살핀다.

"생일을 축하하며 사랑하는 남편이…"

내 생일에 남편이 보낸 꽃이다. 꽃을 받아본 지가 언젠지 가물가물하다. 남편이 아내에게 '사랑한다'는 말은 당연한 일임에도 그 말이 왜 그리 쑥스럽던지 리본이 보이지 않게 슬그머니 돌려놨다가 아주 떼어냈다.

또 꽃 배달이 왔다. 이번에는 동생이 보내온 건데 거기에도 '사랑한다'는 문구가 있었다. 같은 말인데도 의미가 다르게 느껴진다. 동생이 보낸 것은 그냥 놔둬도 민망하지 않다는 생각이 들었다. 말 없는 사람이 사랑한다는 글을 적으면서 겸연쩍은 생각을 하였을 터인데 혹여 서운해 할까 봐 동생이 보낸 리본도 제거했다.

결혼한 지가 벌써 40여 년이나 되었으니 너무나 빠른 세월이 덧없다. 대부분 사람들은 결혼할 때엔 그저 행복하리라는 꿈을 꾸었겠지만 실생활은 그렇지 않다는 걸 곧 느끼지 않던가. 서로 맞지 않는 성격에서부터 넉넉지 못한 금전문제, 여러 걸림돌은 삶에 그늘이 지기 마련인데 우리도 예외는 아니었다.

남편은 술과 고스톱을 좋아한다. 게임에 빠지다보면 시간 개념이 없었다. 하루 이틀이 아닌지라 신경이 날카로워져 말다툼으로 이어지곤 했다. 나가면 밤늦게 들어오기를 반복하니 내 삶에 아무런 도움이 되지 않는다 싶어 이혼이란 단어를 수없이 떠올리곤 했다. 그러나 그게 다는 아니었다. 그로 인하여 애들이 잘못된다면 그건 상상도 못할 일이어서 어찌할 도리 없이 참아냈다.

그즈음 사업을 한다고 해야 겨우겨우 운영하는 처지고 형제들의 재산은 회사에 담보설정을 해놓은 상태고, 내가 전반적으로 관리를 하였기에 사무실에서 손을 뗄 수도 없었다. 홀로 서려면 금전적으로 뒷받침이 되어야 하거늘 내게 돌아오는 것은 아무것도 없었으니 답답하기만 했다.

아이들이 장성하면 내 할 일은 다한 것이라고 여기며 언젠가는 정리를 해야겠다는 생각을 했으나 어찌 만났든 맺은 인연을 끊는다는 것도 맘대로 안 되는 것이다.

오늘도 그이는 고스톱 치러 나갔다. 누가 술을 마시자거나 고스톱을 치자고 하면 입이 귀에 걸리고 온몸에는 엔도르핀이 확 퍼지는 것 같다. 그리도 좋아하는 걸 말린다 해서 될 일이던가. 전에는 고스톱 하는 것이 이해가 안 되었다. 틈만 있으면 나가서 밤을 새우고 들어오는가 하면 건듯하면 초상집 핑계 대기에 바빴다. 소식도 없는 남편을 이제나 저제나 기다리며 잠 못 이루다가 얼굴을 마주치면 참았던 울화가 치밀어 고운 말이 나오지 않았다.

나름대로 여러 궁리를 해봐도 남편의 생활 습관은 쉽게 고쳐지지 않았다. 변화를 바라다가는 내가 먼저 쓰러질 것 같아 나 자신부터 바꾸기로 하였다. 고스톱은 치매예방에 좋다고 하니 그로 인하여 치매에 걸리지 않고 건강을 유지한다면 나에게도 짐을 덜 수 있어 좋은 일이고 자식들에게 부담을 주지 않을 것 같아 그냥 내버려두기로 했다.

사실 둘이 마주 앉아 있어도 할 말이 많은 것도 아니고 우두커니 텔레비전만 바라보는 게 보통이다. 그러기에 각자 좋아하는 취미 생활을 하니 스트레스 받을 일이 줄어들었다. 이것도 아이들이 다 자랐기에 가능한 일이다.

남편도 나이가 들어가는지 그동안 고생을 많이 시켜서 미안하고 지금껏 살아주어서 고맙다며 이제 얼마 남지 않은 삶을 헛되이 보내지 말자고 한다. 허긴 그동안 난들 잘하고만 살았을까 금전적인 능력도 없으면서 쓸데없이 낭비만 하고 돌아다닌다고, 볼멘 투로 날을 세울 때엔 그인들 편안했겠는가.

많은 난관과 과정을 거쳐야 열매가 맺듯이 삶의 깊이와 희로애락에 조금씩 의연해질 수 있고, 잡아야 할 것과 놓아야 할 것을 깨닫는 경지에 온 것도 여러 경험과 어려운 일들을 하나씩 겪으면서 터득하는 게 아닐까.

'우린 늙어가는 것이 아니라 조금씩 익어가는 겁니다.'라는 노랫말같이 늙어 가는 것이 아니라 익어가는 거라고 그리 비유하기로 한다.

글짓기, 마음 짓기

찬바람이 나면서부터 친정어머니를 모시고 목욕탕에 다니려고 했는데 시간이 여의치 않아 미루었다. 오늘은 특별한 일정이 없는 휴일이라 그동안 미룬 일들을 하기로 했다.

새벽에 일어나 옥녀봉에 갔다 와서 친정에 들러 어머니를 모시고 목욕탕으로 갔다. 안으로 들어가 머리 감고 샤워를 하고는 온탕에 몸을 담근다. 마치 엄마의 품에 안긴 듯 따듯하고 포근하다. 어머니도 나와 같은 생각일까, 온탕에 나란히 앉은 모녀는 마음도 몸도 풀리고 환하게 혈색이 돈다. 따뜻한 물속에 몸을 맡길 때마다 내 세상을 만난 듯 편안하다. 이런 편안함을 맛보는 재미에 새벽마다 목욕탕에 들르는 게 일과가 되었다.

목욕을 하고 나오면 어머니는 개운하다고 하신다. 목욕 후 출출할 즈음 식사를 사드리면 달게 드신다. 조그마한 일에 어린아이처럼 기뻐하시는 어머니의 얼굴을 보고 있노라면 나도 덩달아 즐겁고 가뿐해져 함께 오기를 잘했다는 생각이 든다.

어머니를 모셔다 드리고 집으로 돌아와 오늘은 글이나 한 편 써야겠다며 컴퓨터를 켰다. 몇 줄 써내려가니 단어가 생각나지 않는다. 단어를 찾아 나서기라도 하려는 듯 베란다로 나갔다. 벗어놓은 옷가지들은 근질근질하다며 세탁기 안으로 빨리 넣어달라는 듯하다. 통 안에 세제를 넣고 스위치를 누르니 물이 쏴, 조용하던 공간은 이제 제 할일이 생겨 신바람이라도 나서 왼쪽으로 돌다가 오른쪽으로 돌면서 춤을 춘다.

다시 의자에 앉아 자판기를 두드린다. 또 몇 줄이나 썼을까, 괜히 등살이 저려온다. 무슨 큰일이라도 한 것처럼 더 이상 앉아 있을 수가 없다. 거실로 나가 베란다를 바라본다. 죽 늘어놓은 화초들이 목이 마르다고 아우성하는 것 같아 수도꼭지를 연결해놓은 호스를 들고 화분마다 물을 뿌려준다. 화초들은 이제 갈증이 풀렸다면서 환호성을 지른다. 끊임없이 나오는 물줄기를 보면서 나도 이렇게 끊어지지 않고 글을 쓸 수 있다면 얼마나 좋을까 생각한다.

어떻게 해서라도 오늘은 작품을 완성해야겠다고 머리를 쥐어짜 보지만 양식이 바닥났는지 창고만 덩그마니 서 있는 것 같다. 개 짖는 소리가 자꾸 귓가에 머문다, 또 밖으로 나가 공장 부근이며 사무실 앞을 내려다본다. 개는 지나가는 사람을 보고 멍멍거리고, 어디를 오가는지 도로 위에는 자동차들이 꼬리를 물고 계속 달리고 있다. 한참을 서서 먼 산 단풍도 보고, 가을 하늘도 바라보노라니 스쳐지나가는 바람이 상큼하다.

뜬금없이 장롱을 열고 지난달에 산 검정색 원피스를 꺼내어 입어본다. 구입할 때는 괜찮았는데 요즈음 아랫배가 나온 탓에 모양새가 맘에 안 든다. 이 옷을 입으려면 체중조절을 해야겠다며 제자리에 걸어둔다. 철이 바뀌면서 무엇을 입어야 될지 옷장 안에 걸려 있는 옷을 살펴보지만 눈에 들어오는 게 별로 없다. 아무리 유행을 안 좇아간다고 해도 입다보면 싫증이 나고 왠지 후져보여서 마음에 들지 않는다. 거울 앞에 서서 패션쇼라도 하듯 이것저것 입고는 옆모습도 보고 뒷모습도 보며 어느 것이 괜찮은지 걸쳐 본다. 옷을 탓하기 전 뱃살이 문제임을 결론내리고 꺼낸 옷들을 다시 넣어둔다.

마음을 가다듬고 자판을 두드리는데 전화벨이 울린다. 큰아들네 식구가 예식장에 참석할 일이 있어 내려왔다가 들른다고 한다. 몇 줄 더 써보려고 했는데 아이들이 온다는 말에 기겁이라도 했는지 단어는 어디론가 없어져 찾을 수가 없다. 따뜻한 밥 한 끼니 해서 먹여 보내야 될 것 같아 아래층 주방으로 내려갔다. 무엇을 만들어야 좋을지 냉장고 문을 열고 살펴본다. 따로 사는 자식은 손님이나 다름없으니 우선 신경 쓰는 것은 먹을거리다. 저희들은 아무렇게 해주어도 괜찮다지만 무엇이라도 해주고 싶은 게 바로 부모의 마음이다.

모처럼 온 가족이 함께 둘러앉아 저녁을 먹었다. 큰아들네 식구가 오는 날이면 상차림이 푸짐하게 되므로 남편은 한마디 거든다. 마누라 어려운 것은 아랑곳하지 않고 너희들이 주말마다 오면 좋겠다고, 그래야 잘 얻어먹는다고 하여 모두 웃었다. 뭐니 뭐니 해도 입이 즐거워야 마음도 넉넉해지는 것 같다. 손주들 재롱부리는 것을 보면서 이런저런 얘기를 나누다보니 시간은 저만치 지나갔고 아이들은 제 보금자리로 떠났다.

글을 쓰려고 마음먹었으면 글 쓰는 일이나 하면 될 일을 엉뚱한 짓을 하다가 아까운 시간만 다 허비했다. 어느 때는 글을 쓰겠다는 내가 한심해지기도 하고 독자에게 감동을 주지도 못하면서 뭔 글을 쓰겠다는 건지 딱하기까지 하다. 그런 나를 누군가가 작가라고 말할 때면 나와는 거리가 먼 것 같고 쑥스러워 얼굴이 붉혀지기도 한다. 글을 쓸 때마다 왜 이리도 핑계거리가 많은지. 그러면 글쓰는 걸 접으면 될 일을 접지도 못하고 늘 옆에 끼고 있으니…. 이 형벌과도 같은 이 마음을 어찌해야 하는 건지….

글을 쓴다는 일은 형벌과도 같지만 한 편을 쓰고 나면 그 성취감을 어디에도 비길 수 없다. 그래서 바늘구멍이라도 있으면 그 틈새를 어떻게 해서라도 비집고 들어가 글을 쓰고 싶다.

이래저래 핑계를 대다가 오늘도 끝내 글을 마무리하지 못하고 있다.